春よ来い、マジで来い

足立紳

キネマ旬報社

春よ来い、マジで来い

1

二〇〇二年五月号の月刊『シナリオ』誌に掲載されたシナリオ作家協会が主催している新人シナリオコンクール最終審査結果の選評を、俺はアルバイト先のレンタルビデオ店の二階にあるそのレンタルビデオ店の系列の書店で凍りつきながら読んでいる。なぜ凍りついているのかというと、最終審査に残った俺の『エースで4番』という作品に対する審査委員長の大御所脚本家、白坂依志夫さんのコメントに、俺は今さらながらに自分の犯した罪の大きさを痛感していたからだ。

「有名映画と有名漫画の盗作であることを見抜けずにここまで残してしまった一次、二次選考委員の脚本家諸氏には猛省を促したい。いや直ちに筆を折るべきである。もっとも直ちに筆を折るべきはそんな有名な作品の盗作を抜け抜けとコンクールに送りつけてきた大山孝志氏であることは言うまでもなく、私は全身全霊でこの人を軽蔑する。この人は脚本家になる資格を永久に失った」

そのコメントを読みながら俺は凍りついていたのだが、同時に全身から嫌な汗も噴き出してきた。まだ脚本家としてデビューすらしていないのに、俺の脚本家人生は閉ざされてしまったのだと思うとクラクラと目眩《めまい》までしてきた。が、なぜだか俺は、そのコメントを読みながら、今のこの状況は夢ではないかとも思い始めていた。なぜそう思い始めたのかというと、確かまだ一次審査も発表されていないのに変だなと、そのコメントを読みながらうっすらと感じていることと、数日前にもこれと似たような状況の夢を見たからだ。

数日前のその夢は、新人シナリオコンクールの審査員の中でも白坂依志夫さんと共に最も辛辣な選評コメントをする脚本家の荒井晴彦さんが、「こいつの作品、盗作じゃないか。どっかで読んだことがあるぜ」という言葉を発しているすぐ横で、俺が今みたいにドッと汗をかきながら引きつった笑顔でドギマギしているというものだった。このときは、目覚めたときに本当に寝汗をぐっしょりとかいていて、心の底からその出来事が夢だったことに安堵した。だから今、白坂依志夫さんのコメントを読んで目眩を起こしている俺も、きっと夢の中の俺なのだろうと思い、早くこの苦しい状態を夢だとはっきりさせたい俺は、エイヤッ！　と思い切って目をあけてみると、やっぱりこれは夢で、今回も寝汗をぐっしょりとかいていた。そして前回の荒井晴彦さんの夢から目覚めたときと同じように、ああ、夢で良かったとホッと一息つきながらしばし放心していたのだが、今日が新人シナリオコンクール一次審査結果の発表される月刊『シナリオ』三月号の発売日二月三日の節分であることがすぐに脳裏をよぎり、心臓がドキドキバクバクしてきた。

今日、俺のシナリオ『エースで4番』が一次審査を突破していれば、次の二次審査に進むことになる。そして二次審査も突破して最終審査まで進めば、さすがに審査員の誰かに『エースで4番』が有名な映画と漫画のワンシーンをもろにパクった作品であるということがバレて、先ほどの夢の中の白坂依志夫さんのようなコメントをもらう可能性も高くなるだろう。しかも新人シナリオコンクールの選評は、選評マニアの俺から言わせると、シナリオに限らず小説やら漫画やら数ある新人向けのコンクールの選評の中でも最も厳しい選評が並んでいるように見受ける（中には優しい方もいるが）。そんな中でこのパクリ作品が議論されようものならとんでもない集中砲火を浴びそうだ。

　だったらいっそのことここで辞退してしまおうか。いやそれは藪蛇かもしれない。もしも一次審査を通過したタイミングで辞退などすれば変に勘繰られて逆にバレてしまう可能性もある。いやたかだかワンシーンだ。この程度のパクリは脚本家に限らずモノ作りをしている人間なら誰でも一度や二度はやったことがあるんじゃないだろうか。そんな作品の一つや二つはすぐに思い浮かぶし、この程度で問題にされたら世の中盗作だらけになってしまうはずだ。気にしすぎだ。きっと大丈夫だ。大丈夫だ。大丈夫に決まっている……。となんとか自分を納得させようとするのだが、その行き着く先は、半年前に『エースで4番』を読みながらユキさんが発した「君、パクったな！」という一言だ。

『エースで4番』は、高校の野球部に所属する幼馴染みのバッテリーと、もう一人の幼馴染みの女子マネージャーを含めた三人の話だ。

　ある日エースが不治の病で死んでしまい、キャッチャーがエースになり、死んだエースと女子マネを甲子園に導くという、俺の中では野球版『冒険者たち』だと思っている。とにかく仲の良い男子二人女子一人の友情と三角関係の話をやりたかったのだ。

　俺がパクってしまったのはまさにやりたかった『冒険者たち』のラストシーンと『めぞん一刻』という漫画のワンシーンだ。

『冒険者たち』のラスト、死んでいくアラン・ドロンを抱きかかえるリノ・ヴァンチュラの「レティシアはお前を好きだってよ」「嘘つけ」というやり取りがたまらなく好きな俺は、『エースで4番』のエースが死んでいく病院場面でまったく同じやり取りをエースと看取るキャッチャーにさせた。でも、これはたいして後悔はしていない。フランスから誰かが文句を言ってくるとも思えないし、洋画の名シーンをなぞることなど珍しくもないだろう。

問題は『めぞん一刻』のほうだ。

『めぞん一刻』はユキさんが俺と付き合い始めたころに、「タカシ、たぶん好きだと思うから読んでみ」と貸してくれたものだった。俺は『めぞん一刻』のタイトルは知っていたが、読んだことはなかったので今さらながらに読んでみたところとたんにハマり、ヒロインの音無響子に恋をしてしまったと言っても過言ではない状態になった。

今回パクってしまったのは、主人公の五代裕作が、音無響子の死んだ旦那の音無惣一郎の墓前で「初めて会った日から響子さんの中に、あなたがいて……そんな響子さんを俺は好きになった。だから……あなたもひっくるめて、響子さんをもらいます」と訥々《とつとつ》と語る名場面だ。

『エースで4番』のキャッチャーも、死んだエースの葬式でエースの遺影にこう語る。

「初めて三人で会った日からチカ（女子マネの名前）の中にお前がいて……そんなチカを俺は好きになった。だから……お前もひっくるめてチカをもらう。そしてお前もひっくるめて甲子園に連れて行く」と。

いつもは応募する前にユキさんにシナリオを読んでもらうのだが、今回はパクリを指摘されたら恥ずかしいし、怖くもあったので読ませないでいた。でも、もしもユキさんが読んでなにも気づかなければ、このパクリは意外とバレないというか、この程度ならアリなのではないかとも思い、少しでも安心を手に入れたかった俺は応募して一週間ほどしたころ、耐えきれずにユキさんに『エースで4番』を読ませた。

俺は『エースで4番』を読むユキさんをじっと見つめていた。いつもシナリオを読んでもらうときは、ユキさんを一人にして俺はどこかで一時間ほどブラブラと時間を潰しているのだが、今回はシナリオを読むユキさんをずっと見ていた。

「読みづらいなぁ。見られてると。どっか行ってきてよ」と言いつつも、読みだせば集中力のあるユキさんはすぐに没頭してくれた。

そしてきっかり五十三ページ目、エースの葬式のシーンでユキさんは読むのを中断して大きな目をさらに広げて俺を見つめて言ったのだった。

「君、パクったな！」

その言葉を聞いた俺の顔は瞬時にカーッ！　と赤くなり、激しい羞恥心に襲われて咄嗟にユキさんから目をそらした。

「え、な、な、な、なにが」

そして極端にどもってしまった。

ユキさんはそんな俺を見て大笑いして「アハハハ。なにどもってんの。めぞんじゃんこれ」と

そのページを俺に差し出してきた。

「え？　え、どこ？　あ、あー、これね。う、うん、め、めぞんのあれね……いいセリフだった

から、ちょ、ちょっとマネしちゃった。エヘヘ、分かる？」と俺は隠しきれていない不安感と羞恥心をなんとかごまかそうと、懸命になんでもないことのように言った。

「ちょっとじゃないでしょ。丸写しでしょこれ。エヘヘじゃないよ」とユキさんはまた笑いながら言った。

「え、ま、丸写しじゃないよ。変えてるじゃん！　めぞんに『お前もひっくるめて甲子園に連れて行く』とかないし！　ちょっと待ってよ、見せるから」

ムキになった俺は、ユキさんから借りたままになっている『めぞん一刻』十五巻を引っ張りだしてきて問題のシーンをユキさんの目の前に突きだした。目を通したユキさんはさらに笑いだして、「アハハ！　一緒だよこれ。ていうか余計に姑息だよ」と言った。

パクって以来、その場面を読み返したくなくて特に十五巻は押し入れの奥に突っ込んでその存在を無いことにしようとしていた俺は、改めて目を通してみて、ほぼ丸写し状態であることを確認して一気に冷や汗が出てきた。

「ヤ……ヤバイ……かな……？」

俺はオドオドとユキさんに聞いた。

「うん。やばいでしょ。やっちゃったね。それに大もとは『タッチ』じゃん」

言いながらユキさんはまだ笑っている。

「まぁ、そうなんだけど……かなり……ヤバイかな……？」

俺はまた同じことを聞いた。

「かなりやばいよ。だって同じだもん」

「でも……ワンシーンだよ」

「ワンシーンでもまったく同じだよ、これ」

「でも……これくらいみんなやってんじゃないかな。パクリっていうかオマージュみたいなもんだから。この病室で死んじゃうとこも『冒険者たち』だし」

俺はもう不安感も羞恥心も丸っ切り隠し切れなかった。なんとかユキさんから「これくらいは大丈夫かもね」という言葉を聞き出したい一心だった。

「なにオマージュって。二つもパクったの？　これもう応募しちゃったの？」

「うん……え、も、もし入選したらどうしよ……バレるかな？」

ユキさんはさらに大笑いしだした。

「な、なんだよ。なにがおかしいんだよ」

「だってタカシっぽいんだもん。パクって不安になってんでしょ。だったらパクらなきゃいいのに」などと言いながら笑い転げている。

そんなユキさんに俺はだんだん腹が立ってきて「わ、笑うなよ！　こっちは真剣なのに！」と思わず大きな声を出してしまった。するとユキさんは完全に笑いのツボに入ったかのように涙を流してお腹を抱えて笑い転げだし、その笑いは少しずつ俺にも伝染して、俺は「だ、だから笑うなよ！　わ、わりゃうな！　ハハハ」などと噛みながら怒って笑うというなんだかよく分からない状態になってしまった。

「あーあ、ほんとタカシっぽい。小心者のくせに悪いことしてオドオドしてるんだもん」

ひとしきり笑い転げると、ユキさんはそう言って笑い過ぎて出てきた涙を拭った。

それがユキさんと俺の、久しぶりに笑いあった時間だった。その三カ月後の去年の年末、ユキさんは俺に「別れたい」と言ってきた。

もちろん別れたい原因は俺がパクったことなんかじゃない。付き合い始めてから十年の月日がたっていた俺とユキさんの関係は、俺がシナリオライターを目指すために、映画やドラマの撮影現場で働くことをやめた三年くらいから前から徐々に腐り始めていたように思う。いやもうそのときには腐りきっていたのかもしれない。

ケータイの時計を見ると、午前五時四十七分だ。あと十三分で隣の部屋の多田さんの目覚まし時計が不快な機械音で鳴りだす。

昨晩は二時過ぎまでこのパクリ問題とユキさんと寄りを戻せるかどうかの二つの問題で悶々としていたから三時間ちょっとしか眠っていないことになる。それでもこの鬱々とした気分ではもう眠れそうにないので、俺は起き上がって布団から出てしまおうかと思ったが、二月のこの寒い朝になんの予定もないのに布団から出るのは至難の業だ。だがこのまま布団の中にいても、昨晩の続きのように二つの問題を悶々と考え続けて不毛な時間を過ごすことは分かっている。

去年の暮れにユキさんから別れを切り出された俺は「嫌だ嫌だ！　別れたくない！」と駄々っ子のように泣いてすがった。ユキさんのことがまだ好きだから泣いてすがったのではなく、この状態の三十歳（プー太郎の脚本家志望）で一人になるのが嫌だったから姑息にも泣いてすがったのだ。

「もう死ぬ！」「ボクの生き甲斐がなくなる！」「ボクの人生はユキさんだ」（俺はユキさんの前では「ボク」と言う。付き合い始める前にユキさんと話したときに「ボク」と言ったら、「最近『ボク』って言う人あんまりいないよね。かわいいね」と言われたからだ）だのと気持ちの悪い言葉を連呼した挙げ句、「……（ため息ついて）考える時間をちょうだい。とりあえず、今は距離を置かせて」という中途半端な状態にまでどうにかユキさんを慰留して今にいたっている。別れを切り出されてからこの二カ月の間、ユキさんとは先月の中旬に次のようなメールのやり取りがあっただけだ。

「タカシの家に忘れているストールを送ってください。着払いでお願いします」「じゃあユキさんちの近くまで持っていくよ」「距離を置こうって言ったでしょ」「分かった。ごめんね。ユキさんからのメールを見たら思わず甘えてしまって……これがボクのダメなところだよね。頑張って生まれ変わるよボク」

　これに対しての返信はなく、数日後に「ストール送ったけど届いていますか？」と俺がメールすると「返信遅れてごめんなさい。届きました。ありがとう。でも着払いでいいって言ったのに」「あ、ごめん。うっかりしていました。寒いけど体に気を付けてね」（もちろんうっかりしていたのは嘘だ。ここで本当に着払いで送れば完全に見切られると思ったから普通に送った）。「うん。タカシもね」「あ、そうだ。一月《ひとつき》遅れだけどあけましておめでとう。今年はボク、絶対に変わります。変わった姿をユキさんに見せたいです」。

これに対しての返信もなしという状況だ。

このままユキさんと寄りが戻せなかったら、俺はどうなってしまうのだろうか。ユキさんと築いてきた関係をまた別の女の人とこの年齢のプー太郎状態から構築できるとはとうてい思えない。二十代ならば許されるような気がする俺のこの甘ったれた性格やら脚本家志望のプー太郎という状況も、三十代では許しがたいものになるだろうと思う。なおかつパクリがバレてデビュー前にシナリオ業界から永久追放などということになれば、俺はもう生きているのも嫌になってしまいそうだ。

数日前、たまらず実家の母親にこの二つのことを相談したら、母は呆れたような声で「そんなヤワな子に育てた覚えはない。珍しくお金の無心以外で電話してきたと思ったら心底がっかりさせないで。パパに言えないわよ、こんなこと。ホント情けない」と言われて電話を切られた。

「起きる時間です！　起きる時間です！　起きる時間です！」

隣の部屋から甲高い耳障りな機械音が聞こえてきた。多田さんの目覚まし時計が発している機械の不快な声だ。

「多田さん！　多田さん！　目覚まし！」

菅井の不機嫌そうな声がして、多田さんの「うーん……」というまだ眠たそうな声がする。

「起きる時間です！　起きる時間です！」

多田さんの目覚まし時計は自動的に止まるということはなく、誰かが止めない限りは電池が切れるまでそう言い続ける優れモノだ。

「多田さん！　多田さん！　消してよ！　消せよ！」

ついに菅井が怒鳴り声をあげると、多田さんがようやく消したのか目覚まし時計の音が消えた。そして隣の部屋は何事もなかったかのように静まり返った。二人はまたすぐに眠りに落ちたのだろう。

この多田さんと菅井のやり取りは、ここ二週間ほど毎朝午前六時に必ず繰り広げられている。菅井も多田さんも、俺が映画学校に通っていたころの同級生で、多田さんは大学を卒業してきたから（しかも東京大学だ）、高卒で入った俺や菅井より四つ年上だ。だから俺も菅井も、多田さんに敬語こそ使わないけれど、「多田さん」とさん付けで呼んでいる。

菅井も毎朝こうして多田さんの目覚まし時計で起こされるのが嫌なら寝るときに切ってしまえばいいのにと思うのだが、そうしないのは単に忘れているからなのか、それとももしかしたら多田さんが本当は六時に起きなければならないから、切ってしまうのは多田さんに申し訳ないと思っているからなのかは分からない。言い草は乱暴な菅井だが、そういう優しさがなくもない奴だ。

菅井には、菅井と顔のそっくりなブスな妹がいて（菅井はビートきよしを凶暴にしたような顔つきをしている）、その妹が岡山の実家で営んでいる「北京」という、菅井が言うには唐揚げ以外はまずくて食えない中華料理屋の跡を継いで中華鍋をふっているらしく、菅井はときおり、そんな妹にいい恋人が現れてくれないだろうかと心配している。

俺にも大学時代に引きこもっていた三つ下の妹がいるが（今は普通に働いている）、親に頼まれた挙げ句面倒くさいと思いながらそんな妹の様子を見に行き、そのついでに妹が貯めていた五百円玉貯金から二十枚ほどかすめてくるというようなことをしていた。そんな俺からすれば、菅井はとても妹思いの兄に見えた。

菅井は一応、ピンのお笑い芸人をしている。一応というのは、菅井はなんとかという小さな芸能事務所に所属しているのだが、テレビには一度も出たことがなく、一カ月に一度、事務所主催のお笑いライブに出たり出なかったりしているだけの、はっきり言えば俺と変わらないフリーターみたいなものだからだ。バイトは新宿にあるビデオボックスで、受付をしながら客が精子を拭ったティッシュの後片付けなどをしている。本人に言わせれば「人間として最低の仕事をしてんだよ、俺は」ということになるらしいが、もっと最低な仕事はいくらでもあるだろうと俺が言ったら、菅井は「バカヤロウ！　職に貴賤なしだろ！」と自分で最低な仕事と言ったくせに半ギレしたように言った。菅井はすぐに怒るし喧嘩っ早いところもあるのだが、お笑い芸人をしているだけあって、俺や友人たちのおちょくるようなツッコミに、怒りながらボケるというのか、妙に乱暴な言い返しをしてくるところが面白いヤツだ。

前にこういうこともあった。

菅井は一時、ミリタリーグッズやその手のファッションに凝っていたのだが、その頃にゴツい大きな懐中電灯をブラブラと持ち歩いていて、「これはドイツ軍が使っていた懐中電灯で八万円もした。なにがあっても壊れない懐中電灯だ」と言うので、俺と多田さんがおちょくるように「じゃあ道に叩きつけてみろよ」と言った。

「なにがあっても壊れない」という菅井の一言で、俺と多田さんの中では誰も観客のいないコントが始まっているのだ。

菅井は「なんでそんなことしなきゃなんねえんだよ」と言った。俺は、「だって絶対に壊れないんだろ。だったら道に叩きつけるくらいいいじゃん」と再びおちょくるように言った。

菅井は五秒ほど無言で俺を睨みつけたあと、突然大きく振りかぶってその懐中電灯をアスファルトの道に叩きつけた。すると懐中電灯は見事に大破してしまい、また五秒ほどの沈黙の後、「壊れたよ!」と怒りながら言った。

その様子に俺と多田さんは爆笑したのだが、そういう菅井の、自覚があるのかないのかよく分からない面白さは今のところお笑いの道ではまったく発揮されていない。本人が悩みに悩んで作り込んだネタは、残念ながらいつもあまり面白いものではなかった。

一方、多田さんは福岡の出身で、以前の俺と同じように映画やドラマの助監督をしている。年上だけど身長が一六〇センチちょっとしかなく、黒縁の眼鏡をかけたのび太のような見てくれの人だ。のび太でも多田さんは東大出身だけれども。

多田さんは、三週間ほど前にセカンドの助監督としてついている映画がクランクインしてから、毎朝六時に目覚まし時計をかけるようになったのだが、その映画の撮影に参加したのは最初の一週間だけだった。八日目の撮影から、これは多田さんにはよくあることなのだが撮影に行かなくなった。正確には行けなくなった。

少々鬱の気のある多田さんは、撮影状況がきつくなってくると、まるで電池の切れたラジコンのように身体が動かなくなり、撮影にも行けなくなる。身体が動かないから行けないと他のスタッフに連絡すればいいのだがその連絡も身体が動かないからできない。

多田さんが現場に来ないことを心配したスタッフから多田さんに電話がかかってくるのだが、その電話に出るための動きもできないから、そのたびに同居している俺のところへ、「多田、どう？　ダメ？」とか「多田さん、生きてますか？」などと生死の確認のような電話がかかってくることもよくある。

今回も多田さんが行かなくなって二日目くらいにスタッフから電話があった。俺がその電話を受けたのは昼過ぎで、多田さんは部屋にいて、スタッフに迷惑をかけている状態の自分と戦っていた。戦っていると言っても、見るともなく点けているテレビのワイドショーなどをボーッと見つめているだけなのだが、本人に言わせるとその状況は罪悪感と戦っている真っ最中で、とてもとても辛いのだそうだ。見た目にはなかなかその辛さが他人に伝わりづらいのも鬱のやっかいなところなのだろうが、多田さんは心療内科から処方されている薬をきちんと飲んでいないから、よく菅井に怒られている。

「鬱病の人と同じ部屋にいたくないんだよ！　薬飲んでよ！　飲めってほんとに。飲むか出ていってよ！　それでも東大かよ！」という菅井の言い草はやっぱり乱暴なのだが、たいして心配もしていないのに、一応友達として「薬、飲んでる？」と聞いている俺よりは、理由はどうあれ多田さんに治ってほしいという思いは菅井の方が強いのは明らかなので、やっぱり菅井は俺に比べれば優しい人間なのだろうと思う（ちなみに俺も今の状況で鬱になりそうだったので、多田さんの薬をもらって数回飲んだが、特に気分が上向くことはなかった）。

菅井だけでなく多田さんの周りには優しい人が多いのか、それともこの業界が深刻な人手不足だからなのかは分からないが、こんな多田さんなのに仕事が途切れることはほとんどない（もちろん二度と仕事しないと言う人もたくさんいるけど）。

人柄も穏やかで、他人に怒ることもほとんどないし、最後まで作品に参加できたときにはなかなかにいい働きをすることもあるし、なによりも参加している作品への愛が深い。

俺なんか台本がつまらないと、所詮は人の作品だしどうでもいいやという気持ちで現場に臨んでいたけれど、多田さんは体調さえ良ければ撮影から疲れて家に戻ってきても、「大山ぁ、ちょっと台本読んでみてよ。こうすれば面白くなると思うんだけど」と台本に直しを入れたりしていた。読んでみると、確かに多田さんの指摘通りに直せば台本は良くなるのである。でも、多田さんがそれを監督や脚本家やプロデューサーに提案することはほとんどない。じゃあ多田さんのしてるその作業は、意味ないじゃんということになるのだけれど、でもきっと、そんな多田さんの作品への愛情が伝わる監督やプロデューサーも何人かはいて、だから多田さんが何度現場から逃亡しても、「体調良ければやってよ」と仕事の依頼があるのだろうなと俺は思っている。あとはやっぱり東大出身だから、なにかあると思われているのかも知れない。

ただ、そんな他人に優しい多田さんだけど、なぜか俺の書くシナリオには必要以上に厳しい気がする。俺は書いたものをたいていは多田さんに読んでもらうのだが、毎回厳しく批判される。多田さんは、人のシナリオにいい意見は言えるけれど、自分で書こうとするものは最後まで書き通したことが一度もない。そのくせ、俺のシナリオには厳しい意見を言うから俺は読ませるたびに多田さんにむかっ腹を立てていた。

でも、今回の『エースで4番』は読ませていない。もちろんパクリがばれたら恥ずかしいからだ。


やはりこのまま布団の中にいても悶々とするだけだ。

今日の予定はまず朝の十時に駅前の書店で新人シナリオコンクール一次審査の結果が発表されている月刊『シナリオ』三月号を確認して、午後からは先輩助監督の崎田さんと会って企画の打ち合わせをする。その後は夜の「マキシム会」に備えて肉の買い出しに行かねばならない。

コンクールに応募するたびに審査結果の発表を確認に行く駅前の書店は開店が十時だから営業までまだ四時間近くあるが、俺は思い切ってこの部屋から出ることにした。特に行き先があるわけではないが、この足の踏み場もなく汚い部屋で鬱々としているとどんどん気が滅入ってくるし、少なくとも四時間後にはその結果を知ることになる一次審査結果のことを思うと、また心臓がドキドキしてきて落ち着かない。もう昨晩からずっと落ち着いていない。とりあえず俺は、枕元に乱雑に脱ぎ散らかしている適当な私服に着替え始めた。

昨晩は、ついさっきの夢で見た白坂依志夫さんのコメントのように、俺は脚本家デビューもしていないのにその道が閉ざされるかもしれないとか、落ちたらユキさんとは寄りを戻せないかもしれないなどと思うと、恐怖やら後悔やらで、とても一人で夜をやり過ごすことはできず、なにかくだらない映画でも多田さんに付き合ってもらって見ようと、『吐きだめの悪魔』というウィスキーを飲んだ浮浪者たちの体が溶けていくホラー映画を夜中の十二時ごろから見始めた（多田さんは、鬱で撮影に行けなくなっても夕方になると少し元気が出てきて映画くらいは見られる。夕方になると少し元気が出てくるというのも鬱の典型的な症状らしいのだが）。

見終わったあとに、多田さんが「うーん、パンクちゅうかバラードやったねぇ」と感心したように呟いていたが、パクリ問題とユキさん問題とで頭が一杯の俺は画面を見つめているだけで内容はまったく頭に入ってこなかった。

そこへ菅井がアルバイトから帰ってきた。菅井の働いているビデオボックスは二十四時間営業で、菅井は朝まで勤務しているときもあれば、昨晩のように終電で帰ってくることもあったし、朝から夕方までという勤務のときもあった。

菅井は俺と多田さんの姿を見ると舌打ちして「夜中にこの部屋でビデオ見るなっつったろ！　俺、帰ってきたらすぐ寝るんだからさぁ！　何度言えば分るんだよお前ら！」と怒った。

「あ、ごめん、ごめん」と多田さんが薄ら笑いを浮かべながら申し訳なさそうに言って、俺も多田さんと菅井の部屋から出た。

襖を一枚隔てただけの自分の部屋に戻りながら俺は、「あのさぁ、明日、『マキシム会』やらない？」と提案した。

「はぁ!?　お前、いきなりすぎるんだよ！」と菅井は怒ったように言ったが、「蒔田も明日帰ってくるし、もう何人かに声をかけちゃったんだよ。お前も明日バイトないって言ってたし」と俺は言った。菅井がまた舌打ちして「明日はネタを作ろうと思ってたんだよ！」と言ったので、

「どうせロクなネタ作れないだろ」と俺がいつものようにおちょくると、「よく分かってるじゃねえかよ！　でも崎田さんは連れてくるなよ！　俺、あの人、大嫌いだから！」と言って、今日、「マキシム会」をやることになったのだ。

「マキシム会」というのは、月に一度、俺たちが間借りしているここ、稲川邸二階の二〇二号室で行われる「贅沢な肉を貪るように食う会」のことだ。たいていはその月の中旬に行われるのだが、なぜ月初めの今日やろうと提案したのかと言うと、蒔田という、菅井や多田さんと同じく映画学校の同級生で、長野のスキー場にリゾートバイトに行っている同居人が――リゾートバイトばかりしていて、あまり東京にはいないのだが――今日、一度帰京すると数日前に連絡があったので、蒔田を豪勢に迎えてやろうと思ったからだ。

と言うのは口実で、もちろん今日が新人シナリオコンクールの一次審査結果発表の日だからだ。一次審査に落ちようが通過しようが、きっと俺はパクリ問題とユキさん問題とで悶々とせざるをえないだろうから、そんな日を一人で過ごすのは今夜同様に嫌で、明日「マキシム会」を開いてもらおうと思ったのだ。

歯を磨きながら隣の部屋を覗くと、菅井が不機嫌そうに眉間に皺をよせてしかめっ面で目を閉じている。

多田さんは、繊維質というのか綿状のものがキラキラと光る今時はなかなか見なくなった壁（アスベストなんじゃないかと俺たちは思っている）にピタリとくっつくようにして眠っている。その壁とキスせんばかりの距離で、壁からはポロポロとキラキラがよく剝がれ落ちるので吸い込んだら体に悪いのではないかと思うのだが、多田さんは気にしない。

それが気にならないのも鬱の症状なのかもしれない。鬱に入ると、多田さんは決まってこうしてキラキラ壁にぴたりとくっつくようにして眠るのだ。そんな姿を見るのも菅井は嫌なんだそうだが、確かに少しだけ異様ではある。

二人を起こさないように、と言うかこんな早朝から出かけるのを気づかれないように、俺はそっと部屋から出た。

2

二月の早朝はまだかなり寒く、街全体にうすい青色の靄がかかっているように見える。凍りついたような空気の中、俺はとりあえず、お参りでもしておこうと思い、コンクールに応募するといつも願掛けに行く神社に向かって歩き始めた。

俺たちの住む稲川邸は阿佐ヶ谷駅北口から徒歩十分ほどの場所にある一軒家だ。その一軒家の二階に大家さんが無理やり壁を作りアパートに改造して二部屋を貸し出しているのだ。俺たちは奥の二〇二号室に住んでいる。

二〇一号室は六畳一間のワンルームで、理由は知らないが女性限定になっている。今は『雨上がり決死隊』の蛍原に髪形から顔からそっくりな我妻美知子という二十五、六歳の若いＯＬが住んでいて、俺たちは蛍原というあだ名で呼んでいる。蛍原はぽっちゃりというには少々厳しい小デブなのだが、太い脚を恥ずかしげもなく晒してミニスカートで外出することも多い。俺たちと会ってもなぜか目も合わせずいつも不機嫌そうな顔をしている。

大家さんは八十三歳ながらおしゃべりで背筋のピンと伸びたカクシャクとしたクリスチャンのおばあさんで、いつもかわいらしい三角巾を被っている。一階にはその大家のおばあさんと、五十代半ばくらいのバツイチ出戻り娘のカヨコと、その息子で俺たちと同じくらいの年のヒロシというバカ息子の三人が住んでいる。

大家さんの話によるとヒロシは働いていないうえに、家で毎日パソコンばかりいじっていて、自分（大家さん）がそれを少しでも咎めると怒鳴りつけてくるのだと言う。その怒鳴り声は俺も何度か聞いたことがあるが、かなりでかい声で「おばあちゃん！　おばあちゃん！　おばあちゃん！　うるさいよ！　黙っててよ！　僕がなにか迷惑かけた⁉　僕がおばあちゃんに迷惑かけた⁉　ねえ言ってよ！　言ってよ！　言ってよ！　ねえ！　ねぇ！　ねえ！！！」と言うようなものが多く、まぁ軽く病んでいるのだろう。ばあさんからグジグジと小言を言われるとキレそうになる気持ちは分からないでもない。早い話がヒロシは俺たちと同じような人間というわけだが、「ヒロシよりはマシだよな」というのが俺たちの合言葉にもなっていた。

ムッシュかまやつみたいな髪形でいつも首が右斜め四十五度に傾いているカヨコはそんなヒロシを甘やかしているようで、ヒロシがおばあさんを怒鳴り散らしていても、高い声で「やめてー！　やめてー！　やめてー！」と叫んでいるだけだ。ヒロシが大家さんを怒鳴り、カヨコが

「やめてー！」を連呼するこのやり取りに警察が来たことも二度ほどあるが、今では「またか」という感じで警察も近所の人も小学生の下手くそなピアノのレッスンが始まったくらいにしか思っていない。少なくとも俺たちはそう思っている。

家賃は大家さんへの手渡しで、大家さんからは絶対に娘やヒロシには渡さないでくれと言われている。彼らに渡してしまうと、自分には五千円くらいしかくれず、あとはバカ娘とバカ孫の小遣いになってしまうのだと大家さんは言っていたらしい。らしいというのは大家さんに家賃を持っていくのは主に多田さんの役目で、そのときにカヨコやヒロシの愚痴を聞いてくるのだ。

年を取って愚痴っぽくなっているばあさんの話など正直誰も聞きたくないから、俺と菅井は人のいい多田さんに家賃を持っていく係を押し付けている。多田さんは俺や菅井よりも二年ほど早くこの稲川邸に住んでいるから大家さんと顔なじみでもあるし当然だ。カヨコとヒロシは多田さんが住み始めてから一年後くらいに戻ってきたらしい。

家賃を渡しに行った多田さんは、たまにリンゴやらバナナやらをもらってくるのだが、なぜか俺たちはいつもそれを食わずにドロドロに腐るまでほったらかしていた。

その俺たちが住んでいる二〇二号室は六畳のキッチンに八畳間と六畳間のある２Ｋの間取りだ。八畳間が多田さんと菅井の部屋で、六畳間が俺とリゾートバイトから戻ってきたときにだけ蒔田が使うということになっている。

もともとこの二〇二号室には多田さんと俳優をしている石渡さんという人と、ロックバンドを組んでいる武藤さんという人が住んでいた。だが石渡さんと武藤さんが去年、ほぼ同時期に稲川邸を出ていったので、多田さんが俺に「一緒に住まないか」と声をかけてきたのだ。

そのころ（今もだが）俺は、撮影現場での仕事をやめて深夜のレンタルビデオ屋で週に四回ほど時給九百五十円のアルバイトをしているだけだったので、月に十万ほどしか稼ぎがなかった。親からも頻繁に仕送りをしてもらっている状況で、元引きこもりの妹からも小言を言われるような始末だったから、少しでも家賃の安い所に引っ越さなければならなかったのだが、三十歳を目前に男の共同生活というのが、地に落ちた感ハンパないと思い躊躇していた。でもユキさんに相談したら「トキワ荘みたいで面白そうじゃん。あたしも遊びに行く」と言うので引っ越すことにしたのだ。

そしてその二カ月後くらいに誘ってもいない菅井が勝手に転がり込んできた。

確かにユキさんが言うように稲川邸は、現代のトキワ荘のようなアパートだ。

俺たちの住んでいる二〇二号室は、この間取りと阿佐ヶ谷駅から徒歩十分という立地で家賃六万円だ。しかもユニットバスではない風呂もある。その上、周囲に迷惑をかけなければ何人で住んでも構わないというユルさから、夢を追う若者に人気の物件となり、各業界の有名人も数人だが輩出している。

二十九歳という年齢でここに来た俺も、もちろんトキワ荘は意識してきた。

いつの日か、俺と多田さんと菅井と蒔田（蒔田は小説家を目指している）がみんなそれぞれの道で売れっ子になって、『トキワ荘の青春』のような映画になるとか、当時を懐かしむようなテレビ番組に出ながらこの部屋を再訪しようなどと話したりしていた。

今夜開催される「マキシム会」だって、そんな晴れの日のために今から仕込んでいるエピソードの一つだ。

「あの頃、金もないのに高い肉を食おうってバカな会をやっていたんですよ。そういうユニークな一面があったんですよ、僕たちには」と言いたいがために、この「マキシム会」を俺が思いついたのだが、才能の面でトキワ荘に住んでいた方たちの足元にも及ばないのは当然として、各々の道でもどうやらもう世に出られそうにもないということをうっすらと自覚はするようになっていた。そしてなにより、これは俺の自己判断でしかないが、この四人の中で世に出る可能性が最も高いのが俺であるというのがイタすぎる。


稲川邸から歩いて七、八分のところにある神社に着くと、神主さんとその奥さんが掃き掃除をしていた。

「おはようございます」と俺が挨拶をすると、神主さん夫婦も「おはようございます」とにこやかな笑顔で気持ちのいい挨拶を返してくれる。

俺が有名になれば「ここに来てはお参りしていたんですよねぇ。ご利益すごいですよ、この神社は」と言うつもりなのだが、はっきり言ってこの神社にはまったくご利益がない。コンクールに応募したり、その他にもなにか願い事があれば、その思いの強さによって百円から五百円の賽銭を奮発しているのだが、一度も願いが叶ったことはない。

でも今日の願い事ならここの神様でも聞いてくれそうだった。十円でも聞いてくれそうな願い事ではあるが、一応俺は最低ランクの百円を賽銭箱に投げ入れ、丁寧に二礼二拍手してから願い事を呟いた。

「今日発表される、新人シナリオコンクールの一次審査に落ちていますように」

そして一礼して境内を後にしようとしたのだが、肝心なことを願い忘れていたことに気づいた。

こちらは上限の五百円を投げ入れて、再び二礼二拍手して願い事を呟いた。

「落ちたとしても、ユキさんと寄りを戻せますように」

最初の願い事よりも、心をこめてゆっくりと呟いた。

お参りをすませると、また行くところがなくなった。今朝の寒さは特に厳しいのかすでに体の芯から冷え切ってきたので、どこかで温まろうと、駅を抜けて中杉通り沿いにあるデニーズに入った。

午前七時前のデニーズは空いていて、俺の他には、こんな朝から手を取り合わんばかりに向かい合ってなにやら小声で話しては、時折女の方が「やだもう！」とか「えー！」とか「絶対ダメ！」などと言っている大学生くらいのカップルと、外での夜勤の仕事をあがったばかりなのか冷えて疲れ切った様子の五十代半ばから六十代前半位の警備員の制服を着た初老のおじさんが一人ウツラウツラと寝ているだけだ。

俺は好きでもないコーヒーを飲みながら、大学生のカップルの女にチラチラと目をやり時折聞こえてくる話に耳を傾けていた。

そのカップルは俺の席からテーブル二つを隔てた右隣の四人席に座っていて、ボヘミアンルックのよく似合う女は若い頃の城戸真亜子と言ってももはや誰にも伝わらないかもしれないが、クールビューティーとカワイイ系の中間のような美しい顔をしており、やはりたまに大きな声で「チョーイヤなんですけど、それ!」とか「あたし、マジゆるせないもん!」などと言っているが、なんの話をしているのかはまったく分からない。ユキさんも一度、あんな恰好をしたことがあるが、あまり似合っていないと自分で言って、やめてしまった。

男のほうは金髪を、数カ月後に日韓ワールドカップで日本にやってくるイングランド代表ミッドフィールダーのデイヴィッド・ベッカムに似た髪形にした奴だが、顔はベッカムには似ても似つかず、頭の形だけ少し似ているというのか、ビリケンのような頭の男で、はっきり言って俺の方が数倍から数十倍はカッコイイんじゃないかと思う。このカップルはどこで知り合いどういう経緯で付き合うことになったのだろうかなどと思いながらチラ見を続けていると、女の方と目があった。そして〇・〇〇〇一秒くらいでその視線はそれた。俺に一目惚れした可能性は〇%とはっきり分かる目のそらし方というのか、もしかしたら俺と目が合ったことすらも彼女の意識にはないかのような視線のそれ方に軽いとは言えないくらいのショックを受けた。そしてこのままユキさんと寄りが戻せなければ、俺は、今、俺の左隣で涎を垂らしながら寝ている夜勤明けの警備員のおじさんのようになってしまうのではないだろうかと、この人の人生を何も知らないのに、どうせロクなもんではないだろう——五十歳を過ぎても独身のフリーターで、真冬の深夜から早朝までの警備のバイト終わりにふらりと入ったファミレスの暖かさが心にも体にも染み渡り、そこで二時間ほど寝てしまい、店員に起こされて店を追い出され、家賃三万円の寒いアパートに戻って炬燵に潜り込み、また深夜のアルバイトに行くまで寝て、そのアルバイトでは若いヤツから使えない呼ばわりされて、休憩に入った深夜二時に食べる菓子パンとコンビニ弁当の味がとてつもなくうまく感じるというような人生――と決めつけ、こうはなりたくないとさもしい心の底から思うのだった。

ユキさんと俺は、俺がまだ映画学校に通っていた十九歳の頃にアルバイト先の映画館で出会った。その頃、ユキさんは俺より三つ年上の大学四年生だった。特に映画が好きという訳でもないユキさんは、俺がアルバイト仲間と映画の話を熱心にしているのをいつもニコニコしながら「すごいね」とか「たくさん見てるんだね」とか「面白い映画あったら教えて」などと言って楽しそうに聞いていた。

俺は人一倍自意識過剰で、特に異性からの視線には敏感すぎるほどに敏感なのだが、敏感なだけで高校を卒業するまでロクに女子と話したこともなく、話しかけられることもなく過ごしてきた。だからユキさんのこのフランクな反応はとてつもなく新鮮で、「やはり東京の女は進歩的だな」と鳥取のド田舎から出てきたばかりの十九歳が感動しても誰も文句は言えまい。

そんなある日、突然、ユキさんが「『暴力脱獄』面白かったよ」と俺に言ってきた。

「え？」

「大山君がみんなと話してるの聞いて借りてみた。面白かった」

「あ、え、あ、あああああれ、ボ、ボクの人生の映画です」

俺の好きな映画を見たなどと言われたものだから、俺は気が動転して口が回らなくなってしまった。

「知ってる。聞いてたから。ボクって言い方かわいいね」

「え⁉」

「最近自分で自分のことボクって言う人少ないじゃん。ねぇ、今度『シザーハンズ』一緒に観に行こうよ」

俺はさらに気が動転し、次の瞬間には汗をびっしょりかいて、その後の記憶はあまりない。

とりあえず、アパートに戻ってから母親に電話をした。米を送ってくれという電話のふりをして、女の人から映画に誘われたということを報告した。なにかアドバイスでももらえないかと思ったのだが、そのくらいその日のユキさんとのやり取りに俺は気が動転してしまったのだ。

母親は「あんたは東京に行けばモテると思ってた。田舎のイモ姉ちゃんたちはあんたの良さが分からないのよ。そういうふうに育てたんだから。でもあんた、ちゃんと避妊だけはしなさいよ」と言った。

その母親の言葉に俺は勇気づけられた。そしてこう思った。「やっぱり田舎の女子はイモだから女子ばっかりでかたまりやがって俺に告白の一つもできなかったんだ。東京の女の人は違う。自分の気持ちに素直だし、男女間に変な壁を作らない。その中でもユキさんはさらに進歩的な人なのではないか。それにしてもママ、俺に直に避妊って言うんだぁ……。それ、どうすればいいんだろ。俺が避妊しなきゃいけないような行為をしたことがあるとママは思っているのだろうか」と。

人生初のデートに俺は、少しでも背を高く見せようと友人が履いていたチペワのエンジニアブーツをマネして買って履いていき、ブーツの中でずっと背伸びをしていたら、ユキさんが「なんかバイトのときよりも背が高く感じる。ブーツだからかな」と言ったので、俺はなにも答えなかった。

緊張していて映画にはまったく集中できなかった。映画が終わったあとにどうすればいいのかだけを考えていると、ユキさんがオムライス屋さんに連れていってくれた。そこでも俺は、男の人をこんなにきちんとエスコートできるユキさんはやっぱり進歩的で魅力的な人だと感動した。

その後は代々木公園で互いのこれまでの人生のことをたくさん話した。ブーツの中で背伸びして身長を誤魔化したこと以外にいくつのウソをついたかは忘れたが、その日俺はたくさんのウソをついた。吸えない煙草を吸えるふりをしたり、高校時代に補欠だったけど甲子園に出たことがあるという可愛げのあるものから、父親が若い頃は作家志望で、今はもう書いてないけど、ボクが生まれる前に山本周五郎賞（さすがに芥川賞や直木賞とは言えなかった）という賞の候補になったことがあるというバレたらやや人格を疑われそうなものまで、とにかく自分はこんな人間に見られたいというウソを後先考えもせずにつきまくり、後にそれらのウソは少しずつバレていったのだが、ユキさんはその都度、俺の器の小ささが心底面白かったようでアハハのハと笑ってくれた。なかでもユキさんが笑ったのが、誕生日ウソつき事件だ。

その初デートの日、ユキさんの誕生日が十一月十一日であることを知り、俺はなにを思ったのか「ボクも十一月十一日が誕生日です」と咄嗟に言ってしまった。運命の出会いということにしたかったのだと思う。いや思うじゃない。そうしたかった。そのくらい俺はそのときすでにユキさんに惚れてしまっていた（ちなみに本当の誕生日は子供の日の五月五日だ）。

そのウソは一年ももたず俺の保険証を見られてバレてしまったのだが、そんなウソをついた理由を俺が正直に話すと、ユキさんはやっぱり笑って「じゃあ、これからあたしとタカシの間ではタカシの誕生日は十一月十一日にしようよ」と言って毎年二人で十一月十一日に誕生日を祝いあった。

三度目のデートで初めてキスをした。ユキさんは経験があるものと俺は思っていたが、初めてなのだと少し恥ずかしそうに笑いながら言った。代々木公園のベンチに座ったままでしたそのキスは、歯と歯がぶつかってしまい、思ったほどいいものではなかったけれど、中二で人生初めてのオナニーをしたときと同じように、俺は大人になったという気分になった。そして七回目のデートでたどたどしいセックスを俺の部屋でした。あまりにたどたどしかったので、なんの感動もなかった。ユキさんは「イタ！　痛い痛い！」と言いながらこのときも笑っていた。

それから十年、俺はユキさんとだけ付き合い続けた。ユキさんも俺だけだった。途中から完全に惰性であることに互いに気づきながら、そしてこれもまた互いに他に気になる人もいただろうが（少なくとも俺はたくさんいた）付き合い続けた。たぶん五千回くらいキスをして、千回くらいセックスしたと思う。その回数がなにかを証明しているような気がして別れなかったようにも思うし、互いに初めて付き合った異性だから、なんだか別れなかったという気もするし、別れて一人になるのが嫌だから別れなかったのかもしれない。正直な話、この二、三年、俺がユキさんと居続けた大きな理由の一つが一人になることへの恐怖でもあった。

「……客様……お客様」

その声で目覚めると、俺はいつの間にか突っ伏して熟睡していた。

「すみません、店内が少々混雑してまいりまして……」

若い女性の店員さんにそう言われ、だらしなく垂らしていた涎を慌てて拭いながら店内を見渡すと、ほぼ満席なくらい混雑している。

「あ、すみません」

店内の時計を見るとすでに昼の十二時十分前だ。ここに来たのが七時前だったから、いつ眠ってしまったのかは定かではないが四時間近くは眠りこけていたのだろう。大学生カップルも警備員のおじさんもいなくなっている。

俺はトイレに行って、口の周りに付いた涎のあとを洗うと、会計をすませて店を出た。

朝はどんよりとした天気だったが、今は太陽も照りつけており、空気は冷たいがさほど寒さを感じない。

「さ……合格発表を見に行くか」

あえて声に出しながら書店に向かって歩きだすと、俺の心臓が激しく鼓動を打ち始めてきた。だがその心臓の鼓動とは正反対に歩くスピードは遅くなり、身体から力が抜けていくような感覚に襲われる。コンクールに送ったあとの一次審査の結果を見に書店に向かうときはいつもこうだ。

大学の合格発表を見に行ったときの感じとよく似ているのだ。

　自分の名前が出ているイメージがまったく持てない。今日など、落ちていますようにと神社で願をかけてきたのだからそれでいいはずなのにドキドキしてしまうのは、心のどこかに、落ちたくないという気持ちがあるからだろう。名前がなかったときの、あの落胆した気持ちから立ち直るには数日かかり、そしてまた新たに書いてみようと思うまでには、数カ月、下手したら半年や一年近くかかることもある。まさにお先真っ暗で生きる希望が失われる。その気持ちを味わうのは本当に嫌だ。かと言って今回は通過していても憂鬱になる。俺はまたその無限ループにはまってしまった。

　こんなことになるのなら撮影現場での仕事を続けていたほうが良かったかもしれない。そうすればユキさんとも惰性とはいえまだ付き合えていただろうと思うし、こんな盗作まがいのことまでしてシナリオを書くこともなかっただろう。

　三年ほど前まで、俺は多田さんと同じように映画やドラマなどの撮影現場で丸っきり使えない演出部としてコソコソと働いていた。だが仕事はきついし先輩からは怒鳴られるし、現場の仕事は向いてないのではないかと思っていた。そのくせ早く世に出たいと思っていた俺は、その頃からしばしば名前を見かけるようになった宮藤官九郎のようになろうと思い、ユキさんに「ボク、このミヤフジ……なんて読むのかなこの名前。最近この人の名前よく見るじゃん。ボク、こんな感じでまずはシナリオライターとして世に出ようかなあ」と言ってみた。

　ユキさんは「ねぇ、ボク、これクドウでしょ。下の名前はよく分かんないけど。いいんじゃやない。やってみれば。タカシの書くもの、私は好きだし。いけると思うよ」と言ってくれたので、俺は現場の仕事に見切りをつけて、シナリオを書く時間を確保できるアルバイトをしながら三年以内の三十歳までには結果を出そうと、テレビや映画の様々なシナリオコンクールに応募し続けた。だが結果は惨敗で、最終審査はおろか一次審査すらもなかなか通らないという惨状が続いている。

そんな俺のシナリオをユキさんは「あたしは面白かったと思うけどな。審査員が見る目ないんだよ」と落選するたびに励ましてくれたが、一次審査すら通らないものにそう言ってもらっても嬉しくないし、むしろユキさんはシナリオを読み込むセンスがまったくないのではないかと俺は思い始め、「ユキさんが褒めてくれるシナリオって一次審査も通らないじゃん。イマイチって言われたやつは二次までいったけど」などと嫌味を言うようになった。

そんな嫌味にもユキさんは持ち前の明るさと天然さで「カッチーン！　君、ムカつく」などと言っていつものように笑っていたが、毎度のようにシナリオを読んでもらってユキさんが面白いと言ってくれても、「ユキさんがそういうと、絶対落ちるから」とか「なにが？　面白いだけじゃ分からないよ。どこがどう面白かったのか説明してよ」「だいたいユキさんがシナリオで勝負してみたらって言ったから、ボク、現場の仕事をやめてそうしたんじゃん」などと言っているうちに、結果が丸っ切り出ないことも重なって徐々に口論も多くなり、そして今回の『エースで4番』を応募する半年ほど前、つまり今から一年くらい前からなんとなく俺とユキさんの間に流れる空気は重苦しいものになっていた。

ユキさんは俺より三つ年上だから、去年の九月に俺が『エースで4番』を書きあげたときにはもう三十一歳になっていたし、十一月十一日が来ればユキさんは三十二歳に、俺はすでに五月五日に二十九歳になっていたが、もう一度、ユキさんとの間だけの二十九歳になってしまうという時期だった。

きっとユキさんは、いつまでも脚本家志望のフリーターとこんなどん詰まりな状態で付き合ってもいられないと考えているだろうと俺は勝手に決めつけて不安になり、とにかく喉から手が出るほど結果が欲しかった。結果が出れば、俺とユキさんの関係も、楽しかったころに戻れるだろうと思っていた。

だからやってしまった。盗作という禁断の果実に手を出してしまったのだ。

駅前の書店に着くと、俺は大きな深呼吸を一つして、店内に足を踏み入れ、月刊『シナリオ』の置いてある映画演劇コーナーへなるべくゆっくりと向かった。

スポーツコーナーで一度立ち止まり、趣味のプロレス雑誌をあえてめくってみたが落ち着かないのですぐに歩き出した。文芸コーナーを通り過ぎ、映画演劇コーナーが近づいてくるとともに、心臓の鼓動はさらに激しくなり身体から力が抜けてくる。どうせダメだろう。名前の載っているイメージがまったく湧かない。いや何を言ってるんだお前は。今回は落ちているほうがいいんだろう。神社でそう願ってきたばかりじゃないか。ああでもやっぱりイヤだ。落ちたくない。落ちたときのあの気分を味わいたくない。なんとか賞を取りたい。もうあとがない。今年の五月五日で俺は本当の三十歳に、そして十一月十一日で嘘の三十歳になってしまう。だから欲しい、やっぱり賞が欲しい。

目の前ではオレンジ色の表紙の月刊『シナリオ』三月号が俺を待ち構えている。今月掲載のシナリオは『カタクリ家の幸福』と『ひとりね』の二本にピンク映画シナリオコンクールで準入選したシナリオが二本の計四本が掲載されている。そういえばこのピンク映画のシナリオコンクールにも俺は二本のシナリオを応募していたのだが両方とも一次審査も通らなかった。

俺はもう一度大きく深呼吸をすると月刊『シナリオ』を手にとり、一気にページをめくった。新人シナリオコンクールの一次審査通過者が何ページ目に掲載されているのかはあえて確認せずにバラバラとページを捲り、適当に止めた。すると恐ろしいことに、一次審査通過者の名前と作品タイトルを掲載したページで止まった。

咄嗟に俺はその見開き二ページを俯瞰して全体を見渡した。二秒後に心臓が飛び出しそうなほどにドキンとした。「大」という字と「孝」と言う字が飛び込んできたからだ。俺の名前は大山孝志だから同じ字にはついつい反応してしまうのだ。

しかしそれは大野孝和という人だった。その瞬間に、俺は九十九％一次審査で落選したのだなと分かった。じっくりと名前とタイトルを見ていくまでもなく、ページを開いた瞬間に、通過していればタイトルの一部や名前の一部が目に飛び込んでくるものなのだ。それでも心のどこかに、いやど真ん中に一％の期待を抱いて俺は高鳴る心臓とともに、眼球が飛び出さんばかりに目を見開いて順番に名前とタイトルを見ていった。

気が付くと、俺は善福寺川緑地のベンチに座って遊具で遊ぶ子供たちやその母親たちをボケッと見つめていた。

書店からここまでの記憶はあまりない。

一次審査通過者発表のページを、俺は三回見直したが、「大山孝志」という名前も『エースで4番』というタイトルもどこにもなかった。

念のために、四回目を見ようと思ったがやめて書店を出た。

この先、俺はどうなるのだろうかと、今、ベンチに座って考えているが、そんなことを考えながらここまで歩いてきたのだろう。

盗作をしたにもかかわらず一次審査すら通らない俺のシナリオの実力というものが怖くなり、ユキさんと寄りを戻せないことが改めて怖くなり、デニーズで涎を垂らして眠りこけていた警備員のおじさんのようになることがとても怖くなり、三十歳目前にして先がまったく見えない今の状況がものすごく怖くてたまらない。

呆然自失という四字熟語をこれほど実感したことはない。盗作＋ユキさんにフラれそうな（というかほぼフラれている）この状況での一次審査落選は心身に堪えた。まさに涙も出ないというやつだ。

「大山ぁ！」

今の俺の気持ちとは正反対の陽気な大声が聞こえた。

声の方を見ると百八十センチを超える大柄な崎田さんが、まだ二十メートルくらいは離れているのに手を振りながらニコニコした笑顔で跳ね上がらんばかりにこちらにやって来る。

「どうしたの？　早いじゃん！」

崎田さんのその言葉に、俺は力のない笑顔だけを向けた。

いつだって元気でテンションの高い崎田さんとこれから数時間は一緒に過ごさなければならないのかと思うと俺は気が重くなった。

「なんか……ちょっと早く着いちゃって」

「なんで！　待ち合わせ二時だよ。まさか早くキャッチボールしたかったの⁉」

なわけがないだろうと思いながら、俺は曖昧な笑みを浮かべた。

「じゃやろ！　やろやろ！」

崎田さんは背負っているリュックをおろすと、中からグローブとキャッチャーミットを取り出した。

「昨日、スポーツ店でキャッチャーミット見てたら欲しくなってさぁ！　つい買っちゃったよ」

「あ、そうなんすか……」

心底どうでもいいと思いながら、俺はまた曖昧な笑みを浮かべた。

「大山もテンションあがるでしょ、キャッチャーミット見ると。なんでだろう」

「やっぱり……なんか迫力ありますもんね」

今、キャッチャーミットの話などしたくもない。というかいつだってキャッチャーミットの話など公衆トイレの壁にくっついている鼻くそレベルにどうでもいいが、俺はそう答えておいた。

「そうだよね！　あるよね！　やっぱりキャッチャーミット迫力あるよね！　さすが大山だよ。ちょっと待って、ドロース塗るから」

崎田さんは、キャッチャーミットに対する俺の心のない意見が心の底から嬉しそうだ。

「昨日も塗ったんだけどやっぱりキャッチャーミット硬くてさぁ。いいやもうやろやろ。大山、先にキャッチャーミット使う？」

「……俺はいいんで崎田さんから」

「え、いいの⁉　キャッチャーミットだよ！」

「それは分かってますよ、崎田さん」とは言わずに俺はただ笑みを浮かべたままでいた。

キャッチャーミットを手に入れたばかりの崎田さんはいつもにも増してテンションが高い。今の俺が崎田さんのこのハイテンションを受けきるにはキャッチャーミットじゃあまりにも小さすぎるのだが代わりになるものはなにもない。

崎田さんはまるで初めてグローブを買ってもらった子供のように嬉しそうにキャッチャーミットをはめると、飛び跳ねんばかりに俺から離れてゆき、「いくよ！」と言うと軟式のボールを放ってきた。

崎田さんと会うときは、だいたいこうしてキャッチボールから始まる。

俺より十歳年上の崎田さんは、北野武やら黒木和雄やら名だたる監督の助監督をしており、俺も二度ほど崎田さんの演出部チームで一番下の助監督としてカチンコを叩いたことがある。

普段はこんな子供みたいな崎田さんだけれど、いざ撮影現場になってもやっぱりこんな感じの人だ。そんな人がなぜチーフ助監督として名だたる監督の現場に呼ばれるのかと言うと、やはりこの太陽のように明るい性格のおかげだろう。崎田さんみたいな人が現場に一人いるだけでその現場から殺伐とした空気が薄まるし、なにより関わっている作品を問答無用に愛する包容力もある。そして作品を良くするためならプロデューサーとのケンカもいとわない。正直に言うと、映画の世界には俺のような人間も多い。どういう人間かと言うと、「この作品ってこの程度のものになればいいんでしょ」という気持ちを心に忍ばせて作品作りに臨んでいるスタッフのことだ。そういう先輩後輩をたくさん見てきた。崎田さんだって、そういうところがまったくないとは言わないが、それでも少しでもその作品を良くするために全力を尽くしているのがヒシヒシと感じられる。これは多田さんも同じで、俺にはないそういう部分を持っているから多くの作品から呼ばれるのだと思う。

「ああ、キャッチャーマスクも持ってくればよかった！」

ボールを投げながら崎田さんが心底残念そうに言った。

「キャッチャーマスクも持ってるんですか」

「持ってないけどキャッチャーミットつけたらキャッチャーマスクもつけたくなるじゃん！」

崎田さんとの会話は万事がこんな感じなのだ。

その後は崎田さんが投球フォームの確認に夢中になり、静かなキャッチボールがしばし続いた。

「そろそろやめようか」

「はい。けっこう寒いですもんね」

これが春先とか夏の暑い時期であればこのまま外で缶ビールなど飲みながらだべるのだが、さすがに二月ではそれも厳しく、俺と崎田さんは阿佐ヶ谷まで戻り、昼からでも営業している適当な居酒屋を三十分以上かけて選んだ。この街は昼から酒を飲める店も多いし、俺や崎田さんくらいの年齢でそれをしていても特に奇異な目で見られることもないから住み心地も良い。

崎田さんはこの街に二十年近く住んでおり、その人懐っこい性格から行きつけの飲み屋も多い。多いのはいいのだが、いつもどの店に行くか三十分は迷いながら歩き回るのでそれにくっついてウロウロするのはとても面倒臭い。

崎田さんは半年ほど前に、ずっと同棲していた彼女にフラれた。彼女はこの街から出ていってしまったから、崎田さんは今、家賃二万円のアパートに越して一人で暮らしている。寂しいのだろうけどなんの用もないのに電話で呼び出されることが多いから困る。今日だって企画会議と称してはいるが、つい三日前にも会議をしたばかりなので進展があるはずもない。しかも三日前のその会議も、キャッチボールをして酒を飲んで、崎田さんが俺の代わりを誰か捕まえるまで（崎田さんは電話魔だから、四六時中誰かに電話をして飲む相手を探しているのだ）相手をしていただけだ。

「プロット、書けた？　ってまだ書けてないよね。こないだ会ったばっかりだもんね」

「三日前ですよ、まだ」

「三日!?　嘘でしょ！　一週間はたってるよ！」

「いや三日前です……」

苦笑しながら俺は答えた。

「三日ってことはない気がするけどなぁ。マスターもう一杯、生」

最初の一杯を崎田さんはほぼ一気に飲み干して言った。

三日か三日じゃないかはどうでもいいが、崎田さんがこういうことをどのくらい真剣に言っているのか付き合い始めたころはさっぱり分からなかった。「三日なはずがない！」と真剣に思っているのかと思っていたが、今はなにも考えていないことが分かる。できることならそんなこと分かりたくもなかったが、とにかくこんなバカな会話を昼過ぎというのか夕方前というのか十五時半という微妙な時間に生ビールを飲みながらしていていいわけがない。

今、崎田さんと進めている企画はキャッチボールの映画だ。企画と言ってもまだキャッチボールという言葉しかない。テーマがキャッチボールなどいくらでも物語は作れそうな気がするかわりに、面白いものができそうな気もしない。

崎田さんは四十歳になってしまったことと彼女にフラれたこともあり、人生への焦りからとにかく監督デビューしたいと強く思っている。だから今は助監督の仕事を断っていて暇なのだ。その暇つぶしとしていつもグローブとボールを持って善福寺川公園――崎田さんは善福寺川緑地を善福寺川公園と言うので、僕も以下そう呼ばせてもらう――に行っては一人で壁に向かってボールを投げているか、俺や他の後輩が暇であれば呼び出してキャッチボールに付き合わせている。そこから崎田さんがキャッチボールをテーマにした映画をどのくらいの本気度で言っているのかはよく分からないが作りたいと言い出して、現場から脚本へと道を変えた俺にプロットを書いてくれと言ってきたのだ。それからすでに半年の時間が経過しているがプロットはまだ一文字も書けていない。

「まぁとにかく短いものでいいから早めに書いてよ」

「はぁ」

書いて書いてと言われてもそう簡単には書けない。しかも形になるかどうか未知数な企画だ。未知数どころか九九・九％形にならないだろう。監督としても脚本家としてもまったく実績のない崎田さんと俺の企画など、『バック・トゥ・ザ・フューチャー』級に面白いアイデアでもなければ誰も相手にはしてくれない。

「俺、この企画は絶対いけると思うから！　俺と大山が組んでるんだから大丈夫だよ！」

まったく根拠のないことを崎田さんは鼻息荒く言う。こんな性格の崎田さんでも襲ってくる不安感を吹き飛ばしたくて言っているのかもしれないけれど、崎田さんは言うだけでいつも考えるのは俺の役目だし、今日は一次審査で落ちてしまったこともあり、俺も少し虫の居所が悪くて、崎田さんに意地悪を言いたくなってきた。

「いやキャッチボールの企画なんて誰でも考えますよ。それをどういうふうに膨らませるかですよ」

「そりゃそうだけどさぁ……。どういうふうに膨らませるの？」

「だからそれが分からなくて苦労してるんじゃないですか」

俺が言うと、崎田さんは両手で頭を掻きむしった。俺は苦労などしていない。なぜならまだなにも考えていないからだ。

「なに、じゃあまだ時間かかりそうなの」

崎田さんが少しムッとしたように聞いてくる。

「そりゃかかりますよ。キャッチボールって言葉以外になんの手掛かりもないんすから」

少しは自分も考えてから俺を呼び出せよと俺は言いたいのだが、さすがに先輩に言えるのはここまでだ。

「だからキャッチボールしてるとこを撮るだけでも映画になるんじゃないの」と崎田さんはムッとしたまま言った。

「なんないですよ。たぶん。なんかそこにないと」

「いや、なると思うけどなぁ」

「そうですかねえ」

俺たちは今、日本で一番低レベルな企画をすすめているのではないかという気分になってくる。

崎田さんはまた「うーん」と唸り出して、貧乏ゆすりを始めた。

「なんないかなぁ」

「多分なんないです。分かんないですけど」

「じゃ、どうすんの」

「だからそれを考えるんじゃないですか」

「大変だよね、シナリオライターも」

「大変ですよ！」

崎田さんみたいな人と組むのは！　という言葉を俺はどうにか飲み込んだ。

「とりあえず別のとこで飲みなおそうか。あ、五時だ！　バルト、もう開いてるよ！」

崎田さんは行きつけ中の行きつけの店の名前を言った。

「今日はダメなんですよ。夜は予定があって」

「え！　なにがあるの。それ、大切な用なの！」と崎田さんはそんなものほっとけと言わんばかりの勢いで言う。

「今日は『マキシム会』やるんすよ」

「なに、『マキシム会』って！」

なぜか声がでかい。

「何度か崎田さんも来たことあるじゃないですか。ウチでやる肉食う会ですよ」

少なくとも三回は来ているはずだ。

「ああ、あの高い肉食う会？」

「はい」

「じゃあ俺も行こうか？」

「え？」

「俺が行ったほうが楽しいでしょ。多田もいるんでしょ」

「いますけど……」

俺も行っていい？　ではなく俺も行ったほうが楽しいでしょと言えてしまうこの無邪気さも崎田さんの魅力と言えば魅力なのだが、おそらく菅井は崎田さんのこういう部分が嫌いで連れてくるなと言っているのだと思う。

崎田さんは、自分のことは棚どころか月まで放りあげて、「君がお笑い芸人として売れてないのは努力が足りないからじゃないの？　タケシ軍団なら紹介するよ、やる気あるなら。俺、タケシさんの助監督してたし」と菅井に言ってムッとさせたことがある。しかも初対面のときにだ。

「行くよ！　多田、また現場から逃げたらしいじゃない！　説教しなきゃ！」

崎田さんはもう行く気満々だ。

「あのお笑い芸人もまだいるの？」

「菅井ですか？　いますよ」

「ちゃんとやってる？　あいつ」

「まぁ、やってますけど……え、ホントに来るんですか？」

「行くよ。なにダメなの？」

「いやダメじゃないですけど……」

菅井の気持ちも分からんでもないよなぁと思いながら、どう断ればいいのかもごもごしていると、崎田さんは「行こ行こ！」と言ってさっさと席を立ってしまった。

阿佐ヶ谷駅前のみずほ銀行で自分の口座から五万円をおろすと、残りは二万数千円になった。先月末に入ったアルバイト先のレンタルビデオ店からの給料が約八万円といつもより二万円から三万円ほど少なめだったので（インフルエンザにかかり一週間ほど休んでしまったのだ）仕方のない金額なのだが、まだ始まったばかりの二月を残り二万ナンボで乗り切るのはかなりきつい。少なくとも三万円ほど実家から仕送りをしてもらわなければならないだろう。仕送りのお願いをするたびに、その理由を親にどう話すか考えるのは俺の数少ないちっぽけな悩みの中では大きなものだ。

その後、阿佐ヶ谷駅南口のパールセンターという商店街の中にある肉屋でグラム千円から千五百円の超高級霜降り上州和牛肉を四万円ぶん購入した。

「すごいね。やるね、大山！」と崎田さんが目を丸くして言う。

こういう高い買い物をするときは悩んではいけない。ただささえ空っぽの頭をさらに空っぽにして一気に購入せねばならない。自慢じゃないが、いやショボい自慢だが、これができるのは稲川邸の住人の中でも俺だけだ。

もちろんあとで割り勘にするのだが、菅井などいつも金額を聞くと舌打ちして顔をしかめるし、多田さんは肉屋から「若いヤツがこんないい肉食うんじゃないよ」と言われ、すごすごと切り落としを買ってきたのでもう行かせない。蒔田は普段はリゾートバイトに行っていて帰ってきたいときだけ帰ってくるマイペース野郎で、頼んでも買い物など行くやつではない。

だからこんなことでも崎田さんから褒められると少し嬉しくなる。そのくらい、ここ十年ほどは人から褒められたという記憶がない。

「あとで割り勘ですからね。絶対払ってくださいよ」

「払うよ！　今、払おうか！」

「いいですよ、あとで。今半のタレとか鶏肉とか買っていくんで」

「そんな高いタレ買うの⁉」

せっかくのいい肉だから、タレも高級すき焼き店のものを使って今日はすき焼きをするのだ。

それから俺と崎田さんは、その肉屋でトロトロに煮込んである豚の角煮を五百グラム買い、その後に鶏肉屋へ行き、から揚げを八百グラムと焼き鳥を三十本買った。とにかく肉だけを食う会だから肉しか買わない。肉のみで計六万円弱の買い物だ。すき焼きにも肉以外入れないし焼き鳥もネギマは買わない。そこは意地というのかゲン担ぎというのかなにかにしがみつきたいのか分からないが、俺は徹底的にこだわった。

そしてこのくらいの金額を使わなければ「マキシム会」を伝説として残すことはできないとも思っているからいつも無理やり金を使う。盗作はするがこういった金額を捏造することは俺は嫌なのだ。エバって言うことではないのは自分が一番よく分かっている。

3

「うわ、相変わらず汚ねー！　なにこれ、キノコ生えてるじゃん！」

稲川邸二〇二号室に入るなり、崎田さんは大家さんがくれたダンボールの中に入ったジャガイモを見て嬉しそうに大声で言った。

「いや、それキノコじゃなくて、なんか放置してたら芽が出てきたんですよ」

大家さんから半年ほど前にもらったジャガイモに手をつけずにほったらかしにしていたら、ジャガイモたちからニョキニョキと青い芽が出てきてしまい、見るもおぞましい姿になってしまった。気持ちが悪いので、俺たちはそのジャガイモをないものとして玄関に放置している。捨ててしまえばいいのだが万が一大家さんに見つかったら気まずいのでほったらかしにしているのだ。

「捨てちゃいなさいよ、気持ち悪いよ！　靴も脱ぎたくないよ、こんな汚い部屋！」

「脱いでくださいよ。一応、土禁なんで」

「いやだなぁ〜〜、靴下汚れるよ」

大雑把に見えて意外と崎田さんは繊細なところがあるのだ。

二〇二号室の間取りは、玄関をあけるとまずはそこが六畳のダイニングキッチンで、すぐ左が多田さんと菅井の部屋だ。俺の部屋は玄関からダイニングキッチンを二メートルほど進んだ左手にあるのだが、多田さんたちの部屋とは襖で仕切られているだけだ。

このダイニングキッチンがほとんどゴミ屋敷状態になっている。そもそも「マキシム会」を俺がなぜ思いついたのかというと、一度このゴミ屋敷状態のダイニングキッチンの異臭があまりにひどいので帰京中の蒔田も含めて四人で大掃除をしたことがある。そのとき、ネズミの死骸やらカビだらけの海水パンツやら原形を留めないほどに腐りきった菓子パンやら開けたら中の米が七色のカビだらけになっていた炊飯ジャーなどとともに、とあるＣＭ制作会社の封筒に入った七万円の現金が出てきたのだ。それは車のＣＭ作品に制作部としてついていた多田さんが預かっていた仮払い金だった。その仮払い金がなくなったときは大騒ぎして探し回った挙げ句に、結局出てこなかったので自腹を切って補塡したのだが、その一年後に出てくると儲けた気分になり、せっかく大掃除もしたしその七万円を一気に使うくらいの豪勢な食事をしようと俺が提案というのか多田さんをそそのかしてクソ高い牛肉たちを買ってきて貪り食ったのだ。それがとても気分のいいものであったので「マキシム会」と名付けて続けている。ちなみに「マキシム会」というの名の由来は本宮ひろ志の漫画『俺の空』に一度だけ出てきた高級レストランの名前が「マキシム」だったのでそこからいただいている。こういうところでもパクっているのだ。

「タダー、来たよー！」

積みあげられた段ボールやらゴミやらを足でかき分けながら崎田さんは多田さんと菅井の部屋を覗き込む。

「なに芋虫みたいに寝てるんだよ。生きてるの⁉」

「ああ……どうもです。なんとか生きてます……」

壁にくっついて寝ていた多田さんが、スローモーな動きで起き上がり眼鏡をかけながら言った。

「なんかくさいよ、部屋中が！　窓あけよ窓！」

「ああ……臭います？」と言いながらも多田さんが動く気配はない。

崎田さんは、窓にガムテープで貼り付けてある段ボールをばりばりと勝手に剝がし出した。

「ほんとカーテンくらい買ったほうがいいよ！」

「ですよねぇ……」

多田さんは苦笑いをしながら枕元に一週間以上も前から置いてあるペットボトルのお茶をゴクリと飲んで言った。

俺が稲川邸に来たときからこの部屋にはずっとカーテンがない。前の住人だった人が持っていってしまったのだ。

カーテンがないと、毎朝直射日光で目覚めることになり、それが眩しくて目覚めが非常に悪いので、俺たちは段ボールを窓に隙間なく貼り付けた。だから基本的に二〇二号室は昼間でも暗い。誰かがいるときは常に電灯がついている状態だから電気代もなかなかのものだ。

昼夜の感覚がなくなるようなそういう状況にしているのも、多田さんの鬱の原因になっているかもしれないと俺は思う。だったらカーテンを買いに行けばいいのだが、それが面倒くさい。そんなことを面倒くさいと思う俺や菅井というのももしかしたら鬱に片足つっこんでるのではないかとたまに怖くなったりもする。

崎田さんがバリバリと段ボールを剝がしていると、菅井と蒔田が一緒に帰ってきた。

「よう！　元気！　お笑い頑張ってる!?」

俺たちよりも先に、崎田さんが大きな声で菅井に言った。

崎田さんを見た菅井は露骨に顔をしかめて俺を睨みつけたが、崎田さんが菅井のそんな様子に気づく気配はまったくない。

「オーディションとかバンバン受けなきゃダメだよ。俺、タケシさんの助監督してたんだけどタケシさんだって長いこと売れなかったんだから。『ソナチネ』とか見た？　良かったらタケシ軍団の誰か紹介しようか？　えーと、君は誰だっけ？」

聞いておきながら菅井の反応など待ちもせずに崎田さんは蒔田に言った。蒔田の髪形が『イレイザーヘッド』のようになっていることに俺と多田さんが突っ込む余地はまだない。

「蒔田です。一応ここの仮住人です。何度か会ったことありますよ。崎田さんですよね？」

「ウソ!?　会ったことある!?　どこで!?　どこどこ!?」

「いや、ここで」

「えー!?　ないでしょ！　ウソ!?」

崎田さんは嬉しそうに大きな声をあげながら記憶をたどっている。いちいちの出来事にこんなに感動というのか感激というのかよく分からないが、とにかく心を動かされている崎田さんを見ると、ものすごく楽しい人生を歩んでいるように見えるが、寿命もものすごい勢いで縮んでいるのではないかと思ってしまう。

「なんで二人で帰ってきたの？」

ようやく会話に言葉を挟む余地ができたので俺は菅井と蒔田に聞いた。

「ていうか蒔田、どうしちゃったの？　その『イレイザーヘッド』みたいな頭」

多田さんが蒔田につっこんだ。やはり多田さんも気になっていたようだ。蒔田は身長が多田さん並みに低いので余計にその髪型というか頭部は目立つ。身体半分が頭部になってしまっているような感じだ。

「まず菅井とは駅で偶然会ってこの髪型はなんとなくイメチェン。俺、『イレイザーヘッド』見てないし。てゆーか汚すぎない？　この部屋。相変わらずだけど」

蒔田は登山用なのかなんなのかよく分からないがバカでかいリュックをおろしながら髪型をちょこっと変えたくらいのノリで言うと、「とりあえず風呂入るわ」と相変わらずのマイペース振りを発揮して、風呂場のドアを開けた。

「なんだ、まだ入れないじゃん。まだ掃除してなかったの？」

これも特に驚くふうでもなく普通に言った。風呂場はゴミでパンパンになったポリ袋で埋まっているのだ。それは前回蒔田が帰京した半年前からその状況だ。

「銭湯行ってくるから俺が帰ってくるまで肉は食わないでよ。始めててもいいけど」

そう言うと、蒔田は洗面用具と着替えを持ってさっさと出ていってしまった。

菅井が舌打ちしながら「やっぱりムカつくなぁ！　あいつのマイペースは！」とイライラした口調で言ったが、そのイライラは崎田さんと崎田さんを連れてきた俺に向けられているような気がした。やっぱり崎田さんはなにも気づいていなかったが。

「うん。うまい、うまい。確かにうまいな、この肉」

表向きはわざわざこいつの帰京に合わせて「マキシム会」を開いてやっているというのに、銭湯帰りでこざっぱりした蒔田は風呂上がりのビールでも飲んで「ああ、うまい」という程度の感動度合いの口調で高い肉をパクついている。

俺が企画して始まったこの「マキシム会」だが、ここ数回はマンネリ化というのかなにかが足りない。なにが足りないのかは分かっている。ギャラリーだ。観客だ。以前は今ここにいるメンバー以外にも人を呼んでいた。

「意味もなく高い肉を食う会をやります。会費は二千円です。参加しませんか」というメールを送ると、学生時代の友人や仕事の先輩後輩、バイト先の仲間など多くの人が集まってきてみんな珍しがりながら「こんなうまい肉食ったことないよ！」と驚いたり「なにバカなことしてんだよお前ら」と面白がったりして、その反応を見ながら俺は悦に入っていたのだ。

伝説づくりのために始めた会なのだから誰かに見てもらわないと意味がないし、楽しくもない。ブログやミクシィもやっていないのでこちらから発信することもできないし、「マキシム会」を発信するためにそういったものを始めるのも、そういう部分だけは残っているのか、もともとそういう部分だけしかなかったのかプライド（と呼ぶべきものかどうか疑問だが）が許さない。こういうものは誰かから徐々に噂が広がっていく口コミがベストなのだが、その気配もなくメンバーは（今日は崎田さんがいるが）稲川邸の住人に固定されてしまった。なぜ固定されてしまったのかというと、ただでさえ金のかかるこの会に、人を呼ぶとさらに金がかかるからというミもフタもない理由だ。だがこれでは本当に意味なく高い肉を食うだけの会になってしまっているので（本来はそういう会なのだが）宣伝面でなんとかせねばならない。

「でも肉ばっかりじゃ飽きるな。なにか付け合わせない？　お新香でもなんでもいいけど」

すき焼きの鍋を中心に角煮、から揚げ、焼き鳥と床一面に並べられた肉の海を見渡しながら蒔田が言った。

「ねえよバカヤロウ！　お前、いくらの肉食ってると思ってんだよ！」菅井が怒ったように言った。

「グラム千五百円だろ。何度も聞いたよ。うん、うまい」

「何度も言うよ、バカ野郎」

「肉を肉で食うから意味があるんだよ」と俺が言うと蒔田は普通に「どんな意味？」と聞いた。

「伝説になる意味」と俺が答えると、菅井が「お前、伝説とか言って毎回毎回一人一万とか二万の会費とって、俺らが世に出られなかったら責任とれよ！」と言った。

「こんなことしてても世に出られる訳ないじゃん」と平然と言ったのは当然蒔田だ。

「まぁ、いいじゃない、うまいんだから」夜になり少し元気の出ている肉焼き係の多田さんが、肉を鍋に入れながら言う。

「この値段でまずかったら困るでしょ」と蒔田が言うと、「お前、もう口開くな！　肉がまずくなる。だいたいお前なんかその女逃したらもう二度と女できねえからな！」と菅井が返した。

「その可能性は否定できないな」と冷静に言いながら蒔田がどんどん肉を喰らう。

「でも、蒔田君、女の人殴っちゃうんだ。そんな人に見えないんだけどどのくらい殴ったの？」と崎田さんが聞いた。

「往復ビンタでかなりいきましたよ。四往復くらい」

　予定より早く帰京した蒔田は、暴力沙汰を起こして今回のリゾートバイトを途中で辞めていたのだ。

理由はこうだ。蒔田は白馬のリゾートホテルにバイトに行っていたのだが、同じように短期リゾートバイトで北海道から来た四十四歳バツイチのイズミという女といい関係になり付き合うことになったらしい。

勤務中から休憩中から夜中の自由時間からとにかく爛《ただ》れるようにその女とセックスしまくっているというのは、そういえばメールで聞いていた。あの究極のマイペース野郎の蒔田と付き合うなんてよほど変わった女なのだろうと思っていたが、イズミはとにかくどこでも蒔田の股間に手を伸ばしてくる淫乱だったようで、蒔田的にはそれはそれで、今まで菅井や多田さん同様にモテない人生を歩んできたから（俺は少なくともこの三人よりはモテると確信をもって言える）楽しかったようだ。だが、同じホテルの食堂の厨房で働いている若いコックがイズミに色目を使い、これにイズミもすぐさま応えて見事に三角関係になってしまった。普段は単なるマイペース野郎なだけで人に迷惑かけたり暴れたりすることのない蒔田だが、キレると止まらなくなるときがある。イズミと若いコックが食堂でいちゃついているのを見てプツンときてしまった蒔田はまずイズミに往復ビンタを八連発張り、その後取っ組み合いになった若手コックを片足タックルで容易にねじ伏せ、マウントポジションを奪うとタコ殴りにしたらしい。チビとはいえ蒔田は高校時代にアマチュアレスリングの福井県代表としてインターハイと国体にも出場しているので腕っぷしは強い。服を脱ぐとその体はウェイトトレーニングで鍛えあげられていて、腹筋も見事なシックスパックに割れている。

「いや〜、でも女の人をそんなに殴れるかなぁ」

崎田さんがとても納得できないというふうに言う。崎田さんは現場で怒鳴り散らす割には、腕力的な暴力の話には引いてしまうところもあるのだ。

「殴っちゃいかんよね、殴っちゃ」と多田さんは逆にこう見えてその手の話は平気だ。

「俺だっていきなりは殴打しないよ。イズミにはそれまで何度も苦言を呈していたんだから」

「『殴打』とか『呈した』とかそういう言葉やめろお前。だからモテないんだよ！」と菅井が言った。

小説家を目指しているからかどうかは知らないが、蒔田は日常会話にそぐわない言葉を日常会話で使うことがあるのだが、このときイズミに「呈した」という苦言も「他の男といちゃついて俺に対して無礼だろ！」という言葉だったらしい。

「でも何度言っても直らないからキレるしかないじゃん」

結局蒔田はその暴力沙汰で解雇されてしまい、戻ってきたというわけだ。

「いつまでいるの？」と多田さんが聞いた。

「とりあえず、今、石垣島のホテルに応募してるから決まったらすぐ行くよ。もうとうぶん雪はいいわ。イズミとはまたセックスしたいからもったいなかったけど。あのセックス経験しちゃうと別の女とやれるか不安になるよ」と蒔田は言った。

「さも経験が多いように言うな！　バカ！」と菅井が怒った。

「でもお前らより多いのは確かじゃん。イズミとは百回はしたし」

「一人じゃねえか！」

「人数じゃなくて回数だよ。まぁ人数もお前らより多いけど」

確かにこの四人の中で、セックスした女性の人数がもっとも多いのは蒔田なのだ。

蒔田はリゾートバイトに行くようになる前は、エロ本の編集部で働いていた。担当していた企画の一つに素人の女の子にパンツを見せてくださいとお願いするコーナーがあったのだが、蒔田は仕込みの女の子を使わず平気で街行く女の子たちに声をかけていた。そしてたまにお金を多めに払ってはその先の行為にまで及んでいた。つまり援助交際だ。俺と菅井と多田さんは、自分たちの見てくれは棚にあげて「蒔田はよくあの見てくれで、あんなことを平気でやるよなぁ。メンタル強いよなぁ」と感心していたものだ。

多田さんは時折蒔田のその仕事にカメラマンとしてついて行ったりもしていた。もちろん女の子のパンツが見たいのとその先も期待してのことだ。筋肉チビと東大チビの二人が女の子のパンツを求めて街をさまよう姿は笑えるなぁと思いつつ、自意識過剰な俺は恥ずかしさがまさってしまうために、羨ましいと思いながらもその仕事について行ったことはなく、読者プレゼント用の女の子の使用済みパンツ（もちろん使用などしておらずものすごい安物をどこかから仕入れているのだが）を袋に詰める作業のアルバイトを時折させてもらっていた。

「でもイズミ、ほんとすぐ俺のチンコ触ってくるからさ。本物の淫乱だったよ、あいつは」と蒔田がニヤニヤと思い出し笑いをしながら言った。

「いいよ、もうその話は。セックスしたくなっちゃうから」と多田さんが言うと、また菅井が

「あんたはセックスなんて何年もしてないくせに言うなよ！」と怒った。

「いや、一年前にしてるから。大山と蒔田と」

「え⁉　したの⁉」崎田さんが目をひん剝いて大きな声で言う。そういえば崎田さんはあまり性的な匂いを感じさせない人で、付き合いは長いが一緒に風俗などに行ったことはない。

「大山が入院したあれですよ」と多田さんが崎田さんに言った。

「あれってなに⁉」崎田さんはまだ目をひん剝いている。

「あのクソババアとやったやつ？　あんなのとよくやったよな、お前も」とそのとき一緒に行った蒔田が他人事のように俺に言った。他人事なのだが。

あのときは多田さんが助監督をしていた作品が北関東の某県で撮影中で、エキストラとして駆り出されていた俺と蒔田はそのままその町の安ホテルに一泊し、夜に多田さんも含めて風俗店に行ったのだ。

　本番ありのピンサロ、いわゆる本サロに入ったのだが、働いているガールズは見事にアラフィフ、もしくはアラシックスティな感じのおば（あ）さまたちで、蒔田はチェンジを繰り返した挙げ句、ウェイターに文句を言って店を出ていった。そういうときにチェンジをする勇気のない俺と多田さんは仕方なくおばさまに相手をしていただいた。

　俺の相手はおばあさまと呼んでも過言ではない推定六十七歳くらいの女性で、白粉で顔が真っ白な人だった。煙草を吸いながらよくしゃべるその人は口臭がきつかった。俺は息を止めながら「いつまでしゃべるんだこのばあさんは」としか思っていなかったのでなにを話していたのかは覚えていないが、突然「じゃ、いい？」と聞いてきたことだけは覚えている。俺は一瞬、虚を突かれたような感じになりながらも「え？　あ、は、はい」と返事をするとズボンを脱いだ。おばあさんは「よっこらしょ」と言うと、カプリと俺の下半身を咥えてきた。その咥え音というのかしゃぶり音というのかなんと呼べばいいのか分からないが、とにかく音だけはサービス満点なのだがその割には歯が当たりまくってまったく気持ち良くないどころか逆に苦痛ですらあり俺の下半身はほとんど反応しなかった。だがいろんなことを想像してなんとか八割くらいの硬度までもっていけたので事に挑み、自分史上最悪のセックスをした。さらに最悪なことに、その二週間後くらいに俺は高熱を出した。風邪かと思って寝込んでいたのだが、便所でオシッコしようとしたときに自分の股間を見てギョッとした。いやギョッとなどというレベルではない。驚愕した。タマキンが見事なまでに腫れあがりソフトボールのようになっていたのだ。

慌てて病院に駆け込んだ俺は、二人の女性看護師さんと一人の医師の目の前で、そのタマキンを晒した。そしてそのタマキンを見た医者は一言「ダメだこりゃ」といかりや長介のように言った。その言葉を聞いた瞬間、俺の背中に戦慄が走った。タマキンを取られてしまうのではないかと思ったからだ。

「遊んだ？」と医者に聞かれ「はい」と答えると、翌日から一週間入院させられて点滴を打ってもらったら熱が下がり、タマキンも元の大きさに縮んでくれた。その頃はまだ付き合っていたユキさんにはロケで一週間ほど留守にすると嘘をついた。

「あのときはマジで俺、玉袋取られると思ったから」

今思い出してもぞっとするが、体調が回復してくると性欲もムラムラと回復してきて病院のトイレで一度だけ恐る恐る実験的にオナニーもしてしまった。いつも通り射精したときは心の底から嬉しかったのを覚えている。

「あのときこいつ、看護婦に惚れてたからな」と菅井が言った。

「告白までしたよね」と多田さん。

「え、チンコ腫れてんのに告白したの!?」と崎田さんがまた目を剝いた。

「告白っていうか、手紙だけ渡したんですよ」

「俺が渡してやったんじゃん」と蒔田が言った。

毎日「どうですかー?」と様子を見に来てくれた三十五歳くらいの綺麗な看護師さんを俺は気に入ってしまったのだ。チンコを見にくるわけではなかったが、当然俺の症状は知っているだろうから、「チンコどうですかー?」と聞かれているのだろうし、もしかしたらナースセンターとかで「ビッグタマキン大山先生」などとあだ名をつけられているかも知れないと考えると発狂しそうな気持ちと妙に自虐的な気持ちが混ざり合い、なぜかとことん落ちてみたい気持ちになって、ラブレターを書いて蒔田から渡してもらったのだ。当たり前だが返事は来なかった。今思い返してもまったく意味のないことをしたと思う。どちらかと言うと手紙を持ってった蒔田のほうが良い経験をしたと言えるだろう。

「手紙の内容もひどかったからな」と蒔田が言った。

確かに「毎日『どうですかー』という声にとてもドキドキしながら励まされています」などと

書いた俺の手紙はナースセンターで笑いものにされていたに違いない。

「うるせーよ。それよりお前、今なんか書いてんの？」俺は蒔田に聞いてみた。

「ん？　あ、小説？　まだあれの途中」

「あれって……ジャンプ台爆破するやつ？」

「うん。もう千枚超えた。ライフワークだよ」

ジャンプ台を爆破するやつというのは蒔田が一九九八年の長野オリンピックの翌年から書き始めた小説で、つまり奴はもう三年もその小説を書いていることになる。

内容は長野県でリゾートバイトをしているフリーターの青年が、長野オリンピックのスキージャンプ男子団体で金メダルに輝いた日本男子チームの奮闘に興奮し、いろいろ思った挙げ句なぜかラージヒルのジャンプ台を爆破するに至るという話で、俺は二年前にそのとき書かれているところまで読んだが内容はあまり覚えていない。面白かったような気もするし、たいして面白くなかったような気もする。ただ、蒔田の文章のうまさには感心した覚えがある。

蒔田がまだその小説を書きあげていないことにホッとした気持ちと、やっぱりコイツもダメかという気持ちと、三年も書き続けられているなんてすごいなという気持ちと、こいつこのまま書きあがらなくても平然としていそうだなという気持ちが混ざり合い、なんだかよく分からない感情が湧きあがる。

「でもお前、千枚なんか超して新人賞の応募先あるの？」

「あるわけないだろ。持ち込みだよ」

やはり蒔田は平然と言う。

どこの馬の骨が書いたとも分からない千枚を超える超大作小説を読んでくれる編集者など、今時いるのだろうかと思うが、それを多田さんが指摘すると、「面白かったら読んでくれるでしょ」と蒔田はやはりまた平然と言ってのけた。

俺も蒔田のような強靭な精神力というのか我が道を行くようなメンタリティが欲しいと思ったことも一時はあるが、ここまで来ると、こいつはただのバカかもしれないとも思ってしまう。いずれにせよ蒔田なら俺程度の盗作でびびることはないだろう。

「ああ、食った食った。まかないがひどかったから、久しぶりにいいもん食ったよ」

そう言うと蒔田は横になってすぐに鼾《いびき》をかき始めた。帰ってきたばかりで疲れてもいるのだろうが、こいつの眠りに落ちるスピードはのび太のように尋常でない早さだ。そこもメンタルの強さの表れだろう。

蒔田が眠ってしまったあとは、五日後に始まるソルトレイクシティ冬季五輪の話に移り、上村愛子と仲間由紀恵は似ているとか、フィギュアスケートの村主章枝の目に見つめられるとヤバイとか、遡って八木沼純子の美しさは本物だったということなどで盛り上がっていると、不意に起きた蒔田が「俺は里谷多英のほうがいい」と寝言でマイペース発言をしたりしながら話題は五月から始まるサッカーの日韓ワールドカップに移り、どこの国に賭けるかという話をしていると多田さんのケータイが鳴った。

「誰？　こんな時間に」

「ああ、またこの女だよ、大山」

「え？　どの女？　こんな時間に」もう夜中の一時過ぎだ。

「お前がダイヤルQ2でつかまえた女だよ」

「あのヤバイ女か」と菅井が言った。

「まさかリカ!?」俺の心臓はドキンとした。

「なにそのリカって!?　なんでヤバイの？」と崎田さんが聞く。

「こいつが前にツーショットダイヤルで知り合った女に俺のケータイの番号教えたんですよ。自分のケータイじゃなくて」多田さんが口をとがらせて言った。

「なにそれ！　悪いやつだな」

「いや俺、そのころまだケータイ持ってなかったんですよ。だから」

「だからじゃないでしょ、ダメでしょ！　それでなんでヤバイの？」崎田さんは興味津々だ。

「こいつ、その女になんでもさせてんですよ！　ケツの穴なめさせたり！」と菅井が今日初めて崎田さんに言葉を発した。

「そんなとこなめさせてんの!?」崎田さんがまた目をひん剝いて、今度は鼻の穴も大きく膨らませた。

「いや勝手になめてくるんすよ」と俺が言うと、不意に起きた蒔田が「そんな女、特に珍しくもないでしょ」と言ってお茶をゴクゴクと飲んだ。

「まだ電話してくるの？　半年以上会ってないよ」俺は多田さんに聞いた。

「最近またしてくるようになったんだよ」

「マジで？　なんか留守電入ってる？」

多田さんは「ほれ！」と俺にケータイを突き出した。

「もしもしあたしです。リカです。タカちゃん連絡ちょうだいよー。どうして電話くれないの？　あたしすごく苦しいよ。ほんとに苦しいよ……。もうどうしていいか分からないよ。あたし、なんかタカちゃんに嫌なことした？　もし嫌なことしてたら教えてください。嫌なところは直すから。タカちゃんが嫌だと思ってるとこ全部直すから（以下嗚咽）」

と甘えたような声で伝言が残されていた。

「お前、いいかげんにこの女なんとかしろ。最近三日に一度くらいこんな感じの留守電入ってるんだよ」

「それが多田さんの鬱に勢いつけてんじゃねえの」と菅井が言うと、「それ、冗談になってないから」と多田さんは笑いながら言った。

俺はリカの伝言を聞きながら、彼女の豊満な肉体を思い出していた。

リカとは三年くらい前、まだここに住む前にダイヤルQ2のツーショットダイヤルというサービスで出会った。その数年前から蒔田がツーショットダイヤルにはまっていて、まれに女と会ってはセックスしていたので、俺も蒔田の部屋の電話でツーショットダイヤルに初挑戦してみたところ、あっという間にハマってしまい、暇を見つけては、と言うか今もだがその頃も暇だらけだったので、ツーショットダイヤルばかりやるようになってしまったのだ。

待ち合わせの約束を取り付けても、行ってみて好みの幅から大きくずれていると声はかけないし（当然目印の帽子やカバンは最初は隠しておくので）、逆に目印の恰好をしている女がいないことも多々あり（きっと女性のほうも陰で様子を窺って俺を見てがっかりしていたのだろう）俺はうまく出会えたことがなかったのだが、電話代を月に五万円くらい請求されてもやめることができず仕送りでまかないながら続けていた。もうやめよう、これを最後にしようと思っても、暇になるとついつい電話に手が伸びてしまった。もちろんその頃はユキさんと付き合っていたのだが、単純に別の女の人とセックスしたかったし、ダイヤルQ２中毒にかかっていたのだと思う。

女の子とつながるまでの待ち時間に流れていたのがウルフルズの〈ガッツだぜ!!〉だったので、俺は今でも〈ガッツだぜ!!〉を聞くと、ああ、この歌を聞いている間にも電話代がどんどん加算されていくのだなあというあの憂鬱な気持ちを思い出して心が苦しくなる。だから落ち込みたいときは〈ガッツだぜ!!〉を聞けば一発で落ち込める。

リカと電話がつながったのは、そんなある日の夏だ。

ツーショットダイヤルでは互いに有名人では誰に似ているかという会話がよくなされるのだが、俺はナインティナインの矢部浩之と答えていた。謙遜してブ男な有名人を言えば会ってもらえないし、ミスチルの桜井などと言えば会ったとき、相手に「どこが？」と思われた上に「どこまでうぬぼれてんだこいつ」とも思われる。いろいろ考えると矢部あたりが、相手に失望も期待も与えないだろうし、もしかしたら期待を上回ることもできるかもしれない。そしてちゃんとした自己判断能力を持っている人間という印象を与えることもできると思ったのだ。

その日は新宿アルタ前で会う約束をして、俺は目印の緑のキャップは当然かぶって行かなかったのだが、リカは目印の黄色いトートバッグを持って立っていた。

「自分では全然似てないと思うけど松下由樹って言われる」と言っていたリカは、松下由樹にはまったく似ていなかったが顔は悪くはなかった。背が小さく、目はクリクリと大きくて童顔気味のかわいらしい顔をしていた。そしてTシャツからドンと突き出したオッパイはただちに吸い付きたいと思うくらいに大きかった。

俺はすかさず緑のキャップをかぶって声をかけると、リカは「えー、矢部よりカッコいいよぉ」と言った。

その後二人でお茶をしながらこういう出会いを何度したことがあるのかとか互いの仕事のことなどを話したが俺はすべて嘘をついたし、リカだってどのくらい本当のことを言っているのか今も分からない。

とにかく盛りのついた犬のようにセックスだけがしたかった俺は「一目惚れした」とか「大っ好きなタイプ」などと旅の恥は掻き捨てではないが、こんな出会いの嘘はつき捨てとばかりに臆面もなくリカを口説きまくってその日のうちに大久保のラブホテルでセックスをした。

リカはまさに肉布団と言いたくなるような豊満で柔らかで弾力のある肉体をしており、貧乳でほっそりとしているユキさんとはなにもかもが違った。こんなにも抱き心地のいい身体があるのかと感激した俺はその日だけで四回セックスをした。

一回目こそリカは「えー、こんなのあり得ないよ。会ったばっかりなのにぃ」と恥ずかしがる素振りを見せていたが、二回目以降積極的になり、いろいろしてくれたがすべてのことがユキさんよりもはるかに上手だった。

「なにニヤニヤしてんだよ」といつの間にかまた起きていた蒔田が言った。

「え？」

「リカとのセックス思い出してたんだろ」と蒔田もニヤニヤしながら言った。

「久しぶりにしたくなっちゃった」

冗談めかして言ったが、それは俺の本心だった。ユキさんと最後にセックスしてからもう三カ月以上たっていたというのもあるが、実は二週間ほど前にリカとセックスする夢を見て夢精していた。セックスだけの相性ならユキさんよりもリカのほうが良かった。

リカとはその四回セックスをした一日で会うのをやめておけばよかったのだが、時間がたつとまたしたくなってしまい、俺からリカのケータイに電話をかけてしまったのだ（その頃、俺は携帯電話を持っていなかったのだが、持っていないと言うのが恥ずかしかったので思わず多田さんの電話番号を教えたのだ。もちろん多田さんには事後承諾を取り、リカの番号も教えてくれぐれも電話に出ないようには伝えた）。しかもここが俺の優しいところだとどの口が言うのかと怒られそうだが、セックスしたいだけで呼びだすのは悪いなと思って、「やっぱり好きになってしまった」というようなウソをついて呼び出したものだからリカのほうは俺に本気になってしまった。

そして二回目に会ったときも大久保のラブホテルで三回セックスをした。

別れ際、リカは「次はいつ会える?」と聞いてきた。俺としてはユキさんもいるし、そもそもダイヤルQ2で出会った女と本気で付き合う気はないので、「俺は映画の配給会社で働いていて世界中に映画の買い付けに行ったりしているからあまり日本にはいない。だから電話もほとんで出られない」という分かりやすいウソをついた(リカはすごーいと感心して騙されていたが)。おまけに名前までも大野タカシという名字だけ偽名を名乗った。本当はもっとはっきりした偽名にすべきだったのだが咄嗟のことだったので機転がきかず中途半端な偽名になってしまったのだ。

それらのウソがバレてひどい人間だと思われてもまったく構わなかった。セックスできてラッキーくらいにしかリカのことは思っていなかった。だが、その期に及んでも体の相性がぴったりというかユキさんがしてくれないようなことをなんでもしてくれるリカとこのまま別れるのはもったいない気もして「とりあえずまた俺から電話するから」と言ってこのときは別れた。以降、セックスしたくなれば呼びだすという都合のいい女として俺はリカと付き合っていたのだが、教えていた多田さんのケータイにちょくちょく電話をしてくるようになったので距離を置いていたのだ。もう半年以上も会ってないし、電話もかかってこなくなっていたのでうまい具合に自然消滅に持ち込めたと俺は思っていた。

だがどうせユキさんと寄りを戻せないのなら、俺はもうリカでもいいような気もしてきた。一人でいなければならない寂しさや不安感を思うと、リカのような正体不明の女とでもどこかでひっそりと暮らすのも悪くない気がすると思うのは、お酒に酔っているからかもしれないが、でも一人ぼっちよりマシなのは確かだ。

ふと気が付くと、多田さんも蒔田も菅井も崎田さんもみんな横になって寝ていた。俺はみんなを見回しながら、こいつらは一人ぼっちになるのが怖くはないのだろうかと考えていた。

俺は同居している四人で（今日は崎田さんもいるが）こういう無駄な夜を過ごすのがなにより好きだ。互いの傷をなめあいながら、人の悪口を言ったり現状への不満を言ったり、エロ話をしたりしていると、「ああ、この夜が永遠に終わらなければいいのになぁ」と心の底から思う。四人で落ちていけば怖くないという気にもなれるからだ。でも、そんなふうに思っているのは俺一人だけのような気がする。多田さんや菅井は何者にもなれなかったときの自分ときっちり折り合いをつける覚悟というとカッコよく聞こえるけれど、そのときの想像がある程度はついているような気がする。蒔田は何者かになれないとは思っていないだろう。俺は自分が何者かになれるという想像もつかないが、なれなかったときの想像もついていない。だから先のことが怖くてたまらない。その怖さを紛らせるためにシナリオを書いているようなものだから、本当に表現したいことがあって書いている奴には絶対に敵わないと思っている。どうしてこんな道を選んでしまったのだろうかと思いながら、常に逃げ道を探しているのだがその逃げ道も見つけられない。だったらリカと一緒にどこかの温泉街の旅館や食堂で住み込みの仕事でも見つけて生きていくのもありだし、実際その程度の人生を歩む確率がかなり高いだろう。

「崎田さん、起きてくださいよぉ」

眠れない俺は、一人で起きているのも寂しいので崎田さんを揺すってみたが起きてくれない。

多田さんも蒔田も菅井も起きてくれない。無為な夜が終わるのはまだ早すぎる。まだ最近の日本映画の悪口を話していない。ありったけのやっかみを込めながらするその話も俺は大好きなのに。

このまま一人でぼんやりと過ごすのは苦痛でしょうがない。もうどうにでもなれと俺は多田さんのケータイを手に取ると、最も新しい着信履歴の番号に電話をかけた。

「もしもしタカちゃん!?」

ワンコールも終わらないうちにリカが泣きそうな声で電話に出た。

4

新人シナリオコンクールに落選してから一週間、映画を観る気分になどまったくなれなかったが、リカと会うまでに時間に余裕があったので渋谷で『パラダイスの夕暮れ』という映画を観た。

リカと会うと決まってから、俺はセックスすることばかり考えており、今日など朝からずっと勃起しているといっても過言ではない状態で、映画なんか落ち着いて観られないだろうと思っていたのだが、他に時間を潰せるようなこともなかったので観に来たのだ。

ゴミ収集車を運転しながらゴミを集める仕事をしている男とスーパーのレジ打ちをしている女の恋の話だった。都会の片隅で行き場もなく生きている二人の姿が俺とリカに重なりまくって映画の世界にのめり込んでしまった。やっぱりリカと生きていくのも悪くないんじゃないかと背中を押されたような気分になって映画館を出たのだが、五分ほどすると脳内はセックスしたいだけモードに切り替わっていた。

新宿に移動して待ち合わせをしている紀伊國屋書店前に行くと、すでにリカは来ていた。

「あ、タカちゃん！　タカちゃんだー。ほんとに来てくれたー。えー、なんか来てくれないかもって思ってたよー、嬉しいよー」

リカはシロクマのアップリケのついた青いニット帽に真っ赤なダッフルコートを着て、緑色の毛糸の手袋をした両手を胸の前で小さく振った。語尾を伸ばしながらゆっくりと話す話しぶりは相変わらずだ。いつもと違うのは俺を見るリカの目がうっすらと潤んでいることだ。きっとリカなりに勇気を出して多田さんのケータイに電話をかけていたのだろう。

「久しぶり。元気？」

半年以上も無視していたくせに平然と言えてしまう自分を嫌な人間だなと思いつつ、何事もなかったように俺は言った。

「えー、元気だよー。電話しても全然出てくれないし、嫌われたかと思ったよー」

リカは努めて明るく言っているように見えた。ずいぶん頭のぬるい女に見えるが、傷つきたくなくて必死にそう振る舞っているのが手に取るように分かる。

「ごめん、ごめん。あ、でもあれ会社から支給されたケータイだから、俺個人のやつ教えとくよ」

俺は罪滅ぼしのようなつもりでリカに自分のケータイの番号を教えた。

「えー、あれ、会社のだったんだー。タカちゃんのやつかと思ってたー。えー、じゃあ今度からこっちにかけていい？」

「いいよ。でもあんまり出られないけど」

「やっぱり忙しいんだー。まだ海外とか行ってるの？」

「最近はあんまり行ってないけど。ていうか俺、会社辞めたから」

もしかしたらリカとはこの先長い付き合いになるかもしれないと思い、偽りの会社員であることはここで無しにしておいたほうがいいと思った。

「え、辞めちゃったの？」

「うん。なんかそれでバタバタしてて連絡できなくて」

「そうなんだー」

「そうなんだよ。どうしようか？　お腹すいてる？」

俺は一刻も早くホテルに入ってセックスしたかったが、さすがに会ってすぐには切り出せない。

「あんまりすいてないっていうか……」

「え、なに？」

「あんまりすいてない」

「あ、そう。じゃ、どうしようか」

「……」

いつもは俺からホテルに行こうと言うのだが、久しぶりに会うとやはりなんだか言いづらい。

セックスだけを理由にのこのこと出てきと思われるのも嫌だ。九割がたそれだけが目的で出てきているのだが。

リカももじもじしていてなにも言わない。このままでは埒が明かないので仕方なく俺から切り出した。

「……ホテル、行く？」

少し照れながら言うという芝居を打つまでもなく恥ずかしかった。

「えー、どうしよ」

どうせ行くくせに必ずリカはこう言う。

「だって俺もリカとずっと会いたかったし、でも発狂するくらい忙しくてなかなか連絡取れなくて、でもすげぇ会いたくて、抱き合ったりとかしたいなってずっと思ってたから……」

我ながらよくもこんな気色の悪いことを言えるものだなと思うし、シナリオライターとしての才能もゼロなセリフだ。

「あたしもタカちゃんとずっとヌクヌクしたかったけど……」

思い出した。リカはセックスのことをヌクヌクと言うのだった。それこそ気色悪くて初めてリカの口からその言葉と意味を聞いたときは、絶対にこの女と長く付き合うことはないだろうと思ったものだ。

「でもぉ……」

「でもなに？　俺、もう我慢できないよ」

リカのノロノロとした話し方がイライラする。

「あたしも仕事辞めてお金とかないから……」

「え」

「タカちゃんもお仕事辞めちゃったんならお金もったいないよぉー」

「そうなんだ。じゃあ……どうしようか」

もたもたした会話はまどろっこしいが、確かに金はもったいない。リカと付き合う気のなかった俺は、今まで割り勘でホテルに行っていたのだ。今日だって割り勘のつもりだったから持ち金は六千円しかない。その六千円で行けるホテルもあるが、リカにその金額をつぎ込むのがもったいない。だがセックスはしたい。

逡巡していると、「ウチ、来る?」とリカが言った。

「え?」

「ウチ……」

「えーと……」

俺は躊躇してしまった。リカの家にはもちろん行ったことがないし、この女の正体をまだまったく知らないのだ。初めて会ったときに聞いた杉山リカという名ももしかしたら俺のように偽名かもしれない。確か浅草のほうに住んでいると言っていた記憶があるが、このままのこのこついて行くと、もしかしたらリカは美人局《つつもたせ》であとからヤクザのような怖い人が出てくる可能性もあるんじゃないだろうか。リンチされた挙げ句に多額の金を請求されるという映画やドラマのようなことに巻き込まれるのはとても怖い。

硬くなっていた下半身が急速に縮みあがった。

「えーと……え、リカってどこに住んでるんだっけ？」

決心がつかず時間を稼ぐために聞いた。

「最寄りの駅は三ノ輪だよー」

「三ノ輪って……何線？」

そう言えば初めて会ったときに聞いた気がするが、まったく馴染みのない駅だ。まぁ浅草の近くなのだろう。

「日比谷線だよー」

「日比谷線……って、あんまり乗ったことがないなぁ」

ものすごくどうでもいいことを言いつつ、俺はリカの胸を見つめた。コートの上からでも張り出しているその弾力性抜群のオッパイが恐怖心を上回った。

「じゃあ……行こうか。リカんち」

「うん。行こ行こー。ねぇ……手、つないでいい？」

リカからそんなことを言ってくるのは初めてだ。いきなり懐に飛び込んでくるような間合いの取り方にデンジャラスなものを感じてしまうのだが断る理由も見つからない。

「え……あ、い、いいんじゃない」

俺はハンパに答えた。これから騙そうとしている男と手をつなぐだろうか。つなぐ訳ないよなと無理やり思い込もうとしたが、もしかしたらこれから騙すからもう最後だと思って手をつないでいるのかもしれないとも考えられる。元来臆病にできている俺はいろんなパターンを想定しながら母親に手を引かれる子供のようにリカに手を引かれて行った。

三ノ輪駅から歩いて十分ちょっと。吉原という場所に俺は初めて足を踏み入れた。この駅が吉原に直結しているなんてまったく知らなかった。

まさかリカはソープ嬢なのだろうか。だとしてもさほど驚きはない。あんなことやこんなこともしてくれたことにも説明がつく。だが「まさかソープ嬢なの？」とは聞けない。ますますこの女の正体が分からなくなる。

リカと二人で歩きながら、そういった店が軒を連ねる通りに足を踏み入れる。

「なんかすごいでしょ。夜になると人通りがすごく増えるんだよ」平然と言うリカに俺は「そうなんだ……」とかろうじて答えた。

リカは超高級ソープランドの真裏にある大きなマンションに住んでいた。一見したところ家賃がかなり高そうに見えるマンションだ。やはりヤクザのような男と一緒に住んでいるのではないだろうかと安っぽい妄想が広がり足がすくむ。

「ず……ずいぶんいいマンションに住んでるね」

そう聞く俺の声は自分の耳を通して聞いてもはっきりと不安そうだ。

「えへへ。こういう場所にあるから女の人には格安で貸してくれるんだよー」

リカは俺の不安感など微塵も感じていないようだ。

「へぇー……」

リカの部屋はそのマンションの八階にあった。引き返すなら今しかないが、ここまで来て「やっぱり帰る」というのもカッコ悪くて、俺はビクビクしながらリカについてエレベーターに乗り込んだ。

「あそこだよ。八〇二」

玄関の前に立ち、リカがガチャガチャと鍵を開ける。

怖いヤクザの代わりに黒と白と茶トラの三匹の猫がニャーと出迎えてくれた。

「どうしたの、お前たちー。お腹すいたー？」

リカはそのうちの黒い猫を抱きあげると「あがってー」と俺に言った。

「お邪魔します……」

奥に怖い人がいる可能性も捨て切れない。俺はおそるおそる中に入った。だが奥にも誰もいなかったので俺は心の底から安心した。すると気持ちも急激に大胆になり、俺をここまで心配させたリカにお仕置きなんかしたくなってきて、俺は背後からリカに抱きついた。

「しよ。もうメチャクチャにいじめるからね、今日は」

安心感からかそんな寒いセリフも出てくる。

「ヤダ、ちょっと待ってよー。この子たちにご飯あげなきゃー」

「その前に、俺にリカを食べさせてよ」

気楽になったおかげで歯の浮くような寒いセリフが続く。

「ダメだよー。この子たち、おなかすかせて待ってたからー」

「俺だって我慢できないよ。おなかペコペコちんこビンビンだよ」

リカは「あー、タカちゃん悪い子だぁ」と言いながら、俺の腕からするりと抜けだすと、キッチンの棚から猫の餌を出して皿の中へカラカラと入れ始めた。

なんだよ、猫の餌が先かよと俺は不満に思いつつ、改めて部屋を見渡すと、2LDKの間取りは家族四人で住んでも十分な広さだ。そして部屋に入ったばかりのときは緊張していたせいもあり気づかなかったが、これは猫の臭いだろうか、軽く鼻をつくような獣臭が充満している。そしてしばらくすると、その鼻の奥がムズムズしてきてクシャミが出た。

「ハクション!」

一発すると続けて二発、三発とクシャミは続き、目や顔がむず痒くてたまらなくなってくる。

「えー、まさかタカちゃん、猫アレルギー?」

猫が餌を食べる様子をしゃがんで眺めているリカが言った。

「いや……なんだろ。よく分かんないけど。なんか急に」

実家に犬はいたが、猫は飼ったことがないので猫アレルギーかどうかなど分からないし、猫アレルギーの症状がどんなものかも分からない。ただ、目がかゆくてクシャミが止まらない。

「じゃあお風呂はいろー。お風呂はいれば多分大丈夫になるよー」

リカはようやく腰をあげると、お湯を張りに風呂場へと行った。

三匹の猫は、俺のクシャミなど知ったことかとムシャムシャと餌を食べ続けている。その様子がなんだか無性に腹立たしかった。

　リカはボディソープを塗りたくった自分の身体を俺の身体にこすりつけるように抱きついてきた。これは前々からリカがやってくれる泡踊りとまでは言えないが、それの真似事の遊びみたいなものなので、それでもものすごく気持ちいいことには変わりない。こんな場所に住んでいることだし、こうしたプレイがあることも知っているのだから、やはりもしかしたらわずかな期間でも本職だったことがあるのかも知れない。

　風呂場で泡にまみれていると、それだけで俺は耐えきれなくなり挿入前に果ててしまった。

「あー、かわいー」

　リカが俺の下半身を両手でくるみながら言った。続けてすぐにでも二回戦に入れそうではあるが、もともと俺は風呂場などでするのは好きではないので、「お風呂出てからたくさんしよ」とまた恥ずかしいセリフを言って風呂から出た。

　身体を拭いてリカの部屋に行くと、餌を食べ終えた猫が窓際に三匹並んで俺のことをじっと見つめている。その目つきがなんだか気に食わなくて、俺は猫たちに向かって怖い顔をして「シャーッ！」と言って威嚇してやった。すると猫たちはリカの着替えている脱衣所に脱兎のごとく逃げていった。

　鼻と目はまだ少しムズムズするが、それでも風呂に入るとずいぶん楽になった。

「どうしたー。なんでこっちに来たの？　向こうでタカちゃんに遊んでもらいなー」というリカの声が風呂場のほうから聞こえた。どれだけあの女は猫のことが好きなのだろうか。遊んでなんかやるものか。来たら蹴飛ばしてやると思った。

リカの部屋の本棚には岡崎京子やくらもちふさこの少女漫画に『ドカベン』や『がんばれ元気』『キャプテン』などのスポーツ漫画もずらずらと並んでいる。その横に大量に並んでいるVHSテープはほとんどがお笑いのビデオだ。そして道路標識の看板や「激安」とか「大安売り」などと書かれた旗なども飾ってある。明らかにどこかの本物を持ってきたものだろう。

床には小さなクッションが三つほど転がっていて、その間には大きな熊のぬいぐるみが座っている。壁には有名な漫才コンビのカレンダーが貼ってあり、そのカレンダーにはいろいろと予定が書いてある。今日の日付には「タカちゃん♡」と書いてある。あとはほとんどがお笑いライブの予定だ。週に二、三度はどこかしらにライブに出かけているようで、そのほとんどに「with 夢子」と書いてあるからおそらく夢子という名の友達と行っているのだろう。とにかくリカがお笑い好きなのだろうということを、俺は今日はじめて知った。

他にリカの正体の手掛かりになるような日記帳かなにかないだろうかと本棚や箪笥を漁ってみたが特に目を引くものはなかった。

そうこうしているうちにリカもこちらの部屋にやってきた。

「お笑い好きなの?」

「うん、大好きー。追っかけだもん、あたし。言ってなかったけ」

「聞いてないけど、俺の友達にもお笑い芸人が一人いるよ」

「ウソー！　誰だれー？」

「言っても絶対分かんないよ」

「えー、多分分かると思うー。すんごいオタクだもん、あたし」

「菅井茂って言うんだけど」

俺は菅井の本名を言った。

「ヤダ、知ってるー！　シゲ菅井でしょ。ピンの人だよねー？」

「そう、そいつ！　シゲ菅井！　え、知ってるの!?」

菅井の芸名はすっかり忘れていたけれど、リカが菅井を知っていることにちょっと感動したし、少しだけ嬉しくもあった。俺も意外と友達思いなところがあるのかもしれない。

「あたし、何度か見たことあるよー。若手のライブで。怒り芸の人だよね。えー、お友達なのー!?」

「うん、まぁ。へぇ、見たことあるんだ」

一緒に住んでいることはなぜか内緒にした。

「あるよー、あたしけっこう好きだったけど……最近あんまり出てないよねー」

「うん。なんか悩んでるみたいだけどね。お笑い続けるかどうか」

「そっかー。大変だもんね、芸人さんは。へー、でもすごい、タカちゃん、シゲと知り合いなんだー」

「すごいの？　それ」

「すごいよー。だって芸人さんだよー」

言いながらリカは布団を敷きだした。

「じゃあ今度会ったら言っとくよ。喜ぶよ、あいつ」

「言っといて、言っといてー」

リカはそう言うと布団に潜りこんで、「いっぱいヌクヌクしよ」と言った。やはりヌクヌクという表現には、すでに勃起している下半身も萎えそうになるが、踏ん張って俺も布団に潜りこむと、敷布団も掛布団も猫の毛だらけだ。その有り様に俺はまた目と鼻がムズムズしてきてクシャミが出た。そんな俺を見てリカは笑っている。俺は腹が立ってきて、リカに乱暴にキスした。長い長いディープキスでもしていれば、このムズムズも治まるのではないかとなぜか思い、リカの口に舌をねじ込んだ。リカも力いっぱい俺にしがみついてくる。俺たちは猫の毛だらけの布団の中で十分近くキスをしつづけた。

いい感じに舌など絡ませ合いながらキスだけでイッてしまうのではないかと気分が盛り上がったところ、なんだか足元にフワフワグニャグニャした気色の悪い感触を覚えて俺は思わず「ウワッ！」と悲鳴をあげた。

布団をめくりあげると猫が三匹飛び出していった。

「ウフフ。あの子たち、あたしがタカちゃんとヌクヌクしてるから妬いたんだよー。いつも私と一緒に寝てるし。おいでおいで」

呼ばなくていいのにリカは猫を呼ぶが、奴らは俺を警戒しているのかじっと見つめているだけだ。

「そう言えば名前、まだ教えてなかったよねー。黒いのがクロで白がシロで茶トラがトラ。えへへ、そのまんまでしょー」

やつらの名前なんか心底どうでもいい。とにかくあの警戒心の強い目が気に食わない。

「あいつらもっと妬かせてやろうよ」

俺は猫たちの前でご主人であるリカをいたぶりたくなって、仁王立ちするとリカに下半身を乱暴に咥えさせて猫たちに見せつけてやった。三匹の猫たちはそんな俺のことをじっと見つめている。俺は猫たちに対して勝ち誇ったような気分になり、下半身を咥えさせたままマッスルポーズを作ってやった。

「ザマミロ。俺の目や鼻をムズムズさせやがって。今日はもうお前らはこの布団に入れねえからな」と俺は心の中で猫たちに言った。そして猫たちに見せつけるように喘ぎまくった。するとリカが調子づいて、俺の下半身を根元まで咥えてきた。俺はメチャクチャ気持ち良くなってさらに喘いだ。猫たちはそんな俺をじっと見続けている。そして俺はまた猫に見せつける。そのうち気持ち良さのなかに微かな虚しさを感じ始めた俺は、自棄になってバカなんじゃないかと思うくらいもっと大きな声で喘いでみた。

その後、立て続けに三回セックスをして腹が減った俺たちは食べ物を買いに近くのコンビニに出かけた。夜の九時を過ぎて、リカの言った通り表には人通りが増えて煌びやかな雰囲気だ。

リカは「エヘヘ」と笑いながら腕を組んでくると、「オッパイ、オッパイ〜〜」と言いながら俺の腕を自分の胸にこすりつけた。

なんだか少しずつリカのペースに巻き込まれているような気がする。それでもいいじゃないかと思って今日という日を迎えたはずなのに、三回セックスして射精したらその思いはもう木っ端みじんに砕けていた。やはりこの女は少々頭がおかしいと思わざるを得ないし、あの猫たちと一緒にいるのもうんざりだ。

近くのコンビニに入ると、胸元の開けたスーツのような服にミニスカートをはいたソープ嬢らしきおねえさんたちがおにぎりやサンドイッチを買っている。

「この人たち、さっきまでお客さんとセックスしていたんだろうなぁ」

そういう目で俺が見ているというのを見透かされていそうな気がするが、それでもチラチラとおねえさんたちに目をやらずにはいられない。さすがに吉原だからかどうかは知らないが、皆さん若くてそこそこキレイだ。

彼女たちを見ていると、俺はまたセックスしたくなってきた。部屋に戻ると、三匹の猫が布団の上で丸まっていたのでリカにばれないように蹴散らして、その日四度目のセックスをした。

翌朝、目が覚めると、スーツ姿のリカが鏡に向かって化粧をしていた。

俺はしばらくそんなリカを見ていた。俺と話しているときは頭の悪いバカ女にしか見えないが、今、自分の顔に化粧を施しているリカの表情は真剣で、妙に美しく賢そうに見えた。スーツ姿だからそう見えるのかもしれない。リカがどんな仕事をしているのか気になったが、聞かなかった。

「あ、起きちゃった?」

リカは俺の視線に気づいて言った。

「仕事？」

「うん。まだ寝てていいよー。鍵置いていくから」

「……いいよ、一緒に出るよ」

一人でこの部屋に残って、リカの正体を探ろうかとも一瞬思ったが、正体が分かったところでなにがどうなる訳でもないし、一人でこの部屋にいてもおそらく気が滅入ってくるだけだろう。ムカつく猫たちと一緒にいたくもない。リカは少し寂しそうな表情を見せたが、「じゃあ、駅まで一緒に行こー」と言った。

俺とリカが玄関から出ていこうとすると、猫たちが見送りに出てきた。

「行ってくるねー」

リカは猫たちに言うと玄関から出た。俺は、猫たちに向かって歯を剝き出して怖い顔をしてやったが、やつらはじっと俺を見ているだけで、やっぱりなんだかバカにされているような気がした。

俺とリカは三ノ輪駅までの道のりを黙って歩いた。リカとセックスをしたあとのこの時間がいつものことながらたまらなく憂鬱だ。今まではラブホテルでセックスしていたが、そのときも朝、ホテルを出て駅まで行く時間が憂鬱でたまらなかった。

そのとき、いつもリカは不安そうな表情で俯き加減に歩いていた。きっと次に会えるのはいつなのか俺に聞きたかったのだろうが、性欲が解消された俺は、「リカと会うのはもうこれを最後にしよう」といつも思っていたし、なんならセックスが終わった直後にはもう帰りたいと思っていた。

今日のリカも、そのときと同じように俯き加減に歩いている。昨日、久しぶりに再会しリカの家に行くことになったとき、「手、つないでいい？」と言って勝手につないできたときのような陽気さはもうない。おそらくまた俺からの連絡が断たれることを不安に思っているのだろうなとリカの心中を察しながらも、俺はとにかく早くリカと別れてこの気まずい時間を終わらせたい一心だ。

「ねぇ……」

リカがボソッと口を開いた。

「なに？」

俺が答えると、リカはあえてそんな動きをしたかのようにピョンと俺の前に子供のように立ちふさがった。そして伏し目がちに、「また……会える……？」芝居じみたような哀れみたっぷりの言い回しで聞いてきた。

「うん。連絡するよ……」

そう答える以外にはないだろう。本当ならそのあとに「またセックスしたくなったら」という一文も加わるのだが。

リカは一瞬真顔で俺のことを見つめると、次の瞬間には顔の筋肉を強引に動かしたかのような痛々しい満面の笑顔を作り、腕を組んできた。

それから俺たちはまた無言で歩き出した。三ノ輪駅のホームに着くまで会話はなかった。

「タカちゃん、どっち？」

「……北千住に友達がいるからちょっと会っていくよ」

俺は嘘をついた。

「……そうなんだ。じゃーね。バイバイ」

「うん。また……」

リカはなにか言いたそうに少し俺の顔を見つめていたが、俺が目をそらすと「連絡ちょうだいね」と言って、朝の通勤ラッシュで混雑している中目黒方面のホームへと駆け出した。きっと俺の嘘などお見通しなのだろうと思う。だがそれを追及するのは自分が哀れ過ぎてできないのだろう。

リカのかわりに俺がリカを哀れに思った。そしてそんな自分のことを嫌な人間だとも思った。そのことに直面するからリカとのセックスのあとのこの時間が嫌なのだ。だがそんな自己嫌悪も、まだ始まったばかりの今日という一日をなにをして過ごそうかと考えるとすぐに吹き飛ぶ。これを考えなければならないのも、リカとセックスをして別れたあとに憂鬱になる原因の一つだ。

このまま稲川邸に戻っても鬱の多田さんが寝ているだけだ。帰京中の蒔田はきっと部屋か近所の喫茶店で執筆中だろう。いずれにせよこんな朝にあいつらと会っても楽しい気分にはなれない。というか誰と会っても楽しい気分になんてなれないのは分かっている。

隣の南千住で降りた俺は、とりあえず新宿に戻って映画でも観ることくらいしか思いつかなかった。

紀伊國屋で『ぴあ』を立ち読みしながらどの映画を観ようか悩んでいると、とある邦画のタイトルとその監督のインタビューが目に飛び込んできた。

今現在、映画業界に自分がいると言えるのかどうか分からないが、一応いるとしてこの業界に身を置いて十年近くにもなると、ボチボチこういうことも起きてくるのだが、有名な俳優が何人もキャスティングされたそのホラー映画を撮ったのは俺と同い年の竹本耕太郎という若手の監督だった。今、日本の若手監督の中では一番売れている監督だろう。インタビューの中で、竹本は自信たっぷりに自作のことを語っていた。

竹本とは映画の撮影現場で五年ほど前に知り合った。俺が演出部のサードで竹本はメイキングとして現場に入っていた。ＰＦＦ（ぴあフィルムフェスティバル）で賞を取った竹本のことは名前だけは知っていた。俺も学生時代に撮った作品を何度かＰＦＦに応募したことがあるが一次審査すらもかすらなかった。ＰＦＦで賞を取って学生のうちに華々しくデビューするというのが俺の描いていた映画人生のスタートダッシュの青写真なのだが（俺だけでなく映画を志している若者の大半がそうだったと思うが）、まったくそうはならず、現状はこの通りだ。

映画を志す多くの若者が描いた青写真のような人生を歩んでいるのが竹本だったから俺は竹本に勝手にライバル心を燃やしていたのだが、竹本のほうはなんの実績もない俺にライバル心を燃やすわけもなく、同年代の話しやすい人が現場にいてくれて良かったという感じで俺によく話しかけてきた。

「この現場が終わったらまた自主映画を撮るから手伝ってよ」と竹本は俺に言ってきたが、俺は次の現場が決まっちゃったとかシナリオを書かなきゃいけないとかなんだかんだと理由をつけて断っていた。そして「頑張ってよ、完成したら絶対観に行くから」と心にもないことを言いながら、竹本の自主映画など失敗してしまえばいいのにと思っていた。

だが俺のそんなちっぽけな嫉妬など軽く吹き飛ばすかのように竹本は自主映画を撮り続け、そして作品は評価され続け、あれよあれよとこうしてメジャー映画を撮るまでの存在になってしまったのだ。二年前に初のメジャー映画を監督すると知ったときは俺の心は完全に折れたくらいだ。

竹本とはもう何年も会ってないし、ここまで差がついてしまっては嫉妬心すらも湧かなかったが、自信に満ち溢れた竹本のインタビューは途中で読むのをやめた。

なんとなくもう今日は映画を観る気も失せてしまった。と言っても時間はまだ昼前だ。なにもすることが思い浮かばず紀伊國屋を出てフラフラと歩いていると、いつもの癖か帰巣本能なのか歌舞伎町に来ていた。

平日昼間の歌舞伎町は人通りもまばらだ。ミラノ座や新宿プラザ劇場などの看板をボケッと見つめるがやはり映画を観る気にはならない。新宿コマ劇場の下の「東宝グランドサウナ」かその向かいのゲームセンターの地下にある「フィンランド」というサウナにでも入ろうかと悩む。

現場で助監督の仕事をしていた頃は、サウナが大好きだった。撮影終わりの疲れた体で深夜や早朝のサウナに入ると、そこの仮眠室には極道関係、水商売関係の方々に交ざって行き場のなくなりそうなホームレス予備軍のような人たちもたくさん眠っていた。早く世に出たい一心で現場の仕事から逃げ出したかった俺は、少々鼻の奥をつくようなすえた臭いとともに、そんな人たちに囲まれているとなんとなく心が落ち着くのだった。「俺はまだ大丈夫だ」と思えるからだが、さすがにこんな日の昼間から入るのは気が引けた。自分もそこで寝ている人たちの一歩、いや半歩手前まできていることを強烈に実感してしまいそうだ。

そこで俺が逃げ場として選んだのがマンガ喫茶だった。普通に働いている人から見れば平日真っ昼間のサウナもマンガ喫茶も変わらないのだろうが、日が当たるぶんだけまだマンガ喫茶のほうがマシに思える。

靖国通りまで引き返すと、俺は何度か来たことのある雑居ビルの六階にあるマンガ喫茶へと入って三時間コースを注文した。

とりあえず今から三時間、リカのこともユキさんのことも竹本のことも将来のこともなにも考えずに頭を空っぽにしてマンガをむさぼり読もうと思い本棚を物色する。今まで読んだことのないマンガでも読めば、それはインプットとしても役立つのだが、俺が選んだのは『ビー・バップ・ハイスクール』と『代紋《エンブレム》TAKE2』だ。かたやヤンキーもの、かたやヤクザものだ。俺は本来こういった低偏差値のものが映画でもマンガでも小説でも大好きだ。笑えて燃えて泣けるし、なにより分かりやすい。そして俺でもこういったものなら書けるのではないかという錯覚もできる。だがそれは本当に錯覚でしかない。こういった三文マンガや三文小説を書いている人たちも実は難しい本やら映画やらをたくさん読んだり観たりしているのをこの道に入ってから知った。

だから俺も難しい本や映画を読んだり観たりしなければならないと思いたまにするのだが、いっこうに頭に入ってこない。そんなとき、俺にはモノを作る資質がないのかもしれないととことん憂鬱になる。

俺に一番足りていないのは好奇心なのだ。好奇心は意識して持つものではないだろう。きっと生まれ育った環境から好奇心旺盛な人間が出来上がっていくのだ。なぜかは知らないが俺は創作者に最も必要な要素の一つであるこの好奇心が希薄だ（代わりにはまったくならないが臆病さは人の何倍も持ち合わせている）。だから今も何度も読んだこの二作品を手に取ってしまうのだ。そこにはどんなことが描いてあり、どんな気分になるかもう分かっている。読んで得られるものは安心感しかない。

俺は『ビー・バップ』と『代紋ＴＡＫＥ２』を読んで、小中学生の頃と同じところでニヤニヤと笑い、熱く燃えた。

「分かってることをやっても楽しくないだろ」

寿司屋のカウンターで缶入りの両切りピースを吸いながらお酒を飲んでいる「その人」の眼鏡の奥の眼はいつも笑っていない。

つまみに食べている塩ウニを口に放り込むと、「その人」は「分からないからやるんだろ」と言った。

俺は黙って「その人」の話を聞いている。

「お前、アナゴが好きなんだろ。食えよ」

「はい」

と答えて俺がアナゴを注文したところで目が覚めた。読みかけの『代紋TAKA2』が床に落ちている。

去年の九月九日、肺炎でこの世を去った「その人」が夢に出てきたのは久しぶりだ。

「その人」の職業は映画監督だ。俺はこの業界に入ったばかりの頃、「その人」から月に十万円もらいながら生活をしていた。つまり「その人」は俺の師匠のような存在だ。でもきっと「その人」は俺のことを弟子とは思っていないだろう。弟子は師匠の役に立たねばならないが、俺が「その人」の役に立ったことは一度もない。

「いろんなことをお見通しの眼」というようなフレーズをたまに聞くけれど、「その人」の眼もそんな眼のように見えた。でも、お見通しだけのつまらないものじゃない。なにかワクワクするようなことを常に探しながら世の中を見つめている好奇心旺盛な眼だった。

なんでもいいから「その人」が面白がることを俺は会うたびに一つは言いたいと思っていた。でも、いつもなにも言えなかった。「つまらないやつを弟子にしたな」と思われているのだろうかというつまらないことばかり、俺は「その人」と会うと考えていた。

「その人」が死んだと連絡をくれたのは、俺と同じように「その人」にくっついていた先輩で、「その人」が病気だったことを知らなかった俺はとても驚いた。言葉が出なかった。

絶句する俺に、先輩は電話の向こうから「大丈夫か?」と聞いてきた。言葉が出ない俺がそのとき心の中で感じていた気持ちは「ほっとした」という気持ちだった。「その人」が死んでそんな気持ちになっていたから言葉が出なかったのだ。

その二日後の九月十一日、ワールドトレードセンターに旅客機が突っ込んだ。「その人」が死んだことと旅客機が突っ込んだことはなんの関係もないけれど、二つの出来事に俺は慌てた。動揺したと言ってもいいかもしれない。明日から戦争が始まるのだろうかという恐怖と、言葉は不適切かも知れないが、得も言われぬ高揚感とに包まれながら、俺は今すぐにでも動かなければならないのではないかと焦りつつ動かなった。なにをすればいいのか分からなかった。そして一週間ほどするとその焦りもしぼみ始め、「その人」が死ぬ以前と同じような自堕落な毎日を生きながら今に至っている。

「その人」があの九月十一日の光景を見たらどう思っただろうかといろんな人が言った。俺はそんなこと思いもしなかった。そのことが、「その人」と関わっていたことに失格だと言われているような気がした。

夢に出てきた「その人」が今の俺を見てもがっかりすることもないだろうし、「まぁあいつはあんなもんだろ」と思われるだけだろうけど、それにしても今の俺は「その人」といた頃よりもダメになっている気がする。だからと言って、なにをどうすればいいのかはまったく分からない。

俺は再び『代紋ＴＡＫＥ２』を読み始めた。「その人」の夢を見てしまったものだから、マンガの内容はあまり頭に入ってこないけれど、俺は無理やり読み続けた。そして唐突にユキさんに会いに行ってみようと思った。

新人シナリオコンクールに落ちたのだから、もうユキさんと寄りをもどすための弾はない。強引にでも会いに行って土下座でもなんでもして寄りをもどしてもらうしかない。そう思うと居ても立ってもいられなくなり、俺は今すぐにでもユキさんに会いに行きたくなってきた。だが時間はまだ午後三時だ。ユキさんが仕事を終えて、家のある東急田園都市線の宮前平駅に戻ってくるのは七時くらいだろう。もしかしたら、ユキさんだって俺に会いたいかもしれない。強引に会ってしまえば、意外と元の鞘に収まるのではないかという気がしてきた。この寒い中を駅の改札で待っていれば、俺の顔を見てユキさんは喜ぶかもしれない。

二時間延長してとりあえず五時までマンガ喫茶にいた俺は、飲み放題のコーラでお腹をタプタプさせながら店から出た。そして早足で新宿駅に向かい、山手線に乗って渋谷に出ると田園都市線に乗り換えた。

宮前平駅に着いたのは六時だった。ユキさんの勤めている会社は五反田にある。農業に関する業界紙を発行している社員が十人くらいしかいない小さな会社だ。一度そこで作っている農業界向けの新聞を見せてもらったことがあるが、俺には面白くもなんともなかった。

五反田からなら宮前平まで一時間もかからないかもしれない。六時四十五分くらいにはユキさんはここに着くのではないだろうか。それまであと四十五分もあるというのに、俺は改札を出ると、駅の柱の前に立ってユキさんの帰りを待った。

俺を見たらユキさんはどんな顔をするだろうかと考えると少し楽しかった。

「もうー！　なんでいるのー。この寒い中……寂しかったの？」

そんなふうに言って温かい手袋をした手で俺の頬を両手で包んでくれそうな気がする。そうされたら俺は泣いてしまいそうだ。現にそう思うだけで今も鼻の奥がツンとして涙ぐみそうになってしまう。どうしてもっと早くこうしなかったのだろうかと思う。

六時四十五分が近づいてくると、俺の心臓はものすごい速さで高鳴りだした。帰宅ラッシュも始まり改札から出てくるお客さんの数もどんどん増えてくる。その都度、俺は目を皿のようにしてユキさんを見逃さないように探した。たまにユキさんに似たような人影を見ただけで、心臓が口から飛び出しそうになるくらいドキドキした。そんなことをしていると時間は瞬く間に過ぎ、あっという間に八時近くなった。

もしかしたら仕事のあとに誰かと食事にでも行ったのかもしれないと、この期に及んでようやく俺は思い始めた。それでも駅の階段から降りてくるお客さんを見ているだけでドキドキできたので待っているこの時間を苦痛とは感じなかった。ただ、二月のこの時間にこれだけ長時間外にいるので体が心底冷えきっていた。

十時近くになると到着する電車の間隔が少し空いてきたが、それでもまだ降りてくるお客さんは大勢いる。だが十一時になってもユキさんは帰ってこなかった。もしかしたら見逃してしまったのだろうか。次の電車が到着するまでは十五分ある。

ユキさんの家はこの駅から徒歩十五分ほどのマンションだ。俺は駅を出ると、ユキさんの住むマンションに向かって走り出した。マンションを見たからと言ってユキさんが帰宅しているかどうかなど分かるはずもないのだが駆け出さずにはいられなかった。

ユキさんの住むマンションに着いた。一度ユキさんの両親がいないときに入ったことがあるから部屋は分かっている。あのとき、手料理を作ってくれているユキさんと台所でセックスをした。ＡＶの見過ぎと言われようがどう言われようが、料理を作っている途中の女とセックスするという俺の夢が一つかなった瞬間だった。

ユキさんの家からは電気の明かりが漏れている。家に誰かいるということだけは分かった。なんの意味もなくそれだけ確認すると、俺はまたすぐ駅に向かって走り出した。

ちょうど電車が到着して改札から人が出てくるところだったが、ユキさんの姿はなかった。

その次の十一時三十分の電車にもユキさんの姿はなかった。そろそろ俺も帰らなければ終電がなくなるかもしれない。あと一本くらいしか待てないだろう。

もしかしたら、ユキさんにはもう新しい彼氏がいてデートでもしているのかもしれない。でもそうだとしたら、それを伝えてくれるのではないだろうか。そのうえで俺と正式に別れるはずだ。友達とカラオケにでも行っているだけかもしれないとも思う。だが今日は平日だ。明日も仕事があるのにこんなに遅くまで遊んだりするようなタイプではない。俺がこんな思いで待っているというのに帰ってこないユキさんに、いつの間にか俺は小さな怒りを覚え始めていた。そこで俺はふと気づく。こんなことから人はストーカーになってしまうのではないだろうか。もうすでに今の俺の行動はれっきとしたストーカーと言ってもいいだろう。

次の十一時四十三分着の電車が着くまでにはあと十分近くある。その一本だけ待ってユキさんが降りてこなかったら帰ろうと決めた。その十分は今日こうして電車を待っている中で最も長く感じた時間だった。

「二番線に電車がまいります」というアナウンスがホームのほうから響いてきた。きっとユキさんはこの電車にも乗っていないような気がする。シナリオコンクールの一次審査に通過するイメージがまったく持てないのと同様に、この電車からユキさんが降りてくるイメージもまったく持てなかった。

ホームから降りてきたのはわずか十数人の乗客たちだった。やはりユキさんの姿はなかった。

俺はケータイを取りだすと、ユキさんの名前を出した。今日の俺の行為を無駄にしたくなかった。ずっと待っていたのだとユキさんに伝えたかった。でも出しただけで、ボタンは押せなかった。電話に出てくれないときのことを考えると怖かった。だから俺は、駅の公衆電話からユキさんのケータイに電話をかけてみた。

プルルルル。プルルルル。プルルルル……。

呼び出し音に合わせるかのように俺の心臓も脈打つ。ケータイに「公衆電話」と表示されている文字を見て、ユキさんは俺だと思ってくれているだろうか。電話に出てほしい気持ちが九〇％、残りの一〇％は出られると怖い気持ちもあった。

「留守番電話サービスセンターに接続します――」という機械音が聞こえてきた。

俺は最後までその機械音を聞いて、ピーという音が鳴り終わると同時に電話を切った。

気が付くと阿佐ヶ谷に戻っていた。帰りの電車の中でなにを考えていたのかはほとんど覚えていない。渋谷で乗り換えたのだがその記憶すらもほとんどなかった。これもシナリオコンクールに落ちた直後と同じ状態だ。

稲川邸に戻ると、多田さんはなにかの映画のビデオを見ていて、蒔田は本を読んでいた。菅井はアルバイトなのか姿はない。

「おかえり」

多田さんがビデオを見たまま言った。

「ただいま……」

俺はなんとか微笑を浮かべて答えた。こんなときに誰かが迎えてくれるのは、それが多田さんや蒔田であっても少し嬉しい。

蒔田も本から顔をあげると「ああ、おかえり」と言ってまたすぐに本に目を落とした。蒔田が読んでいるのは『ブリキの太鼓』だ。有名すぎるそのタイトルは当然知っているが、どんな話なのかは実は知らない。でもきっと『ビー・バップ・ハイスクール』の作者は知っているのだろう。

「なんのビデオ見てるの？」

俺はたいして知りたくもないのに多田さんに聞いた。

「『要塞警察』ってやつ。カーペンターの。見た？　なかなか面白いよ」

「いや。見てないけど」

「見る？　明日までだけど」

「いいや。玉の湯って何時までだっけ？」

俺は冷えきった体を銭湯で温めたかった。

「一時。もう無理だろ」と蒔田が答えた。時計はすでに一時近くをさしている。

俺は自分の部屋に入るとゴロリと横になった。

今朝、リカの家を出てからの今日という一日は最悪な日だった。ここまで無為な一日を過ごしたのはさすがの俺でも久しぶりだ。

ユキさんはもう家に帰りついただろうか。どうせなら終電まで待つくらいの根性を見せるべきだったかと俺はもう悔やみ始めていた。そしてふと、何年も前にユキさんとしたとある約束を思い出した。その約束は、付き合い始めて二度目の十一月十一日を迎えたときに記念で行ったディズニーランドでした約束だ。俺が二十一歳になり（本当は五月五日に二十一歳になっているのだが）ユキさんが二十四歳になった日だ。

ユキさんの三十歳の誕生日に、二人が別れていようが付き合っていようがまた必ずディズニーランドで会おうという約束をしないかと俺が言うと、ユキさんはアハハと笑って、「それいいね。でも私じゃなくてタカシが三十歳のときでいいよ。あたしが三十歳ならあと六年でしょ。タカシが三十歳ならあと九年あるから、もし私たちが別れてたとしたら会う楽しみを先にとっとけるじゃん」と言った。

俺はそんなユキさんの言葉が嬉しかったくせに、「でもユキさん、三十三歳ってけっこうおばさんだけどいいの？」と言った。ユキさんは「別にいいよ。だってきっとまだ一緒にいるもん」

と言った。その言葉に二十一歳の俺は感動していた。

俺が嘘っぱちの三十歳になる十一月十一日まではまだあと十カ月近くもある。もしかしたらユキさんはあの約束を覚えていて、その日まで俺とは会わないでいようと決めているのかもしれない。その日をより劇的に迎えようとしているのかもしれない。

こんな最悪な一日を過ごしたというのに俺の胸の中にはそんな期待も膨らんできた。その日まであと十カ月もあるというのに、俺はどこまで前向きというのか甘い考えをしているのだと思わないこともないが、だからこそこんな状況でも多田さんのように鬱にもならずに生きていけるのかもしれない。

5

ユキさんを待ち伏せしたあの無駄な日からあっという間に一月が過ぎた。あの日以降、俺はほぼ毎日のようにユキさんを待ち伏せしようかどうか悩み、その都度思いとどまっていた。自分がストーカーになってしまうのが怖かったし、十カ月先の十一月十一日までは歯を食いしばって待ってみようと思ったのだ。

毎日毎日ユキさんのことを考えるのは苦しかったが、三月に入って少しずつ暖かい日が増えてきて三寒四温の日々になると、それに合わせるように、ユキさんのことを考えても心を乱されない日も少しずつ増えてきた。俺の心の中も三寒四温の日々になってきているようだった。

「今年は無理だけど、来年こそ春が来てほしいなぁ」

暖かい日には多田さんからそんな冗談も飛びだすようになった。暖かいときは多田さんの鬱症状は比較的軽いのだ。

そんな穏やかな三寒四温の日々の、穏やかでない三寒のある雨の日、阿佐ヶ谷にある小さなライブハウスでお笑いのライブが催された。俺と多田さんと蒔田は菅井からそのライブのチケットを買っていた。ただしそのライブに菅井は出演しない。

ライブの当日、俺たちがチケットを持って会場へ行くと、菅井は受付をしていた。

「よお！　ありがとな、来てくれて！　雨なのに」

菅井は俺たちを見るとやけに大きな声で言った。

「来るよ。チケット買ってんだから」と俺は答えた。

「雨っていっても近いじゃん」と蒔田がミもフタもないことを言う。

このお笑いライブには菅井の後輩たちが何人か出演しているのだ。いくつかの事務所に所属している若手のお笑い芸人たちが、事務所の垣根を越えて自分たちのネタを発表できる場を作りたいとのことで企画されたライブらしい。料金も八百円と格安だ。出演者のほとんどは二十代前半の若手芸人たちでまだ十代のコンビもいる。だが中にはもう三十路を超えていそうなオッサン芸人もいた。

「やっぱり頑張ってるやつらは応援したくなるじゃん！」

菅井は俺たちにチケットを売るときも妙にテンション高くそんなことを言っていた。

「お前は出ないのかよ」

蒔田が聞くと、菅井はネタが間に合わなかったと答えた。新ネタが間に合わないのなら、前に作ったネタでもいいから出るべきなんじゃないのかと俺は思ったが黙っていた。きっとそんなことは菅井が一番よく分かっていることだ。蒔田も多田さんもなにも言わなかった。

劇場の真ん中あたりの席に座ってチラシを見ていると、菅井が舞台に出てきて前説を始めた。

「えー、本日はお足元の悪い中をわざわざお越しいただいて本当にありがとうございます。やー、でも良かった、足元が悪くて。足元でも悪くないと前説で言うことないですからね。なんか寂しいでしょ、『本日はお越しいただいてありがとうございます』だけじゃ。だから足元でも悪くなんないかなーって思ってたんですよね。どうせなら雨じゃなくて土石流くらい起きて二、三人死んでくれてたら面白いんですけどね」

菅井がそう言うと、パラパラと少しだけ笑いが起きた。

「あ、ウケた！　えー、今のがウケちゃうんだ。ほんとですか？　お客さん。こりゃよっぽどバカかよっぽど人のいいお客さんだ、今日のお客さんは！　皆さんこの程度で笑ってたらね、今日は腹筋の五、六本は切れちゃいますよホントに。あ、またウケた。え、マジで？　ちくしょー、俺も出とけばよかったなー。一応自分もお笑い芸人やってるんですけどね。どうも、シゲ菅井です。知らないって？　うるせーよ、バカ野郎！　俺もお前らなんか知らないよ！　今日出てるやつら、後輩なんですよ。ほとんどが。だからさすがに俺がしゃしゃり出るのもあれかなーって思ったんですけど、なんだよ、この程度でウケるんならホント出とけばよかったよ、チクショウ」

菅井が調子に乗っていることが俺には分かった。本来なら前説でこんなに長く話す予定はなかったはずだ。だが思いがけず最初の「足元が悪い中」というギャグ（と呼べるものかどうかは置いておいて）がウケてしまったものだから芸人としての顔がニョキニョキと出てきてしまって思わずしゃべり続けているのだろう。言葉遣いもどんどん乱暴になってくる。

「でもホントよく来たよな、この雨の中。俺だったら絶対来ねえもん。だってたかだか八百円でしょ。ドブに捨てたっていいじゃない、そんなはした金。言っとくけどすごいつまんないですよ、今日の連中。はっきり言って俺の前説が一番面白いかもしれないですからね。え、早く前説終われって？　終わるよ、言われなくても。終わるけど、この前説終わった後の二時間地獄だからな。覚えとけよお前ら」

「菅井、もうやめとけ」と俺は思う。すでにお客さんの大半が菅井の前説など聞いていないし、今日出演する若手の芸人を心底応援しているお客さんだっているだろう。そんなお客さんたちの気分を害するレベルの前説になってしまっていることに菅井は気づいていない。おそらくアドレナリンが分泌されてハイな状態になっているのだろうが、見ていて痛々しかった。

「菅井のやつちょっとヤバくないか……」

多田さんが苦笑というにはあまりに苦すぎる感じに顔をしかめて言った。蒔田は菅井の前説など興味もないという様子ですでにアンケートを書き始めている。

それから十分、菅井はしゃべり続けた。挙げ句、芸人さんが出てきて「あの、前説そろそろ……」と言ってようやく終わった。

聞くに堪えない菅井の前説がようやく終わったかと思ったら、その後に始まった漫才やらコントやらもその大半が聞くに堪えないものだった。だが客たちはよく笑っていた。こういうライブに来ている客というのはほとんど出演者のファンだからなにをやってもおかしいのだろう。ファンでもない俺のような人間が、彼らを笑ってあげるファンの中にいるとイライライライライライラしてくるのだが、多田さんはよく笑っていた。鬱じゃないときの多田さんは笑い上戸なのだ。蒔田は俺と同じくまったく笑っていなかったが、イライラもしていなさそうだった。

「今日はありがとな！　お前らも打ち上げ来いよ！　こいつらにたっぷりダメ出ししてやってくれよ！」

菅井がそう言うので俺と多田さんと蒔田は一瞬顔を見合わせた。きっと多田さんや蒔田も俺と同じく「行きたくない」と思ったのだろう。だが菅井は俺たちの返事も聞かず「よっしゃ行くぞ！　こっちこっち！」と大きな声を出して後輩の芸人と何人かのお客さん（主におっかけの若い女の子たちだ）を引き連れてさっさと行ってしまった。

断る機会を失った俺たちは、また顔を見合わせて苦笑した。

「ま、まぁ、じゃあちょっとだけ行こうか。断りづらいしね」

多田さんが困ったようにそう言って、俺たちは仕方なくその集団の最後尾について歩き始めた。

次の瞬間、俺はギョッとして右足を踏み出したままの体勢で動けなくなった。心臓が止まりそうになるほど驚いた。いや逆に心臓はものすごいスピードでドクドクと脈打ちだした。

「なんだよ？」

蒔田が俺を振り返って言った。

俺はなにも答えられない。

「おい、なに？」

もう一度蒔田が言った。

「いや……別に」

瞬時にしてカラカラに乾いてしまった口を俺はようやく動かすことができた。どうすべきかと思いながら、俺の足は前に進んだ。あまりの動揺に本来はそう動くべきではないのだが、思考が完全に停止し、思いとは逆に俺は集団に吸い寄せられるように歩き始めていた。

菅井について行くおっかけの女の子たちの中に、リカの姿があったのだ。

「お前さー、間が悪いんだよ！　ボケがどんなに面白くても突っ込むタイミングが悪かったら台無しだよ！　ツッコミにかかってんだから漫才は！　ボケなんてたいして面白くなくてもツッコミでどうにでもなるんだよ！」

たいして強くもないはずの酒が今日は進むのか、菅井はカルピスサワーを何杯もおかわりしながら後輩の芸人に説教をぶちかましている。

人数が多すぎたので、俺たちは店内で二つのテーブルに分かれたのだが、菅井と同じテーブルになった人たちはきっとみんな「あっちのテーブルに移りたい」と思っていることだろう。菅井や俺のいるテーブルでは入店してからほぼノンストップで菅井の「お笑い論」が続いているのだ。しかもその論はまったく新鮮味のないどこかで聞いたような話でしかない。普段の菅井はこういったことを口に出す人間に反発するタイプなのだが、やはり今日は気分がいいのだろう。もちろん後輩たちの活動に気分がいいのではない。この調子の乗り方は、自分の前説が一番笑いをとったと思っているからだろう。確かに今日のライブは菅井の前説が三番目くらいに面白かったような気もする酷いものだったが、きっと今ここにいる大半の人がすでに菅井の前説など覚えてもいないはずだ。

菅井もきっと頭の中で薄々と今の自分の恥ずかしさを客観視できているとは思うのだが、酒の勢いもあって止まらないのかもしれない。俺だって後輩の助監督に、似たような説教をぶちかましたことが何度かある。現場で使い物にならなかった俺が、現場での振る舞い方を唾を飛ばしながら語っていた。「やめとけ、やめとけ」と頭の中の冷静な自分の声も聞こえてはいたが、どうしても止まらなかった。そういう恥ずかしいことをしてしまうのは自分の状況がうまくいっていないときだ。そして翌朝には決まって恥ずかしさと自己嫌悪で頭を抱えたが、きっと明日の菅井もそうなっているに違いないし、そうなればいいとも思う。もしも明日、菅井が今の振る舞いをまったく覚えていないというところまで酔えば、俺が無理やりにでも思い出させてやろうと意地の悪いことを考えながら、チラッと別のテーブルにいるリカに目をやった。

リカは隣に座っている売れない芸人の肩に寄り掛かるようにして酒を飲みながら下品な大声で

笑っている。そして時折その芸人にオッパイなどさわられては「ヤダモー！　乳首立っちゃうじゃん！」などとわめいている。まるで俺など眼中に入っていないかのように楽しそうだ。目が合うことすらないから本当に俺に気づいていないのかもしれないが、そんなことがあるだろうか。つい一カ月前に会って猫の抜け毛にまみれながらセックスしまくった間柄だ。そういえばそのとき、俺はケータイの本当の番号をリカに教えた。今後何度もかかってくることを覚悟していたのだが、会った三日後に一度かかってきたきり（当然出なかった）あとはかかってこなくなった。なにかしらの心境の変化があったのかどうか、別にそれならそれで構わないのだが、でも、これだけ無視されるのは俺のカスのようなプライドがちょっぴり許さない。

もしかしたらリカにそっくりなだけの女なのだろうか。この世には同じ顔をした人間が三人だったか五人だったか七人だったかどの奇数だったかは忘れたがいるというし、もしかしたらあのリカはドッペルゲンガーというやつなのかもしれない。俺に気づかない、もしくは気づいているのに気づかない演技をこれだけし続けるというのはあまりに不自然すぎる。リカに瓜二つの人間だと考えるのが自然な気がするくらい、リカは俺に目もくれずに芸人たちと下品な下ネタを言い合いながら飲んでいる。

「おい、コラッ！　そこのサセ子！」

菅井がそう言ってカルピスサワーを片手にリカたちのいるテーブルに移動した。

「こいつ、すっげえサセ子だからね！　男でも女でも容赦なく食うから！　気を付けて！　マジで気を付けてみんな！　俺、三回は食われてるから」などと言いながらリカと芸人の間に強引に割って入っていく。

「うるさいよ、シゲ。死んで」

リカが笑いながら菅井を芸名で言った（正確にはシゲ菅井であるが）。俺の知っているリカとは少々キャラが異なる気もするが、俺は彼女がリカだと確信した。こないだ会ったときにシゲ菅井の話もしたばかりだし、お笑い好きだという話もしたばかりだ。顔もそっくりでお笑いも好きでオッパイを触られても平気でいられる。これだけ同じ条件が揃えば別人であるはずはなかった。

リカは菅井や他の芸人たちと乳繰り合いながらやはり俺の顔は見もしない。

「お前なんか食ってねーよ」

リカは菅井に言った。俺がいると分かって別人ぶるためにわざとこんな言葉遣いをしているのだろうか。酔った頭が混乱してくると同時に俺は今ここにいるリカに対して無性に腹が立ってきた。いったいどういうつもりでこの女は俺を無視しているのか、何様なんだという思いがムクムクと頭にもたげてきたのだ。

「てかさー、お前なげーよ、前説。どんだけやってんだよって感じだよ」とリカが菅井に言う。

「うるさいよ、黙れ、サセ子」

「シゲの前説のせいでみんなの出番が減ったんだかんな」

「いいんだよ、どうせこいつらつまんねーんだから。俺、今日はマジではっきり言うからな。お前ら一回やめちまえ！　こんなゆるい客の前でゆるいネタやって飲んで笑って絶対売れねえからな！　それだけは断言してやる。お前らが売れたら俺、首吊って死んでやるよ！」

菅井が向こうのテーブルでも大きな声で説教じみたことを始めてしまい、シラケた空気がこちらにも伝わってくる。

「菅井さん！　菅井さん！　やめましょうよ、そういうの。バツとして芸名変えさせますよ！」

後輩芸人の誰かが茶化してその場の空気を変えようとしている。

「うるせえ、バカ野郎。変な芸名つけたら殺すからな、パンケーキ菅井とか！」

つまらないやり取りの応酬に、リカに腹を立てながら俺は菅井やこの場の空気にも腹が立ってきて、無性にこの場をぶっ壊してやりたくなってきた。

俺は席を立ち、菅井やリカのいるテーブルに行くとその連中を見渡して怒鳴りつけた。

「うるせー、バカッ!!」

場が静まり返り、みんなキョトンとした顔で俺のことを見ている。リカは驚いて菅井に抱きついてしまった。

「お前ら全員クソつまんねんだよ！　ブス相手に笑い取って満足してんじゃねえぞ！　時間と金返せ。つーかまずは金を客に払って観てもらえ。客の時間を金で買え！　俺の場合一時間一万円払え！　そしたらさっきの苦痛な時間を買ってやるかどうか考えてやるよ！」

シーン。

俺はそんな啖呵を切る妄想に浸っていた。

今に限らず俺はこんなような妄想をよくする（例えば威張り散らしているくせにたいして面白い映画も作らない監督を怒鳴りつけてやるとか）。妄想の程度も低ければそれを実行に移したことも一度もない。

そんな安っぽい妄想でカッカと身体を熱くして一人で鼻息を荒くしていると、若手芸人の一人が立ち上がって言った。

「菅井さん、マジでみっともないんでやめてくださいよ」

これは俺の妄想じゃない。

瞬時にして場が静まった。みんな俯き気味になっているが、誰かが言ってくれないかと思っていた言葉だろう。

「なんだよ、トモナリ」

菅井がその芸人に言った。トモナリというのが苗字なのか名前なのかは分からない。

「だからみっともないからやめてくださいよ」

またトモナリが言うと、菅井はビートきよし似の細い目をさらに細くしてトモナリを睨みつけた。

二人はそのまま一分ほど睨み合っていたが、菅井が先に口を開いた。

「うるせえな、分かってんだよ！　みっともないのは！　知ってるよ、お前らのほうがマシだよ、前説やるよりネタで勝負してるお前らのほうが立派だよ、チクショウ！　俺が一番分かってんだよ！　どーも、すいませんでしたーん！」

菅井は得意のキレ芸のようにまくし立てると、最後に白目を剥きながら舌を出した。

「だからダメなんですよ。そうやってつまんないキレ芸で茶化しちゃうから。俺らだって売れないことくらい分かってんだよ。自分がたいしたことないって分かってんだろお前らも！　それも分かってなかったらマジで終わりだからな。敗北嚙みしめろよ！　悔しがって泣けよ！　それができねえなら芸人なんかやめちゃえよ！」

トモナリがわめくとその場の芸人たちは俯いた。

菅井は再びトモナリを睨みつけるように見つめていたが、席を立つと店の出入り口に向かって歩き出した。そして出る間際に振り返ると「ごめーん、お金払っといてぇ〜〜」とまたふざけたように言って、店から出ていった。

「敗北を嚙みしめろ」

若いくせに、このトモナリというやつはなかなかいいことを言うなと俺は思ったけど、トモナリの披露したネタがどんなものだったのかは覚えていない。

とりあえず、菅井は店を出た瞬間から嫌というほど敗北を嚙みしめなければならないのだろうが、あいつにそんな感性があるとは俺は思えなかった。きっと三十分もすれば敗北の気持ちは薄れ、腹なんかも減ってきて牛丼屋かラーメン屋で飯をかき込んで満腹になって、部屋に戻ってオナニーでもして寝てしまうに違いない。十年以上の付き合いだから目に見えるようだ。でも、人の心配をしている場合ではないが、俺は心のどこかで菅井がこの敗北を嚙みしめながらその辺の児童公園とかで泣いてくれと願った。そしてそこから笑いの道に立ち向かっていく姿を見たいと思った。それが俺を勇気づけてもくれるし、そうしてくれなければ、稲川邸で青春を共にした有名人でテレビ番組に出るという夢もついえてしまう。いや有名にならなくてもいいからせめて思い出話くらいできるようにここは立ち向かってほしい。

「ごめんなさーい、一人三千円でお願いします！　ごめんなさいね、ライブまで来てもらったのにお金とって。ほんとすいません、罰金もののライブだったのに」

もう店を出ようということになったのか、一番後輩らしき芸人がお金を徴収し始めていた。菅井に厳しいことを言ったトモナリは、おっかけの女に肩などポンポンと叩かれて励まされていたが、その手を払って厳しい表情をしている。だが彼のそんな表情が、今はなぜか芝居じみて見えた。どうせこのあとこの中の女の誰かとラブホテルにでもしけ込むくせに、なにカッコつけてんだよというふうに俺には見えてしまった。

そしてリカは「取っといて、取っといて」と言いながら、お金を徴収している芸人の手に一万円札を握らせている。相変わらず俺のほうは見もしない。いったいどういうことなのかさっぱり分からない。

「取るのかよ金。逃げちゃおうぜ」

蒔田はさっさと店を出ていった。

「おい、まずいよ」

多田さんはバカ正直に、というか当たり前だが金を払った。蒔田のぶんまでちゃんと払っていくのが多田さんらしい。

「次、どこ行くー」

リカが芸人たちに聞いている。

「ホテル行こ、ホテル」

一人の芸人が強引にリカを連れ出した。

「えー、マジかよ。あんたとするの？」

リカは芸人にお尻を揉まれながら店を出ていった。俺はそんなリカの背中を、いや揉まれていたお尻を見送った。

とうとう最後までリカは俺を見なかった。この出来事をどう考えればいいのか俺にはさっぱり分からない。これが女という生き物の本性なのか。もしかしたらユキさんも俺との関係を保留しながら今ごろ他の男とこうして楽しく遊んだりケツを揉まれたりしているのだろうか。俺は胸の奥が少しチクッと痛んだ。その痛みはユキさんと他の男が遊んでいるところを想像しての痛みなのか、リカのもう一つの顔を見たうえに徹底的に無視されたことの痛みなのかは分からないが、多分両方が混ざり合った痛みなのだろう。それとも、もしかしたらこれはリカの復讐なのかもしれない。だとしたら、俺は今敗北感に包まれているから復讐は成功だ。この敗北感も噛みしめなければならないのだろうか。


多田さんと蒔田と稲川邸に向かって旧中杉通りを歩きながら、俺たちの間に会話はなかった。深夜まで開いている古本屋の明かりがなんだか妙に心に沁みる。

しばらく黙って歩いていると、「菅井、帰ってるかな?」と多田さんが言った。

「帰ってるわけないじゃん」と蒔田が答えた。

「多分、どっかでやけ食いとかしてんじゃない」と俺も言った。

「そっか。多分そうだね。でもあいつ、いいこと言ったなあ。まだ若いのに」

「あのトモナリって奴?」と俺が言った。

「なんて言ったの?」と蒔田が聞いた。

「え、聞いてなかったの? 『敗北を噛みしめろ』って言葉、なんだかガツンときたなあ」

「なかなかいいフレーズだったよね」と俺が言うと、蒔田が「別にたいしたことないじゃん。多田さんは噛みしめなきゃいけないけど」と言った。

「お前なあ……」と多田さんは苦笑しているが、蒔田は特に冗談でもなく、かといって説教とか励ましとかということでもなく「飯食えよ」みたいに当たり前のこととして言ったのだろう。


稲川邸につくと、ちょうど二〇一号室の蛍原も帰宅したところだった。この寒い中、蛍原はミニスカートから真っ黒なタイツをはいた太い足を出していた。

蛍原は俺たちになんの挨拶もせずいつものブスッとした顔で階段を上がっていったので、俺たちは蛍原が部屋に入っていくのを待っていた。

蛍原が部屋に入ってしまうと、「あいつ、まだいたんだ」と蒔田が言いながら階段を上りだした。

「なにしてるんだろうね、こんな遅い時間まで」と多田さんが言った。

「デートかな」と俺が言うと、蒔田が真顔で「なわけないじゃん」と言った。

「お前なー、なんとかならんのかよ、そのミもフタもない言い草」と多田さんがまた苦笑しながら言った。

部屋に入ると、菅井はやはり帰っていなかった。もしかしたら俺の勘がはずれてどこかで本当に敗北を嚙みしめまくっているのかしれない。だとしたら上から目線で申し訳ないが、俺は嬉しい。

蒔田は部屋に入ると、ガスをつけて湯を沸かし煎茶をいれはじめた。俺と多田さんに「飲むか?」なんて蒔田は絶対に聞かない。聞かれたとしても熱い煎茶などほしくもないが、俺はこいつと友達になって初めて、同世代で自分でお茶をいれて飲むやつを見た。そういうことはもっと年を食ってからやりだすものなのだろうと思っていた。

蒔田は俺の部屋に入ると(蒔田が東京滞在中は一応二人の部屋なのだが)自分の薄汚い急須に茶葉とお湯を入れ、少し待ってからコポコポと湯飲みにお茶を入れた。そして湯飲みの上側をつまむように持ってお茶を飲みだした。こいつのお茶を飲むこの姿というのが俺は理由もなく腹立たしい。蒔田はなぜか野球のキャッチャーのようにしゃがんでお茶を飲む。キャッチャーと違うのはかかとも床につけてしゃがんでいるのである。まるで女の子のようだ。俺は足首が硬いからそのポーズを取ろうと思うとコロンとうしろに転がってしまうので、蒔田のお茶を飲むそのポーズが腹立たしいのだろうか。まだふんぞり返って飲まれるほうがマシなくらいで、なおかつそんなポーズでまるで極楽と言わんばかりに飲むものだから、自分なりの極楽を持っていない俺からすると余計に腹立たしい。

隣の多田さんがなにかのビデオを見始めたので俺は多田さんの部屋に行った。

「なに見るの？」

「3－4をちょっとね」

「また？」と俺は思わず苦笑した。「3－4」というのは北野武監督『3－4x10月』のことだ。多田さんはこの映画が死ぬほど好きなようでよく子守唄代わりに再生している。特にダンカンが中島みゆきの〈悪女〉を歌うバックで、渡嘉敷勝男が黒人女と踊りながらヤクザをボコボコにするシーンがお気に入りとのことだ。

俺も敷きっぱなしの菅井の万年床にあぐらをかいて一緒にぼんやりと見始めたが、多田さんは始まって十分もするとウトウトとし始め、それに釣られるように俺も眠気に襲われてきた。

目が覚めると、すでに映画は終わっていて、勝手に巻き戻されたビデオテープがデッキから吐き出されていた。ビデオデッキの時計は午前三時半を示している。

多田さんは、いつものように壁にくっついてエビのように丸まって寝ている。いつの間にか戻ってきていた菅井が珍しく俺を起こさずに自分の布団と多田さんの布団の間の畳のところで不機嫌そうに眉間に皺をよせて眠っていた。

ふすまから自分の部屋に戻ると、蒔田が寝袋に半分身体を突っ込んで赤ちゃんのように両腕をあげてバンザイした格好で眠っていた。こいつはよくこういうポーズで寝ているのだが、そう言えばこの寝姿も腹が立つ。俺は蒔田をまたぐと、冷たい自分の布団に潜りこんだ。

五時間後の八時半に目が覚めると、珍しくみんながまだ部屋にいた。たいていはいつも誰かいないものなのだが、稀にこういうこともある。

自分の分だけの朝食を準備している蒔田を見て、菅井が「お前なあ、どうせ準備するならみんなのぶん準備しろよ！」と朝からキレ声を出している。

「食うの？」と蒔田が言った。

「食うよ！」と菅井が答えた。

多田さんは、昨夜の続きの『3－4x10月』を見ている。いや、見つめている。目が虚ろだからまた鬱モードに突入したのだろう。

「じゃあ、自分で作れよ。目玉焼き丼だから」

蒔田が菅井に言うと、「四人分作れよ！　珍しくみんなが揃ってんだからよ！」と菅井が本当に怒っているのか冗談で怒っているのかは分からないが言った。昨日、あんなことがあったからいつもの冗談ではないのかもしれない。

「うるせえな。昨日、つまんないライブに行ってやっただろ」

「それ、ごめーん。エヘへ」

菅井はふざけたように答えたから先ほどからのキレ声はいつもの冗談なのだろう。

「タマゴ、人数分あったかな？　多田さんも食うー？」

俺たちの分も作ってくれる気になったのか蒔田が台所から多田さんに言うが、多田さんは虚ろな目で『3－4x10月』を見つめているだけで返事をしない。鬱に入って聞こえていないのだろう。

「作っときゃいいだろ、腹が減ったら食うよ！」菅井が言った。

「ペットじゃないんだから。大山も食う？」

蒔田が聞いてきたので俺は「食べるよ」と答えた。

蒔田は手早く俺と菅井の目玉焼き丼を作ると、多田さんと菅井の部屋に持ってきた。その部屋にある小さな折り畳み式のテーブルで朝食を食べるのだ。

蒔田の作った目玉焼き丼というのは、半熟の目玉焼きをご飯に乗せ、そこにマヨネーズと醤油をたらしてかき混ぜただけのものだが、これがなかなかにうまい。椎名誠だか誰かの本に書いてあったメニューだそうだ。炊き立てのご飯にぶっかければかなりのものだと思うが、残念ながら今この部屋にある炊飯器はカビだらけで誰もそれを洗わないから、買いだめしてある薬品臭いレトルトご飯にぶっかけて食った。

俺と菅井と蒔田の三人が無言で目玉焼き丼をかきこむ音と、『3―4ｘ10月』からダンカンの歌う〈悪女〉が流れている状況の中で、菅井が唐突にキレ声で言った。

「親父がさぁ、ガンだってガン！」

俺も蒔田も一瞬どんな反応をしていいか分からずに間ができた。多田さんは虚ろな目で『3―4ｘ10月』を見つめたままだ。

「マジで？」

まずは俺が聞いたが、ガンと言ってもどの程度のものか分からないし、友達とはいえ所詮は他人の親だからそこまで心配にもならない。俺の母親だって、俺が高校生の頃に乳ガンで右側の乳房を摘出している。

「マジだよ！」

「いつ知ったの？」と蒔田が聞いた。

「昨日だよ、昨日！　打ち上げのあとに妹から電話があったんだよ」

「あのあと？」

「あのブスの妹？」

俺と蒔田は同時に聞いた。

「そうだよブスの妹からだよ！　あのあと！」

「ガンって、もうけっこうヤバいの？」俺は菅井に聞いた。

「まあすぐには死なないみたいだけど」

「じゃ、いいじゃん」と蒔田が言った。

「あー、ほんと良かったあ」と菅井が心底ホッとしたように答えた。もちろんそれは菅井のつまらない冗談だ。

「なにガン？」と俺は聞いた。

「腎臓だって」

「じゃあ、一個取ればいいじゃん。そういう問題じゃないか」

蒔田はさすがに言い過ぎたと思ったのか、自分で言いながら否定した。

「ま、ウチもお袋、乳ガンやったけど元気だけどな、一応」となぐさめになるのかどうか分からないが俺は言ってから、「見舞いとか戻るの？　岡山」と聞いた。

「戻らねえよ」と菅井はさっきまでのテンションとは違った、いつになく神妙な様子で言った。そして少しの間を置いて、「来週、ネタ見せがあんだけどさあ」と言った。俺は菅井の次の言葉を待ったがなにも言わないので、「で？」と聞いてみた。

菅井はなにかを考えるように黙っていたが、やっと口を開くと「大山さあ、ネタ作り手伝ってくんねえ？」と言った。

「え……。ネタって漫才の？」

俺は分かり切っていることを聞いた。

「それ以外になにがあるんだよ！」

菅井はさっきまでのキレ口調に戻って答えた。

俺は内心動揺していた。ネタ見せやライブは別だがそれ以外のところで、菅井はネタを他人に披露して意見を請うタイプではない。それはきっと怖いからに違いなく、その気持ちはよく分かるのだが、「天才でもない限りそれじゃダメなんじゃないか？」というようなことを前に言ったら、「お笑いで生き残ってるやつはみんな天才なんだよ。天才の中でもああやって順位がついちゃうんだよ。プロ野球選手だってみんな入ってくるまで天才だろ。天才が集まるから並みの天才じゃ目立たないだけで、お笑いもそれと一緒だよ」と言われ、俺は納得したのだが「だったらお前は天才じゃないからもうダメじゃん」と思った。もちろんそれは声には出さなかったが。

とにかくそんな菅井が手伝ってくれと言うのだからこれは昨日のことと親父さんのガンが重なって、もしかしたら最後の一花と考えているかもしれないなと俺は思った。

「なんで俺には言わないんだよ」と蒔田が言った。

「どうせお前、手伝わないだろ」

「手伝わないけど」

「多田さんは鬱だし、それにこの中じゃ大山が一番面白いじゃん」

こいつ、なかなか見てるじゃないかと多田さんや蒔田より評価してもらってもちっとも嬉しくないが俺は思った。

「そうか？」と言う蒔田は俺のことなど面白いと思っていないのだろう。

「そうか？　じゃねえよ。お前よりお笑い的には断然センスあるだろ、俺のほうが」と俺は蒔田に言った。

「どうでもいいよ、そんなの」蒔田は答えた。

「俺、お笑いのネタなんか作ったことないよ」俺は菅井に言った。

「シナリオ書いてんだから書けるよ。別に漫談でも一人コントみたいなのでもなんでもいいからさ」菅井は真面目に言った。これは本気で書いてほしいのだろう。

自信はまるでなかったが、断る理由も見つからない。それにどんな理由だとしても菅井がやる気を出してくれたのは少し嬉しい。

「いいけど……来週のいつだよ、ネタ見せって」

「火曜日」

「え、あんま時間ないじゃん」

「ないよ！　だから頼んでんだよ！」

「マジかよそれ。できるかなあ」

「五分くらいの短いやつでいいから。ネタ見せ行くのも久しぶりなんだよ俺！　頼むよ！　書けよ！」菅井は今朝一番のキレ声で言った。

「そこで逆切れされてもなあ」

「逆切れしなきゃ、こんな恥ずかしいこと頼めないだろ！」

「恥ずかしいと思ってんだ？」と蒔田が言った。

「当たり前だろ！　思ってるよ！」

「……お前よりは面白いの作れるかもしれないけど、イッセー尾形級なのとか期待すんなよ」

長い付き合いの菅井からこんなことを頼まれるのは嬉しい反面、とても照れ臭かった。

「期待するわけないだろ！　そんなの書けたらお前、とっくに売れてるよ！」と菅井は言った。

「確かに」と蒔田が言った。

「そいやさぁ、お前が昨日サセ子って言ってた女、いたじゃん」

俺は昨夜のリカのことを思い出して菅井に聞いた。

「あのブタ女か」菅井がペットボトルのお茶を飲みながら言った。

「ブタとは思わないけど……。なんて名前、あの女」

「知らね。なんだよやりたいのかよ」

「……いや別に」と俺は答えた。

「やらせてくれるならやりたいけど」と蒔田が言った。

「お前には紹介しねえ」と菅井は言った。

会話はそこで終わり、俺たちはまた無言で目玉焼き丼をかきこんだ。

多田さんはまだ虚ろな目つきで『3－4x10月』を見ていた。

6

翌日、ユキさんに「しばらく距離を置こう」と言われてからまったく行ってなかったサリエリという名の名曲喫茶に、俺は数カ月ぶりに行った。菅井のネタを考えるためだ。

サリエリは阿佐ヶ谷駅付近の飲み屋が連なる狭い路地の突き当たりにひっそりとある。店員は『吸血鬼ノスフェラトゥ』のような顔をしたスキンヘッドの親父と音大生らしき女の子が二人ほど日替わりでいる。サリエリでは客同士が話したり、客と店員が話したりすることがほとんどなくクラシック音楽だけがかかっている。その店に置いてある古くて巨大なスピーカーは国宝級のものすごいものらしいのだが俺はよく分からない。

俺はクラシック音楽にはまったく興味がないのだ。が、この喫茶店はなかなか仕事がはかどる。

ゼロからなにかアイデアを捻りだすときはサリエリ、そのアイデアをプロットなどに広げてゆくときはファミレスのほうがなぜかしっくりくる。理由はよく分からない。

サリエリの奥まった席に座ってコーヒーを頼み、ノートを開く。五人ほどいるお客さんはみんな一人で来ている客で、目を閉じて音楽に聴き入ったり本を読んだりしている。このお客の中に俺以外にもクラシック音楽にまったく興味がない人はいるのだろうかといつもここに来るたびに思う。そんなものすごくどうでもいいことを今日も思いながら開いたノートを見つめる。ところどころ鼻くそなどこびりついているこのノートには、中途半端な形のまま放置されているプロットやシナリオの形までこぎつけたはいいが出来の悪かったものなど様々なネタの端くれがミミズのはったような字で書かれている。こういう状態のノートが百冊くらいはあるが、いったい何冊くらいたまれば結果が出るのか、あるいは出せないのかとこれもノートを開くたびに馳せる思いに今日も馳せながら、ネタの屍たちをパラパラと眺めたりする。こういった無駄としか思えない儀式をしつつ、アゴの裏あたりにはえているヒゲなど抜きながらアイデアを捻り出していく時間に突入するのだ。

今日も気になるアゴ裏ヒゲが一本あるのだがそいつをなかなか捕らえることができず引っこ抜くのに時間がかかる。皮膚から〇・〇一ミリくらいしか飛び出していないであろうそのヒゲをなんとか抜くために、俺はアゴの下のたぷついた肉を本来のアゴのあたりまで捲りあげ、周辺の皮膚をグッと引っ張って限界まで突っ張らせてなんとかヒゲを捕らえようとするのだが（一度この姿を写真に撮られたことがあるが本当に情けない姿だった）。どうにも捕まらない。爪を切ったばかりというのもあるがかなり手ごわいこいつを抜かない限りはアイデア出しに集中することができない。最近ではこういったことをしながら頭の中でアイデアを練るということもできるようになってはいたのだが、思いついたアイデアを書くよりも先にこのヒゲを抜かずにはいられないので、ヒゲと格闘している間にアイデアが霧消してしまうこともあるのだ。

入店してから小一時間ほどそのヒゲと格闘した挙げ句ようやく捕らえて引き抜いたが、その獲物は皮下の根の部分がほとんどなく、手こずりまくった割には抜き甲斐のないヒゲだった。皮膚からの突き出しは◯・◯一ミリ程度だったとしても、皮下でヒゲがよく成長していれば抜けるときのズルリとした快感も含めて達成感があるのだ。

たたでさえアゴ周辺に疲労のたまるヒゲ抜き作業だというのにこういう抜き甲斐のないヒゲだと気持ちにまで疲労がたまってしまうのである。充実したヒゲ抜きであれば、抜髭後すぐにアイデア出しに気持ちを切り替えることもできるのだが、ダメなヒゲにあたってしまったときにはまた次のヒゲを手が求めてしまう。その悪循環にハマるとヒゲ抜きだけで三時間以上費やしてしまうこともあり、そうなると激しく落ち込んだりもするのだが、菅井のネタ見せは来週の火曜だから月曜の夜がデッドラインだろう。今日が日曜だから、今日を含めてあと二日しかない。だからここは強引にでもアイデア出しに気持ちを切り替えるしかないのだが、俺の手はほぼ本能的に次のヒゲを求めてアゴ周辺を撫でまわしていた。こうして抜いたヒゲたちもノートのいたるところに付着している。このヒゲを抜く癖は高校生のときからのもので、今まででおそらく十万本以上のヒゲを抜いてきたという自負はあるが、文字通りなんの自慢にもならない。

結局この日は午前十時半に入店してから十二時半まで二時間ヒゲを抜いていただけで、もう今日はここにいてもダメだと思いサリエリを出た。

その後、駅前で腰の直角に曲がったじいさんと、そのじいさんの息子らしき五十代前半の男が二人で営んでいる定食屋で、たいして腹も減っていないのに、悩みに悩んだ挙げ句かなりの頻度で食べている洋風ランチA（白身魚フライ・ソーセージ・分厚いベーコンが銀の串に刺してある）を食べてから、もたれた胃を少しでも楽にしようとぶらぶらと南口のパールセンター商店街を歩いた。歩いているうちになにか面白いアイデアでも湧いてこないかと期待したが特になにも湧いてこない。いつもならばこのまま中杉通り沿いのデニーズに行ってもう少し粘ったりもするのだが、所詮は菅井という友人からの頼まれごとなのでアイデアだけでなく気力も湧いてこない。明後日までになにか思い浮かぶだろうかと軽く焦り始めてくると、ポケットに入れていたケータイが震えた。

「ユキさんであってくれ！」

俺は咄嗟にそう思った。

ユキさんに距離を置かれてからというものケータイが震えるたびにいつも心の中でそう叫ぶのだが、今日に限ってはリカからのような気がした。先日のあの不可解な態度に対してのなんらかの言い訳で電話をしてくるのではないだろうかと思っていたのだ。だがコートのポケットからケータイを取り出して見ると、着信画面には「崎田さん」と出ていた。そうだ、俺のケータイにかかってくる九〇％はこの人からだったと今さらながらに思いだす。どうせキャッチボール企画の進捗具合の確認だろう。こないだ崎田さんに会って善福寺川公園でキャッチボールをしてからもう一月以上になる。もちろんその間にも何度も電話はかかってきていたが、プロットはまだ一字一句書けていない。だから電話に出づらいのだが、崎田さんはこちらが出るまでしつこく何度もかけてくるから仕方なく俺は電話に出た。

「もしもし……」

「ああ、もしもし。今、なにしてんの？」

電話をしてくると決まって崎田さんはこう聞く。崎田さんと付き合い始めた当初はこの質問が「今、なにかの仕事を受けているのか？」ということを聞いているのか「今、この瞬間、なにをしているのか？」のどちらのことを聞いているのかよく分からなかった。今この瞬間になにをしているのか？　なんて聞いてくるのは恋人とか親とかかなり近しい関係の人だけだろうと思っていたのだが、崎田さんの「今、なにしてんの？」は今この瞬間のことだ。

「いや、別に、商店街歩いているだけですよ」

「え、どこの？」

俺がどこの商店街を歩いているのかを崎田さんが本気で知りたいのかどうかは分からないのだが、「パールセンターですけど」と一応正直に答えた。

「マジで!?　パールセンター!?」

崎田さんは嬉しそうな大声を出すと「俺も行こうか！」と言った。なんだかいつもにも増して崎田さんのテンションが高い気がする。このまま会ってもまた崎田さんと飲みに行き、そして崎田さんが稲川邸に来てくだらない話をベラベラと話して泊まっていくことになるのは目に見えているので、俺は「あ、いや、今日はこれから出かけるんですよ」と嘘をついた。

「え、どこ行くの？」

「いや、ちょっと……友達のとこに」

「友達って誰？」

これも本気で知りたいのかどうか分からないが、崎田さんはよくこういう質問をしてくる。

「いや学生のときの……」

「あ、そう。俺さあ、四月から大学で先生やることになっちゃったよ！　なんか映画の実習の」

さすがに友達が誰かには興味がなかったようで、崎田さんは急激に本題に入った。

「え、どこの大学ですか？」

「えーと、どこだっけ。なんか山村監督から頼まれちゃってさあ！」

大学名を忘れているところが崎田さんらしいが、テンションが高い原因はこれだったか。

「年の半分くらいやんなくちゃいけないからさあ！　すっげえ忙しくなっちゃうよ！」

「……ですね」

「え、なに？　なんか聞こえないよ」

「まあ忙しくなりますね」俺は少し声を大きくして言った。

「そうだよ！　だから早く書いてほしいんだよ、キャッチボールのやつ」

「ああ、はい……」

テンションの上がりまくっている崎田さんが俺にはなんだか面白くない。

「いつ頃書けそう？」

「分かんないですよ。ちょっとやってる仕事もあるんで」

「え！　なんの仕事やってんの！」

「いや、ちょっと」

「え、なに、じゃあいつ書けるの？」

菅井から頼まれたネタを書くだけだというのに俺はもったいぶって答えた。

崎田さんはややムッとしたように言った。

「分かんないですよ。けっこう悩んでるんで」

俺も少しムッとしたようなニュアンスを込めて言った。

「そろそろ代々木さんのとこ持っていきたいからさあ。待ってるから代々木さん」

代々木さんというのは映画のプロデューサーだ。正直言って代々木さんは崎田さんのことを買っているようには思えないし、俺に対しても「お前、誰だよ」と言うような態度の人なので（確かにお前誰だよという存在ではあるが）俺はあまり好きではない。

「ほんとに待ってるんですか？」と俺は聞きそうになったが、その言葉は飲み込んだ。それを言うのはあまりに意地悪で、言ったあとの自己嫌悪を想像することができる。

「とりあえず、書けたら俺から連絡しますから」

「俺から」という言い方に「書けるまでほっといてくれよ」というニュアンスを込めたつもり

だがどれだけ崎田さんに通じたかは分からない。

「了解、了解。でも大丈夫かな、俺が大学の先生なんて。ヤバくない？　ヤバいよね、アハハハ」と崎田さんはまた話を戻して嬉しそうに笑った。大学の先生に誘われたのがよほど嬉しいようだ。

「けっこうヤバいと思いますよ」

俺がそう言うと、崎田さんが電話の向こうでまた少しムッとしたのが分かった。

「じゃあもう電車に乗るんで」

また嘘を言って俺は崎田さんとの電話を無理やり終わらせた。

嬉しいことがあるとすぐに浮かれる崎田さんに俺はムシャクシャしながら商店街を二往復し、大福を二つ食べて、ブックオフに入ったりレンタルビデオ屋に入ったりしているうちに、ムシャクシャした気分は少しおさまってきた。俺に脚本を依頼してくれる人は、今、崎田さんしかいないのだ。文句を言っている暇があれば、キャッチボール企画のプロットをまずは書いてからだとなんとか自分を納得させた。

気分転換に高円寺まで歩き、夕方までブラブラと古着屋なぞ覗きながら菅井のネタを考えていると、まったく面白くなさそうなものではあるが、いくつかの設定は浮かんでくれた。こういった生みの苦しみを崎田さんは経験しているのだろうかとふとまた崎田さんへの不満に火がつきそうになったので、考えないことにした。

その夜、菅井がビデオボックスのバイトから帰ってくると、俺は若干緊張して菅井にネタの設定を見せてみた。

「え、なんだよ、もうできたの？　さすがじゃん！　見せて見せて！」

菅井は誕生日のプレゼントをもらう子供のように嬉しそうに言った。

「まだ設定だけだし、あんまり自信ないけど……」

なんでこいつに緊張しなきゃならないのか悔しい。

「多田さん、ビデオの音下げてよ！」

同じ部屋で『プライベート・ライアン』のビデオを見ていた多田さんは「あ、うん」と言って音量を下げた。冒頭のオマハ・ビーチでの戦いのシーンばかり狂ったように見ているのも多田さんの鬱の原因ではないのかと思ってしまう。

菅井はいつになく真剣な表情でじっと俺の書いたネタのメモを読んでいる。その横で緊張している俺はなんだか菅井の弟子みたいで腹立たしくなってくる。

菅井は読み終わるなり間髪入れず「ダメ！　ぜんぜん面白くないよ、これ！」と言った。

「え」

「面白くないよ！　お前、これホントに面白いと思ってんの？」

「いや……」

「だろ。バレバレだよ、書いた本人も面白いと思ってないって」

「え、なになに？」

ビデオを見ていた多田さんが入ってくる。ちなみに蒔田は隣の部屋でマイペースになにかの文庫本を読んでいる。

「大山さぁ、お前が本気で面白いと思ってるもの書いてよ！」

菅井は怒ったように言った。

そう言われると俺もムッとするのだが面白いとは思っていないので返す言葉がない。だが俺は慣れないお笑いのネタを書けと振られているのだ。たかが一日でダウンタウンのようなネタを考えることなどできるわけがないだろう。そもそも菅井だってたいして面白いものを考えることができないのだから。

「そりゃ面白いもの書きたいけど、慣れてないんだからしょうがないだろ」

俺は菅井に言い返した。

「お前が慣れてないことなんか分かってんだよ。でもお前、本気出してないだろ」

「いや別に出してるけど」

「出してこれならお前、才能ねえよ」

「はぁ⁉」

その一言は、カチンときた。

「お前、そういう言い方ねえだろ！　人にネタ作り振っといて。お前だって才能ないだろうが」

「ないよ。だからお前に頼んでんだよ」

「なに開き直ってんだよ。才能ないならやめちゃえよ」

「お前なあ、才能ないのにやめられないのはお前もよく分かってんだろ」

確かに……。ここにいる四人ともがそうだ。

「人にもの頼む態度じゃねえだろってことだよ」

「仕方ねえだろ、これが俺のキャラなんだから！　頼んでる時点でかなりのイメチェンなんだからさあ！」

菅井が怒鳴った。

確かに……。と、これも思わざるを得ない。

それ以上は言い返せずにいると、ネタを読んだ多田さんが「俺、けっこう面白いと思うけどなあ」と言った。

「いいよ、多田さんはなにも言わなくて！　いつもの俺で笑うくらいセンスないんだから！」

菅井がさっき以上に怒鳴った。

「あ、そうか。ごめん、ごめん。……ビデオの続き見ていい？」

「いいけど音小さくしてよ。ていうかこんなのばっかり見てるから病気になるんだよ！」

俺が思っていることと同じことを菅井は言った。

「だよね。うん、じゃあ『遊星からの物体X』でも見るかな」と多田さんは苦笑した。

「同じだよ！」

「あ、そうか」

「大山さぁ、頼むよ、ほんと頼む！　俺、マジで勝負かけてんだよ今回は」

菅井はまっすぐに俺を見て言った。親父さんのガンのこととかいろいろあるのは分かるが、勝負賭けるなら自分でやれよと言いたい。ところだが、勝負を賭けるときに他人に頼むということもある意味退路を断っているような気はする。

「……あんま期待すんなよ。もう明日しかねえんだから」

俺はちょっと怒気を含めた小声で言った。

「バカ！　期待するに決まってんだろ！」と菅井はまた怒鳴った。


翌日の月曜日、俺は菅井のネタのために朝からのたうち回った。朝の八時からデニーズにこもり、昼過ぎから夜の七時までサリエリにこもって頭をフル回転させた。自画自賛するとこの辺りの真面目さが俺のいいところだ。結局手を抜けずに全力を出してしまうのだ。正直言うとあと一歩のところで誰か適当なお笑いタレントのネタをパクりそうにもなったがそれが菅井にバレたら死ぬほど恥ずかしいので踏みとどまった。

考えたネタは俺の体験談が基になっている。かつてツーショットダイヤルにはまっていた俺は女の子と電話がつながるまでにウルフルズの〈ガッツだぜ!!〉が流れていたせいでそれを聞くと電話料金がどんどん加算されているイメージが湧いて憂鬱になってしまっていた。そんな体験を基に考えたネタはウルフルズの〈ガッツだぜ!!〉を聞くとツーショットダイヤルを思い出して勃起してしまうという男の一人芝居的なコントだ。正直ひどいネタだと思う。かなりひどい。が、とにかく俺は脳ミソが酸欠を起こしそうになるくらいは考えた。その充実感はあった。でも、あまりにそのネタはひどいので一発ネタ的なものも考えておいた。

「女優とセックスしてイッた瞬間の顔シリーズ」というやつで女優のところは吉永小百合だろうが泉ピン子だろうが藤原紀香だろうが誰でもいいのだが、名前を次々に変えて、それに合わせてイッた瞬間の顔も微妙に変えていくいうネタだ。ほとんど菅井に投げっぱなしのような顔芸ネタだが、何気に面白いんじゃないかとこのネタを思いついたときは思った。そしてサリエリの奥の席で、「小池栄子とセックスしてイッた顔！」などと心の中で叫びながらその顔だけして一人でニタニタとしていた。


「これケーキ。食えよ」

その夜、バイトから戻ってきた菅井は俺のネタを読む前にケーキの入った箱を俺に突き出した。

「なに、ケーキって……？」

「ネタ考えてもらったからお礼だよ。ワンホール買ってきたから多田さんと蒔田と分けろよ」

「いやでも……面白くなかったらどうするんだよ」

ケーキの箱を持ったまま俺は言った。

「いいよもう別に。もどうにもなんねえんだから」

「え、ケーキ買ってきたの？　菅井が？　食べる食べる」

今晩は『デモンズ』を見ていた多田さんが顔を突っ込んできた。

「蒔田、ケーキ食べる？　菅井が買ってきたんだって」

多田さんは隣の部屋で小説を執筆中の蒔田に声をかけた。

「なにケーキ？」

蒔田が菅井に聞いた。

「これ、なにケーキ？」

多田さんも聞いた。

「ショートケーキだよ！」

菅井が怒ったように言った。

「じゃあ食う」と蒔田は答えた。

「いいよ、食わなくて！　ていうかなにケーキだったら食わなかったんだよ、お前！」

「チーズケーキ。苦手だからあれ」

「聞いてないよ、お前の嫌いなケーキなんか！」

「聞いたじゃん」

あまりにも不毛な会話をしながら、菅井は俺からネタを受け取ると部屋に入ってすぐに読み始めた。

俺はキッチンでケーキを切り分けている多田さんをなんとなく見つめながら、菅井が読むのを待った。

「お茶もいれようか。蒔田、お茶いれてよ」

「えー、別に飲みたくないけど、今」

蒔田が相変わらずのマイペースな返答をする。

「お前なー。いいよじゃあ、俺がいれるから」と多田さんは自分でお湯を沸かし始めた。

切り分けたケーキを多田さんが持って菅井の部屋に入っていくと、菅井はニタニタしながらネタを読んでいた。どうやら昨晩のようなことはないだろうと俺はその顔にホッとした。

「面白いじゃん、お前」

菅井は読み終わると言った。

「あ、そう。ま、じゃあ良かった。てゆーかなに威張ってんだよお前」

「ごめーん。ありがとう」

菅井はふざけたように答えると一口でケーキを食べて、「暗記してくる」と言って外に出ていった。蒔田も「書きながら食う」と言ってケーキを持って部屋に戻ったので、多田さんと菅井の部屋には俺と多田さんの二人になってしまった。

「俺も読んでいい？」

「いいよ」

ネタを読みながら多田さんの顔がすぐにほころぶ。その顔を見て、書いたものが人にウケるという充足感を俺は久しぶりに味わっていた。この分だと明日のネタ見せでもけっこうウケるかもしれない。そしたらコント作家という道もあり得るか。書くことに関係ないバイトをしているよりははるかにそっちのほうがいい。井上ひさしだって出発点はコント作家だったはずだ。自分で言うのもなんだが俺にはユーモアのセンスがあるはずだ。もしかしたらそっちの道のほうがブレイクする可能性があるのかもしれない。そんな夢想までしながら俺は、普段より数倍おいしく感じられるショートケーキを味わった。

翌日の夜、菅井は昨晩のショートケーキからさらにパワーアップして、京樽の閉店間際割引価格とはいえ、寿司を買ってネタ見せから帰宅した。海鮮巻、鉄火巻、かんぴょう巻のほかに握りも数種類ある。

「食えよ。寿司」

寿司の入った袋を菅井は差し出した。

「なに、ウケたの？」

寿司を買ってくるくらいだから当然ネタがバカウケしたのだろうと思って俺は聞いた。

「ぜんぜんウケねーよ。甘くねーんだよ」

「え……」

菅井はさっさと自室に入っていった。そこでは多田さんが今晩は『誘拐報道』を見ている。ショーケンが公衆電話で十円玉が足りなくなる場面の芝居が多田さんは大好きなのだ。

「多田さん、寿司食えよ！」と菅井は大きな声で言うと、「蒔田、寿司食わねえ？」と隣の部屋で今晩も小説執筆中の蒔田にも大きな声で言った。

「え、なになに今晩は寿司なの？」と多田さんが四つん這いになって寄ってきた。

俺はとりあえず手に持っていた寿司を多田さんと菅井の部屋の小机に並べた。隣の部屋から蒔田もやって来る。

「ウケたの？　ネタ」

イカの握りをつまみながら多田さんが聞いた。

「言ったじゃん、さっき！　ウケないよ！」

菅井が怒鳴り返す。

「あれはウケないだろ。面白くないじゃん」

鉄火巻を食べながら蒔田が言った。

「え、お前、いつ読んだの？」

俺は蒔田に聞いた。

「今朝。机に置いてあったから。あれはダメだわ」

「うるせーよ！」

菅井がまた怒鳴った。

「だってホントのことだもん」

「いいよ、ホントのことなんか言わなくて！」

「お前……どんな感じでネタ見せしたの？」

たまらず俺は聞いてみた。まったくウケないことなんてないんじゃないかと思ったからだ。

「別に普通だよ」

「……普通って？」

「普通は普通だよ。高岡早紀とセックスしてイッた瞬間の顔！」

と言って菅井は顔をクシャおじさんのようにクシャクシャにした。

まったく笑えなかった。多田さんだけが苦笑をもらした。

「ほら見ろ、ウケねえだろ！」

「お前……これ何人くらいやったの？」

「高岡早紀と宮沢りえと樋口可南子だよ。四人目はオチみたいに研ナオコでやろうと思ったけど、もう耐えきれなかったよ」

その雰囲気を想像しただけでゾッとする。三人の構成作家の前でネタ見せするのだと菅井から以前に聞いたことがあるが、きっとその三人はクスリとも笑わず能面のような表情で菅井のネタを見ていたのだろう。以前、若手お笑い芸人のドキュメンタリーのようなものをテレビで見たことがあるが、そのときもネタを見ているほうは、これ以上に冷たい目線はないだろうというような目線で若手芸人たちのネタを見ていた。厳しい目線というのではなく明らかに冷たい目線だと感じた。お前らごときが人の芸を判断できるのかとその番組を見ながら思ったが、でも確かにそこで繰り広げられている芸もひどいものが多かった。

「一人芝居のほうはどうだったの？」と多田さんが聞いた。

「やらなかったよ。心折れ折れで」

「え！」思わず俺は大きな声を出した。

「なんで！　メインはあっちだろ」

「分かってるけど、できなかったんだよ！　どうせやってもあの精神状態じゃロクなもんになられねえよ！」

　確かにそれはそうだろうが、書いた本人としては他人の反応は知りたかった。

「やるだけやってほしかったな」と俺は言ったが、菅井は無言だ。だから俺もしょうがなく無言でボソボソと寿司を食べ続けた。

　勝負を賭けると言っていた菅井はこれからどうするつもりなのだろう。黙々と寿司を食べ続ける多田さんと蒔田には、今ひとつ菅井の覚悟のようなものは伝わっていないような気がする。

「あ、そういえばさぁ……」

　十分ほどの沈黙を破って多田さんが口を開いた。が、それ以上なにも言わずになんだかニヤニヤしているだけだ。

「なにニタニタしてんの？」と蒔田が聞いた。

「すっごいくだらないこと言っていい？」

「いいよ、言わなくて！　どうせホントにくだらないんだから！」

　菅井が怒鳴った。

　俺はどっちでも良かった。菅井が言うように多田さんがこんな言い方をするときは、いざ聞いてみると本当にくだらないことがある。普段ならそのくだらないことを聞いて笑えるのだが、今はそんな気にもならない。

「じゃあやめとこうか」と多田さんはまだニヤニヤしながら言った。

「言いなよ、そこまで言ったんだから」と蒔田が言った。

「あのさぁ、月が買えるの知ってる？」

「なに月って」と蒔田が聞いた。

「月って言ったらあの月だよ。お月様」多田さんが答えた。

「買えるってなに？」と俺は聞いた。

「買えるんだって、普通に。インターネットに出てた」

「誰がいくらで売ってんの？」蒔田が聞いた。

「アメリカのデニスなんとかって人がね、なんかいろいろ調べたんだって。月は誰のものかとか所有権とか。それでなんかよくは分からないんだけど、国家では持っちゃダメだけど個人で持っちゃダメっていう規則はなかったんだって、月を」

「誰が決めたんだよ、そんな規則」と今度は菅井が口をはさんだ。

「なんか宇宙条約っていうのがあるらしいのよ、世界に。そこで決めてるみたい」

「ふーん、じゃ月は丸ごとそのデニスなんとかって人のものなの？　じゃ土星は俺のものって言ったら俺のものになんのかよ？　火星もなるの？　へー、じゃあ冥王星俺のもの、やったー!!冥王星手に入れた!!」

　菅井はまくし立てた。

「いや、だからよく分かんないって言ってるじゃん。でもなんか素敵じゃない。月が買えるって」

「素敵でもなんでもねえよ！　っていうか素敵って言葉使うなよ！　このメンツでしゃべって

るときに！　気持ち悪いよ！」菅井がいつもの怒り口調で言った。

「なんだよ、いいじゃねえかよ、素敵って使っても。素敵なんだから」

「それで結局いくらなの月」蒔田がまた聞いた。

「いや丸ごとじゃないみたいだけどね。一エーカーいくらとか」

「だからいくら？」と俺は聞いた。

「なんか権利書みたいなの送ってきてもらえるみたいで一エーカー三千円くらいだったかな。でもなんか夢のある話だと思わない？　月を買うって」

「思わない」菅井が即答した。

「あ、そう。でも、誰だか忘れたけどアメリカの有名な俳優も買ったらしいよ。トム・ハンクスだったかな。百エーカーくらい」

「俺がトム・ハンクスなら地球買ってるよ！」

「まあ三千円なら買ってもいいけどな」蒔田が言った。

「確かに……」と俺は呟いた。

月でも買っておけば、俺が常々考えている「ビッグになったときに披露する売れなかった頃の間抜けエピソード」としてもそこそこ面白いのではないかと思ったのだ。

「三千円ならいいじゃん。買ってみようよ」と俺は言った。

「でしょ！　買おうよ！　俺、申し込んどくから」多田さんが目を輝かせている。

「なんか流れ変わるかもしれないしさ！」

「なに、流れって」と菅井が言う。

「人生の流れに決まってるだろ」と多田さんが答えた。

「そんなので流れが変われば苦労ないでしょ」蒔田がミもフタもないことを言う。

「なんで？　月だよ。なんか月には昔から不思議な力があるって言うじゃん。産気づくとか狼男になるとかさぁ！　パワーあるんだよ。月買って売れっ子になろうよ」

夜になると元気な多田さんが饒舌だ。

「俺たちなんか銀河系くらい買わなきゃ流れ変わんないよ！　多田さんなんか太陽系でも変わらないよ！」

菅井はほとんど本気で怒っている。

「ん？　太陽系と銀河系ってどっちが広いんだっけ？」

蒔田が聞いた。

「俺が知るわけないだろ、そんなの！」

「でもお前の言い方だと太陽系のほうが広いってことだろ？」

「どっちでもいいよ！　多田さんは広い方を買わなきゃ無理だよ！　ていうかどっちが広いんだよ多田さん！」

「えーと……どっちだっけ」

多田さんは困ったように笑った。

「あんた東大だろ！」

「いや宇宙のことは勉強してないから」

「東大ならそれくらい知っとけよ！」

菅井は鉄火巻を三つほど頬張ると「銭湯行ってくる！」と怒鳴って出ていった。

「俺も続き書くわ」と蒔田も部屋に戻った。

「まあじゃあ一応買っといてよ、月。流れ変わるかもしれないしね」と俺は多田さんに言った。

「うん。買っとく」

俺と多田さんは残りの寿司をボソボソとつまんだ。


翌日の夜、多田さんは「買ったよ、月」と俺たちに言ってきた。

と言ってもインターネットで申し込んだだけでまだ権利書も来ていないので実感はまるでない。

蒔田はもう興味も示さないし、菅井も「あ、そう」の一言だけだ。そして当の多田さん自身のテンションも昨日に比べると若干落ち気味だ。俺だってもうさほど月に興味はなかったが、一応将来ビッグになったときのバカ話用のために、窓をあけて多田さんとあえて買ったばかりの月を見てみた。

三月のまだかなり寒い夜空に鋭角な三日月が浮かんでいる。

なんかバカな冗談でも言いたいところだが、なにも言葉が浮かんでこない。

しばし三日月を眺めて俺は多田さんに聞いた。

「どの辺なんだろうね、俺たちの土地」

「どこかな。下の先っぽあたりじゃない」と多田さんが答えた。

俺は鋭く尖っているその部分を見つめた。

アニメの『一休さん』のオープニングの歌で、三日月に寝そべっていた一休さんがツルッと滑って月から落下しそうになりながら、からくもその部分にぶら下がってそのまま歌が終わるというシーンを思い出した。子供心に、あんな状態で一人月に取り残されるなんて死んでも嫌だと思ったものだ。あの状態の一休さんに問答無用のとてつもない孤独を感じていたのだが、ユキさんと今のような状態になってからの俺はあのときの一休さんの心境に近いような気がすると言うと月に残された一休さんに怒られるだろうか。

「寒いよ、窓閉めろよ！」

部屋に寝そべって漫画を読んでいた菅井が怒鳴った。

「うん、寒い」と蒔田も言った。

「確かに暑くはないね」

多田さんはそう言いながら窓を閉めた。月に関しての会話はそれだけで終わったが、将来ビッグになったときのための間抜けなネタとしては、それはそれで悪くないかもしれないと俺は思った。

7

月を買ってから一月ほどたった桜も満開の頃、俺はこれを最後にしようと何度も思いながら、リカに電話をかけまくっていた。その回数は、多いときで一日十回を超えた。もう立派なストーカーだろう。

リカとは先月のお笑いライブの打ち上げ以来もちろん会っていない（あれを会ったと言えるかどうかは分からないが）。

俺はあの打ち上げの場での不可解なリカの姿に少なからずショックを受けながらも、でもこれで縁が切れるならすっぱり切っておいたほうがいいかなとも思っていた。だが、そう思えたのはほんの束の間で、すぐに性欲に負けて電話をしてしまっていたのだ（それにしてもどうして男という生き物は目の前の一瞬の性欲にこうも弱いのだろうか。満員電車内の女性のお尻やオッパイで人生を台無しにしてしまう人もいるのだから女からしたらバカな生き物にしか見えないだろう）。いつ電話をかけても延々と通話音を聞かされるだけなのに、俺はしつこくかけ続けた。いったいリカの中でどんな心境の変化があったのか想像もつかない。あんなふうに若手芸人にデカい態度を取っている姿を見られたから、もう俺に会わせる顔がないと思っているのだろうか。であればあのとき、リカは俺の姿を見て少なからず狼狽するなりなんなり態度に出るはずだ。俺など眼中にないようなあの振る舞いを思いだすたびにやはり別人だったのではないだろうかという思いも捨てきれない。もしくはドッペルゲンガーかもしれないなどとも半分本気で思うようになっていた。

ストーカー気質のある俺は、以前ユキさんの家の最寄り駅で待ち伏せしたようにリカの家に行ってみようかとも思ったが、まだかろうじてそれは踏みとどまっている。行ってしまえば俺がリカに会いたくてたまらないという構図が出来上がってしまうし、もしかしたらこれはそんなふうに俺を陥れるためのリカの罠かもしれないとあり得ないようなことまで想像しながら目の前の性欲に悶々としていた。

崎田さんから大学の仕事を手伝ってくれないかと電話がかかってきたのはそんな時だ。

「大山、暇だろ！　大学手伝ってよ。俺一人で十本もシナリオ読めないからさあ！　かわいい子もいるし！」

四月からとある大学の映像系の学科で非常勤講師をしている崎田さんは、相変わらず大きな声でケータイの向こうからまくしたててきた。どうやら四月の後半までに学生から提出されてくるシナリオを十本読んで講評し、その中から撮影する実習作品として二本選ばなければならないらしい。

「いやでも俺、バイトとかあるし……」

正直俺はその誘いに気が乗らなかった。なぜなら俺がまだデビューすらしていない単なる脚本家志望のプータローに過ぎないからだ。そんな状態で教えに来ている人間を学生がどんな目で見るかは分かりきっている。

「バイト⁉　バイトってなにしてんだっけ？」

崎田さんは驚いたように言ったが、崎田さんからこの質問を受けるのはもう何度目になるか分からない。本当に覚えていないのか、それとも頭に浮かんだ言葉が瞬時に口を突いて出てしまっているだけなのかもやっぱり分からない。

「レンタルビデオ屋ですけど。でも崎田さんのキャッチボール企画もまだあんまり進んでないので……」

「え、進んでないの⁉」

また崎田さんは驚いたような大きな声で言った。今度はそこに若干ムッとしたような雰囲気も感じられた。

「はい。あんまり進んでないです……」

「なんで⁉」

「いや、なかなかいいアイデアが浮かばなくて……」

「えー⁉　なんで⁉」

俺は思わずため息をついてしまいそうになった。発案者のあんただって「キャッチボール」という言葉以外になにも思いついてないだろうがと腹の中で文句を言った。

崎田さんは舌打ちすると「えー、困ったなあ。とにかく一回大学来てよ。ギャラ三十万出すから」

「え、マジですか!?」

俺は思わず大きな声で聞き返してしまった。

「マジだよ！　かわいい子もたくさんいるよ！」

かわいい子がいるのはまあ当然期待するとして、三十万円という金額に俺はあっさり折れてしまった。


三日後、俺は上京して以来一度も行ったことのない郊外のとある駅で崎田さんと待ち合わせをした。その駅からバスでさらに十分ほど行ったほぼ山間と言っても過言ではない（一応東京都ではあるが）場所に崎田さんが勤める大学があるのだ。

駅の改札を出ると、二、三軒のチェーン店系の居酒屋とかドラッグストア、コンビニなどが並んだミニ商店街があるだけの閑散とした街が広がっていた。

「よお！」

その声のしたほうを見ると、コンビニから崎田さんが缶コーヒーを飲みながら手を振って出てきた。

「ハハハ！　来たねえ！」

崎田さんはニコニコして嬉しそうに言った。

「そりゃ来ますよ。約束してるんすから」

「なにもないでしょ、この駅。ホントひどいとこだよ。いつもそこの居酒屋で学生と飲んでんの。

もうまずくてさあ！」

崎田さんはさらに嬉しそうに言うと、バス停に向かってさっさと歩き出した。

久しぶりに学校というものに足を踏み入れると、一度も来たことのない大学だというのになんだか妙に懐かしい気持ちになった。それほど偏差値の高い大学ではないが、広大な構内を歩く学生たちはみんな明るくて元気が良くて、とにかく人生が楽しくてたまらないというような表情をしているように見える。

崎田さんが講師をしているのは映像学科の三年生たちの作る十五分の短篇映画制作実習だ。そこで俺はシナリオ指導という立場でシナリオを教えに行くことになったのだ。

崎田さんと俺の担当するA班には男女それぞれ五人ずつくらいの学生がいて、彼らに思い思いのシナリオを書かせ、それを俺と崎田さんが講評して一本選び、なおかつそれをブラッシュアップして決定稿までもっていき、五月後半～六月前半にはクランクインして夏休み前までに仕上げるというスケジュールになっている。

今日はそのA班の学生たちにシナリオのなんたるかを教えてやってくれと崎田さんから言われてやって来たのだ。講義時間九十分という長丁場をどう乗り切ればいいのか俺は不安だった。

十五人も人が入ればいっぱいになってしまうような狭い教室で俺はA班十人の学生たちと対峙した。

「こいつマジで将来は有望な脚本家になるからね！　助監督としてはあんまり使い物にならなかったけど、書くのは向いてるから。忙しいところを君たちのシナリオ見てもらうように頼んでるんだから！」

大きな声で学生たちに向かって話す崎田さんの横で、俺は穴があったら入りたい気持ちになっていた。

学生たちは「何者なんだこいつは」というような好奇の目で何者でもない俺を見つめている。

俺が映画学校の学生だった頃、いい講師かダメな講師かの判断基準は売れているかいないかだけだった。売れていない講師がなにを言ったところで学生たちは「でもあいつ売れてないじゃん」と陰口を叩いていたものだ。今の俺も完全に同じ目で見られていると思うとやはりこの話は断るべきだったと早くも後悔していた。

「あれ、大山ってまだデビューはしてないんだっけ？」

「え？」

崎田さんの言葉に俺は我に返った。

「あ、まだです……」

「え、まだだっけ⁉」

これも崎田さんは本気で言っているのかどうか分からない。

「ええ、まだです……」

俺は薄ら笑いでなにかを誤魔化すように答えた。

「えー⁉　まだデビューしてなかったんだ！　してるかと思ってたよ！」

崎田さんの、ほとんど叫び声と言っていいほどの大きな声に、穴があったら入りたいどころではなく、俺はあやうく穴を掘り出しそうになっていた。

「でもデビューしてなくてもすごいからね、大山は！　今俺とキャッチボールの映画を企画してんだけどさあ！　面白そうでしょ！　ねえ美樹。どうなのよ！」

美樹という名の女子学生は困ったような呆れたような苦笑を浮かべて「はぁ、まぁ」と答えた。

「はぁ、まぁじゃないよ！　傑作だよ！」

きっとこの美樹という子が崎田さんのお気に入りなのだろう。小柄で目がクリクリしていて学生の割には化粧が濃い。大柄な崎田さんは昔から小悪魔的な小柄な女の人が好みだ。

「じゃあ大山さぁ、シナリオってどう書くか教えてあげてよ。一、二年のときも十分くらいのシナリオ書いていたらしいんだけど、こいつら毎回書き方分からなくなっちゃうみたいだから」

「ああ……。でも書き方って言ってもあれですよ。書式は月刊『シナリオ』とか読めば分かるし……」

俺は崎田さんに言った。

「書式とかそういうのじゃなくて内容だよ、内容」

「まあ、内容はあれですよ。なんていうか……自由に書けばいいと思いますけどね。書きたいこと」

それで話は終わってしまった。それ以上はプロのシナリオライターでもない俺に話すことはなかった。残り時間はあと七十五分もある。

その場が十秒ほどの沈黙に包まれていたが、崎田さんの大きな声がその沈黙を破った。

「そうだよ、お前ら書きたいものとかあるのかよ！」

学生たちは、特に男子学生たちはポカンとしたアホ面か先ほどの俺のような薄ら笑いを浮かべている。女子学生たちは真剣な面持ちか神妙な顔をしていた。その中でも一人、力強く真剣な眼差しを俺に向けてくる女子学生がいた。

「書きたいもの書けよ！　分かった？　美樹！」

「わーりましたぁ！」と美樹がふざけた感じで答えた。

しかしこれほど美樹美樹と言っていると、崎田さんのお気に入りが美樹であると他の学生にもバレバレなのではないだろうか。

「でも、大山、書きたいものがなかったらどうするの？」

「そういうときは……まぁ別に無理して書かなくてもいいんじゃないですか」

「でも作らなきゃいけないからさ。十五分のやつ」

「でも皆さん、映画を作りたくて来てるわけだからやりたい話の一つや二つは……」

「そうだよ、あるだろ！」

崎田さんが今度は美樹だけでなくすべての学生に大きな声で言った。学生たちは静まり返ったまま俺を見つめている。

「あの……。質問していいですか？」

真剣な眼差しで俺を見つめていた女子学生が、やや緊張気味の面持ちでゆっくりと手をあげた。

「お、なんだよ佐知！　いいねえ！　質問だよ、質問。みんななんかないの？　美樹も質問しなさい」

「だからあたしじゃなくて佐知が質問してるんだけど」

美樹がそう言うと佐知と呼ばれた女子学生は、緊張がほぐれたかのように少し笑った。切れ長のちょっと大人っぽい目つきをした子だ。

「ああ、そうだ。ごめんごめん。じゃあ佐知！」

崎田さんがそう言うと、学生たちから失笑が漏れた。

どうやら崎田さんのキャラクターは学生たちにもしっかりと浸透しているようだ。

「いいですか？　質問」

佐知という名の女子学生は、俺を見つめてもう一度言った。

「ああ、はい。どうぞ……」と俺は答えた。

「演出コースの三浦佐知です。あの、ちょっと漠然とした質問ですみません。シナリオの書き方の本とか読むと技術的なこととかいろいろ書いてあってなんとなくそうかなとか思うんですけど、結局は人間を描けって書いてあって、人間を描くってどういう意味かよく分からないって言うか……どうすればいいでしょうか？」

三浦佐知は言葉を選びながらも、はきはきとした口調で言った。

俺は思わず目を伏せてしまった。三浦佐知の真っ直ぐな目つきが眩しかったのと、そんなことは俺が聞きたいくらいだと思ったからだ。人間を描くことができていれば俺はとっくにシナリオライターとしてデビューしている。

「いいこと聞くねえ！　そうだよ！　人間描かなきゃダメなんだよ！　それができてない映画が多すぎるんだよ！　なあ大山」

崎田さんが言った。

「うーん……まあそういう映画が多いかどうかは置いといて、確かにどうすればいいんでしょうね、人間を描くって」

俺は曖昧な笑みを浮かべながら曖昧に答えた。

「キャラクターを面白くしろってことなんでしょうか？」

三浦佐知が真剣な眼差しで見つめてくる。

「まあそういうことだと思いますよ……」

俺は彼女のその眼差しに気圧されながら答えにもなっていないことを答えた。

「大山さんはキャラクターを考えるときってどうされるんですか？」

「あ、俺も聞きたい！　どうしてんの大山」

崎田さんはいちいち合いの手を入れてくるが、いつもは迷惑なその合いの手が今日ほどありがたいと思ったことはなかった。

「うーん……まあ僕の場合はだいたい周りの知っている人間を何人か組み合わせて作ったりとか……」

「やっぱり実体験が大切ですか？」

「もちろん実体験は大きな武器になりますけど、そんなにやすやすといろんな体験ができるわけでもないから疑似体験でも……」

モゴモゴとした俺の返答を三浦佐知は真面目にノートに書きとっている。彼女だけでなく女子学生たちは概ね熱心に聞いている様子ではあるが、それに反して男子学生たちは俺のことをバカにしているのかもともとバカ面なのか分からないが、覇気のない目で口を半開きにして俺を眺めているだけだ。

「竹本だよ。竹本耕太郎」

授業後、俺と崎田さんのA班と、もう一つのB班とで飲みに行くことになっており、そういえばB班の指導監督が誰なのかを知らなかった俺は、崎田さんに「そういえばB班は誰が指導監督なんですか?」と聞いたときの崎田さんの答えだ。

名前を聞いて、俺はこの話を引き受けたことを心底後悔した。

飲み会は崎田さんがまずいと言っていた駅前の安居酒屋の座敷席で行われた。二十数人の学生に崎田さんと俺、竹本とB班のシナリオ指導に来ている竹本の後輩で、学生時代から竹本とコンビを組んでいる塚田という若い脚本家が来ている。塚田はすでに竹本以外の監督からもどんどん声をかけられていて売れっ子脚本家の仲間入りをしようとしているヤツだ。

学生たちは当然竹本と塚田に群がっている。その中には先ほど俺に熱心に質問してきた三浦佐知もいる。彼女は今も真剣な顔つきで竹本と塚田の話を聞いている。

崎田さんがそんな学生たちに向かって「君たちも竹本さんみたいに自主映画作って世に出なき

ゃダメだよ！　助監督なんかしてると俺みたいに出遅れちゃうよ！」と唾を飛ばしながらまくし立てている。

俺はアニメの話で盛り上がっている四人組の男子学生たちとともに座敷の端っこに座って、竹本たちのほうを視界の片隅で見ていた。アニメには詳しくないので学生たちの話には加われないし、彼らも気を遣うでもなく俺などいないかのようにアニメ話で盛り上がっている。俺は完全に空気と化していた。

俺たちA班がこの居酒屋に入ったとき、竹本たちのB班はすでにいて先に飲んでいた。竹本と会うのは俺がサード助監督でついた作品で、竹本がメイキングをしていたとき以来だから三年ぶりくらいになる。その作品がクランクアップするときに俺は竹本の自主制作に助監督として誘われたのだが、別の現場が決まっているからと嘘をついて断った。

竹本とどんな会話をすればいいのだろうかと考えながら俺は店に来たのだが、竹本は俺と目が合うと、軽く目礼しただけだった。それから三時間以上経過しているが、俺と竹本の目が合うことは一度もなかった。俺は視界の片隅にずっと竹本を捉えていたが、竹本はもう俺など眼中にもないようだ。確かにやつは有名女優を主演に迎えてホラー映画を撮るという華々しいメジャーデビューを飾ったが、こんなふうに人が変わるタイプだとは思わなかった。これだけ差がついてしまったからには話しかけられてもなにを話せばいいのか分からないがこの竹本の変化はけっこうなショックだ。最初に出会った現場では互いのバカな身の上話などもしていたのだ。だが竹本と塚田からは、旬の人間にしか放てないオーラのようなものが確かに感じられた。

崎田さんが竹本のホラー映画を大きな声で絶賛しまくっている。自分よりも十歳ほど若く自主映画界から飛び出してきた竹本のことを心の底から尊敬しているような崎田さんを俺は腹立たしく思いながら、でも尊敬もしていた。崎田さんは竹本に一片の嫉妬心もないように見えるからだ。俺としては叩き上げの崎田さんに、自主映画から出てきた竹本なぞ鼻であしらってほしいと思うのだが、崎田さんはそこに変な区別はしない。もしかしたらただのバカなのかも知れないと思いながらも、崎田さんが助監督として多くの監督たちに好かれる要因はやっぱりこういう人間性にもあるのだろう。

帰るタイミングもなかなかつかめず、飲めもしない酒（レモンサワー）をチビチビと飲んでいると「隣に行っていいですか？」と頭上から声がした。顔をあげると、そこにはビールの入ったジョッキを持った三浦佐知がいた。

「え？　あ、う、うん。いいけど」

予期せぬ出来事に俺は狼狽してしまったが、必死に平静を装って答えた。

「じゃあ、失礼しまーす。ちょっといい？」

三浦佐知はアニメ談議に夢中な男子たちに言うと、割り込むように俺の横に座った。アニメ男子たちは三浦佐知にもまったく興味がないのか自分たちの話に夢中だ。

「お疲れ様です。今日は有難うございました」

「あ、うん。お疲れ様」

三浦佐知は自分のジョッキを俺のレモンサワーのジョッキに打ち付けるとゴクゴクと飲んだ。

「あー、ほんと脚本って難しい。書ける人尊敬しちゃいます」

「あ」

なにが「あ」だと俺は自分で自分にツッコんだ。女子大生が隣に来ただけで俺は緊張しているのだ。

三浦佐知にとって「書ける人」というのはどうせ竹本や塚田のことだ。

三浦佐知はそれからしばし黙ってビールを飲み続けた。なにか考え事をしているようだが、俺は沈黙に耐えかねて口を開いた。

「いいの？　向こうの話は聞かなくて」

俺は今も学生たちに囲まれている竹本たちのほうをチラッと見て言った。

「なんか崎田さんがうるさいし、だいたい聞きたいことは聞けたので」

アルコールでほんのり顔を赤くしている三浦佐知は、教室で俺に質問してきたときよりもかなりリラックスしているように見える。

「崎田さん、いつもあんな感じなの？」

なにを話せばいいのか分からず、俺はとりあえずそう聞いた。だが聞こえなかったのか三浦佐知は黙ってビールのジョッキにぽっちゃりとした唇をつけている。女子大生と話すことなど当然普段はないし、最近では女子と話したのもリカくらいなので、俺はまだ緊張でかたくなっていた。

「なんかどうしても最後まで書けないんですよね」

三浦佐知はビールを飲み干すとようやく言った。それに対してなにか気の利いたことを答えたいがなにも思い浮かばない。

「まあ、最初のうちはね」つまらないことを言っていると思いながら言った。俺はもう三浦佐知に気に入られたいと思い始めている。

「大山さんもそうだったんですか？　最初のうちは」

「うーん……まあそんなこともないけど」

別にカッコつけようと思ったわけでもないが、俺は正直に答えた。出来はさておき、俺は書き始めたシナリオを最後まで書ききれなかったということは一度もない。だが女子大生相手にこんなことにバカ正直に答える必要はなかったのではないかと答えた瞬間から思えてくる。さっきまで竹本や塚田と話していただけに絶対に比べられていると思うと、なんてつまらないことを言ってしまったのだと恥ずかしくもなってくる。

「まあでも書いてると、もしかしたらこれスゲェつまんないんじゃないかと思えてくるときとかあるよね」

俺は取り繕うように言った。

「そうなんです！」

三浦佐知は我が意を得たりとばかりに俺のほうを向いた。そして胸のあたりまで伸びている髪の毛をかきむしりながら言葉を続ける。

「いつもそうなんですよ私！　書いててすぐつまんなくなっちゃうんです！」

髪の毛をかきむしるその仕草がかわいい。

「さっき塚田さんに聞いたら、面白いシーンを十個以上は思いついてから書くって言ってたんですけど、面白いシーンなんて簡単に思い浮かばないですよ！」

「まあそうだよね……」

塚田はその面白い十個のシーンを思いつくのに、一体どのくらいの時間がかかるのだろうか。確かに十個見せ場があればあとはなんとかなりそうな気はする。

塚田の言ったことについて考え込んでいると三浦佐知は唐突な質問をしてきた。

「大山さん、今まで見た映画の中で一番面白かったのなんですか？」

「え」

「あ、困りますよね、こういう質問。でもあたし、ロクに映画観てないからなんか教えてください」

確かに聞かれると困る質問だ。相手によっても答えを変えていかねばならない。三浦佐知のような二十歳そこその女子大生に聞かれるとは思ってもみなかった。ユキさんに聞かれたときのように『暴力脱獄』とか『大脱走』などの名前を出してもどうせ知らないだろう。かと言ってカラックスとかカサヴェテスのような名前を出すのもなんだかカッコつけている気がするし、そもそもそんなに好きでもない。バカにされずカッコつけ過ぎてもいずなんかセンス良さげな映画はないだろうかと考えているると、

「あたし、『プリティ・ウーマン』なんですよねえ……」

三浦佐知が恥ずかしそうに言った。

「え？」

「ヤバいですよね？」

「あ、いや……別にヤバくないんじゃない」

「えー、絶対ヤバいと思ってるでしょ」

「いやいやほんと別に。いいじゃん」

正直に答える三浦佐知を俺はすごくかわいいと思った。そりゃ確かに心の映画が『プリティ・ウーマン』では将来有望な監督なり脚本家なりになれるとは思わないが（と言いつつ『プリティ・ウーマン』の内容はほぼ覚えていないのだが）、こういう正直さを持ち合わせていない俺は、それだけで三浦佐知をたまらなく魅力的に思ったのだ。そう言えばユキさんにもこういう大らかなところがある。

楽しくなってきた俺は、「俺なんか『バック・トゥ・ザ・フューチャー』だよ」と心置きなく言った。

「あ！　あたしも大好きです！　良かったあ。アハハ」

三浦佐知はなぜか笑いながら言った。

「マイケル・J・フォックスの父親役のクリスピン・グローヴァーって役者さんがいいんだよね」

「あの人面白いですよね！　テレビ見ながら笑ってるシーンとか最高！　え、ウソ、嬉しい！」

と言って三浦佐知はまた笑った。

そこは俺も大好きなシーンだ。細かすぎるところで趣味が合う異性と話しているのはたとえ相手が好みのタイプでなくても楽しいものだ。三浦佐知は格別美人というわけではないが、なんだかとてもキュートだから今この時間が俺は死ぬほど楽しい。しかも三浦佐知はよく笑う。やっぱり女の人は笑い上戸にかぎる。こちらの気分もどんどん上がってくるというものだ。

「あと、ビフとやり取りしてるときの上半身の動きね」

「はいはい。こんな感じで」

ケラケラと笑いながら三浦佐知は、クネクネとしたその動きを真似た。こんな動きを俺に見せるなんて、もしかしたら三浦佐知は俺に気があるのだろうかと早くも勘違いしそうになったけれど、今日初めて会ったのだし、竹本みたいに売れているわけでもないから惚れられる要素が今の俺にはなにもない。勘違いして惚れそうになってはならないが、アニメの話をしている四人組以外の学生はみんな竹本たちを取り巻いているから、俺と三浦佐知のところだけポッカリと小宇宙ができたようになっており、そこの居心地はとても良かった。どうかこの時間が少しでも長く続いてほしいと思っていると、「よし！　じゃあ二次会行くよ！　行くやつ誰！　手あげて！」と崎田さんが大きな声で言った。

「えー、竹本さんたちどうするんですかあ？」と美樹が甘えたような声で言う。

「行くよ！　行くに決まってんだろ！　行きますよね！　塚田さんも！」

崎田さんが竹本と塚田に言うと、二人は苦笑した。

「ほら、行くって言ってるじゃん！　行くよ！　みんな行こう！　わーい！」

竹本と塚田は行くとは返事をしていないが、崎田さんは心底楽しそうだ。

「大山さん、行かれます？」三浦佐知が俺に聞いた。

「俺、ちょっと帰んなきゃいけないんだよね」

間髪入れずに俺はそう答えた。悩んでしまうと絶対に行くことになってしまう。

「あ、そうなんですか。じゃあこれからよろしくお願いします」

三浦佐知はそう言うと「あたしも行きまーす！」と崎田さんに向かって手を振った。

俺が期待していたようなセリフがなかったのが少しだけ寂しい気持ちになった。

二次会に行けば、三浦佐知は今度こそ竹本や塚田の横に陣取るだろう。その様子を見たくなかった。短い時間とはいえこうして二人で楽しく話せたことをいい思い出にしておきたかった。

「大山は？　来るよね！」

崎田さんにそう言われて一瞬「はい」と答えそうになってしまったが、「すみません、ちょっと帰んなきゃいけないんですよ」と俺は笑顔を作って必死に答えた。竹本のほうはあえて見ないようにした。


阿佐ヶ谷駅から稲川邸に歩くうち、久しぶりに少しだけ気分が軽くなったような気がした。俺の心を占めるユキさんの割合がわずかばかりだが少なくなったような気がしたからだ。もちろんそれは三浦佐知と出会ったからだ。ただ、この先、三浦佐知と付き合えるかというと、その自信はまったくない。今のこの俺の状況で、ゼロから女の人と付き合いをスタートさせるのは至難の業だろう。「三十歳、男四人の共同生活でフリーターのシナリオライター志望男」に惚れてくれる女はまずいないだろう。せめて「三十歳、シナリオライターを目指すために会社を辞めた」くらいであればまだ勝負できると思うが、とにかく自分の現状を説明するのがたまらなく面倒くさい。まして三浦佐知は映像学科の学生で、映像業界の先輩でもある俺のことを少なからずリスペクトもしているだろうから余計に説明するのが億劫というのか恥ずかしい。それに竹本や塚田のほうにどんどん視線も向いていくだろうから、それに耐えられる心の強さが俺には微塵もない。とはいえ引きずる恋を忘れるには新しい恋が始まる以外にはないような気もする。三浦佐知と明るい未来が待っているとはいくら精神が甘っちょろくできている俺でも思わないが、ひとまず夏休みに入る直前の合評会までは彼女との付き合いはできるだろうからそこまではユキさんのことでグジグジと悩むことが少なくなりそうだということだけでも嬉しい。とりあえず今晩だけは、あえて声に出しながら〈恋をした夜は〉を口ずさみながら歩いてみた。気分はすっかり江口洋介とまではいかないが、なかなかのいい気分だった。

8

締め切り日にA班の四人の学生からシナリオが提出されてきた。これで合わせて六本のシナリオが提出されたことになる。期日を守れなかった者はその時点でアウトとなるから、A班の実習作品はこの六本の中から選ぶことになる。

三浦佐知のシナリオは、三本のシナリオとともに昨晩送られてきていた。

俺はビデオの配線もつなげないほどの機械音痴なのでパソコンは持っていない。だが近頃は連絡のやり取りにパソコンを使うことが多くなっているので多田さんのパソコンにメールアドレスを作ってもらっている。

朝、少しドキドキしながらパソコンを開いて、受信メールに「三浦佐知」という名前を見つけたときには思わず胸が「キュン！」としてしまった。一度も貰ったことはないが、まるでラブレターを貰ったかのような気持ちでそのメールを開いた。なにか特別なことが書いてあるかもしれないと思ったのだが、その大きな期待に反して文章はかなりドライなものだった。

「大山様　お世話になります。シナリオお送りいたします。どうぞよろしくお願いいたします。三浦」

俺はその文面に少々がっかりしたが、もしかしたらいろいろと書いた挙げ句、悩みまくって最終的にシンプルな文面にしたのかもしれない。パソコンの前で何度も文面を推敲している三浦佐知の様子を俺は想像した。

ついでのように他の学生たちのメールも開いたが、みんな似たり寄ったりの味もそっけもない文面だった。

三浦佐知のシナリオは『傷』というタイトルだ。ストレートでいいタイトルだなと思った。

プリントアウトすると、蒔田が小説を書いている自室に戻り、蒔田の向かいで、まるで三浦佐知の衣服を一枚ずつ剝いでいくかのような心境でそのシナリオを読み始めた。きっとそのシナリオには三浦佐知の人間観なり恋愛観なり、もしかしたら性癖なりまでが感じ取れるようなものかもしれないと想像すると、勃起せんばかりの勢いだったのだが、ページを捲るたびに、その興奮が少しずつさめていく。

　母親から無意識の悪気のない呪いをかけられて（女の子なんだから短大でいいじゃないとか、かわいくしてなきゃダメよとか）育ったがために自分に自信を持てない女子大生が、なんとか母から脱却しようともがく話だった。

　おそらく自分の母親との関係がそうなのだろう。だが、三浦佐知からは自信がなさそうな雰囲気も感じられないから少し意外だった。自信があるとかないとかそういうこととは無縁のところで生きているように俺には見えていた。

　自分の気持ちのようなものが正直に書かれた素直なシナリオだなと思ったが、少し食い足りない気はした。そしてなぜか、こういうシナリオを書く三浦佐知はじゅうぶん俺の射程圏内にいるように思えた。

「なにニタニタしてんだよ」

　俺の向かいで小説を書いている蒔田が気味悪そうに俺を見て言った。

「いや別に」

　そう答えると、他の学生のシナリオはほとんど流し読みして俺は家を出た。

　今日は月に一度の「マキシム会」の日なのだが、学生たちのシナリオの感想を聞きたいからということで崎田さんが稲川邸に来ることになっている。ゴールデンウィーク明けに、提出されたシナリオの講評を崎田さんと俺とでしなければならないのだ。

「絶対あの人、ただ酒ただ肉しに来るだけだろうが。なんで呼ぶんだよ」

崎田さんのことを嫌いな菅井は怒ったが、来ると言ったら来るのでどうしようもない。

夕方、俺たちが盛大に高い肉を買い込んで「マキシム会」の準備をしていると、「よう！」と言いながら崎田さんが勝手に部屋に入ってきた。チャイムを鳴らさないどころかノックもなく上がり込んでくる。そういうところも菅井の逆鱗に触れるのだ。

「あ、どうも」と多田さんが挨拶すると、崎田さんは「元気？　ダメだよ元気出さなきゃ！」と嬉しそうに言った。

「シナリオ読んだ？　どうだった？」

崎田さんはすぐに俺に聞いてきた。

「ああ、一応読みましたけど」

「いいのあった？」

「いや……そんなに」

「だよね！　全然ダメだよね！」

崎田さんはなぜか嬉しそうだ。

「困っちゃうよなあ。これで映画ができると思ってんだから。どうする？」

「え？　どうするってどういう意味ですか……？」

「こんなんじゃ映画にならないでしょ」

「でもこの中から選んで作らなきゃいけないんですよね？」

「そうだけどさぁ。じゃあ誰のがいいの？」

なにを言っているんだこの人はと思いつつ、正直誰のでもいいと思うし、所詮は学生の実習なのだから撮りやすいものでいいのではないかと思い、俺は「とりあえず撮りやすいものがいいんじゃないすか」と言った。

「ダメだよ！　去年は賞とかとってるらしいからちゃんと選んで作らせなきゃ！」

「まあ、強いてあげれば三浦佐知のやつなんかちょっと面白かったですけど」

「佐知のやつってどんなのだっけ？」

「なんかお母さんとの関係を描いた……」

「ああ……。どこが良かったの？」

どうやら崎田さんはそんなに興味をひかれなかったようだ。

「なんか素直に書いてあるなって。ウチの妹なんかも似たような状況だし」

「え、どういうこと？」

「なんていうか母親からの期待とか、こうあれっていうものに母親も無意識で縛って娘も無意識に縛られてて、徐々に娘だけそのことに気づいて母親との関係が悪化するっていうか……。まあ、とにかく彼女のが一番作者の匂いっていうか人間性みたいなものを感じたっていうか……」

「ああ、そう……」

「今の段階だと別にシナリオの構成なんか整ってなくていいから、書きたいものを書いてくるっていうのが大切なんじゃないですかね。やたら時間軸いじくったり格好つける必要ないっていうか、天才でもないんだからそんなこと上手くできるわけないだろうし」

「まあ、そうだよねえ。佐知は書きたいもの書いてるの？」

「まあこの中ではですけど」

「ああ……」

気のない返事をする崎田さんは、やはり三浦佐知のシナリオはまったく響いてないのだろう。

「崎田さんはどれがいいと思うんですか？」

そう聞くと崎田さんは腕組みして「うーん……」と顔をしかめてから「美樹のはどうなの？」と言った。

美樹は崎田さんのお気に入りの女子学生だ。

「いやー、まあ別に普通っていうか……どんなのでしたっけ？」

俺は彼女が書いたシナリオの内容をほとんど覚えていなかった。

「なんか大学の先生にストーカーされるやつ」

「あー……」

そう言えば、そんなような内容のものが一つあったが誰が書いたのかも覚えていない。

「あれって俺がモデルなのかな。あのストーカー先生」

「ストーカーしたんすか？」

「してないよ！」

きっと俺が三浦佐知のシナリオしか覚えていないように、崎田さんも美樹（俺は彼女の苗字すら覚えていない）のシナリオしか覚えていないのだろう。

「でも心当たりあるんじゃないすか？」

横で聞いていた多田さんが笑顔で話に入ってきた。

「なに多田！　言うねえ！　珍しくちょっと元気だからって！」

「ハハハ。まあ今日はうまい肉食えるんで」

「ダメだよそんなんじゃ。いい肉食えるときだけ元気でも！」

自分が買った肉でもないのに崎田さんが言うと、案の定、すき焼きの用意をしていた菅井が思いっきり顔をしかめた。

「よし食おう！　肉食おう！」

崎田さんが張り切って言う。

「おい蒔田！　肉食うぞ！」

菅井が不機嫌極まりない声で、自室で黙々と執筆中の蒔田に声をかけた。

「たくさんいるよかわいい子！　もう大山なんか喜んじゃって大変だから！　なあ大山、たくさんいるよな！」

唾を飛ばしながら崎田さんは、いかに大学にかわいい女子大生がたくさんいるか熱弁を振るっている。

「いいな。もうやったりしたんすか」

肉を食べながら蒔田が淡々と聞いた。

「やるってなにを？」

「セックスしかないじゃないですか」

「セックスぅ⁉」

崎田さんが目をひん剝いて驚いた顔になった。

「そんなもんしないよ！　なに言ってるの君！　バカじゃないの！」

口から米粒を飛ばしながら言う崎田さんからは以前から性的な匂いがあまり感じられないが、もしかしたら本当に女性とセックスがしたいわけではないのかもしれない。下心があるのは確かだがどんな下心があるのかよく分からない。

でも、よほど美樹たちに懐かれているのが嬉しいのだろう。

「米飛んでんすけど」

ずっとしかめ面だった菅井がその表情のまま言った。だが崎田さんがそんなことを気にするわけもなく、その後「マキシム会」がお開きになるまでほとんど美樹の話に終始した。

「お前、この人と付き合っていいのかよ」と菅井が言った。

「マキシム会」の翌日、俺は朝から名曲喫茶サリエリに行った。いよいよ崎田さんとのキャッチボール企画に本腰を入れようと思ったのだ。なぜ本腰を入れようと思ったのかというと、学生たちのシナリオに刺激されたからだ。正確には三浦佐知のシナリオに刺激を受けたのだ。と言っても彼女のシナリオの中身に刺激を受けたわけではなく、シナリオを書いている彼女から尊敬されるにはやはりこちらもなにか動いていなければ恰好がつかないと思ったからだ。恋（と言ってもいいのだろうか？）の芽生えというものは（失うにしてもだが）人を動かす原動力になるものだと映画やドラマで散々見てきたことを俺は何度目になるか分からないが改めて実感した。

いつものようにサリエリの奥の席に陣取るとノートを開いて、まずはアゴヒゲ抜きから始めた。今のところ「キャッチボール」という単語しかとっかかりがない。キャッチボールを題材にした映画がなにかあっただろうかとまずは考えてみる。あまり思い浮かばないが、『フィールド・オブ・ドリームス』とか『ナチュラル』にはキャッチボールをしていたシーンがあった気がする。やはりキャッチボールだから野球から離れることはできないだろう。実は俺はこう見えても高校まで野球部だったのだ。甲子園にはほど遠い学校で補欠丸出しのプレイヤーではあったが野球は好きだ。いつか野球映画を作ってみたいという願望もある。だが今回のキャッチボール企画は普通の野球映画にしてもあまり面白くないような気がなんとなくだがしていた。

崎田さんは、助監督の仕事がない時に善福寺川公園にグローブとボールを持って行っては壁打ちしている。その姿を実際に見たことはないが、なぜか鮮明に映像が脳裏に浮かぶ。映像が浮かぶというのはシナリオを作るうえで重要なことだ。仕事にあぶれた四十男が日がな一日、公園で壁に向かってボールを投げている物語はどうだろうか。そこにいろんな人がやって来ては男としゃべったりキャッチボールしたりしていくというのもあるかもしれない。あるいはその壁打ち男は草野球のチームに入っていて、俺のように野球はうまくないのだが、次の試合で投げなければならなくなっているのか、もしくは彼は高校時代の野球部の試合でなにか取り返しのつかないエラーをして立ち止まってしまったのか……。

男が壁に向かってボールを投げている映像は思い浮かぶのだがそこから先がなかなか進まないので俺は久しぶりに野球を観に行くことにした。ちょうど今の時期は大学野球の春季リーグ戦が行われている。今日は平日だから神宮球場に行けば東都大学リーグの試合が行われているだろう。

駅前のコンビニで日刊スポーツを買って確認すると、やはり東都リーグの試合をしていたので俺は現実逃避も兼ねて神宮球場へと向かった。


プロのスカウトもいるバックネット付近に陣取って、半分はチアリーダーに目を向けながらなんとなく試合を観ていると、バックネット裏に見知った顔があった。

武山さんだ。武山さんは崎田さんと同世代のチーフ助監督だ。崎田さんが風変わりな助監督として有名ならば、武山さんは鬼軍曹とあだ名のつく厳しい助監督として有名だ。幸いなことに俺は武山さんの下についたことはないけれど、有名俳優からエキストラのおばあさんまで、いい意味で人を区別せずにダメだと思ったら怒鳴り散らすこともある、身も心もすべてを映画の現場に投げうっている人だ。だが、いったん撮影現場を離れると、人が変わったように紳士になる。

バックネット裏で一心不乱にスコアブックをつけている武山さんは、映画と同じくらい野球を愛している。特に高校野球が好きで、その知識は頭の中で完全にデータベース化されている。甲子園常連校の知識ならまだ理解はできるのだが、俺の母校のように一度も甲子園に出たことのない高校のことまで知っているのだから、高校野球へのあくなき情熱は常軌を逸している。仕事のないとき、崎田さんは壁打ちしているのに対し、武山さんはこうしてノート片手に球場でスコアをつけているのだから二人ともかなりおかしな人ではあるだろう。

「武山さん」

声をかけると、武山さんは振り返って「おー！　久しぶり。なにしてんの」と言った。

「野球観に来たんすけど」

「高市いいよ。すげぇコントロール」

武山さんは青山学院大のエースを褒めた。プロ注目の高市俊投手が投げている。対戦相手は中央大学だ。

「最近どうしてんの？　暇そうじゃん、こんなとこいるなんて」

「まぁ、相変わらずなんにもしてないっすけどね。崎田さんの大学手伝ってます」

「あー、なんか先生してるらしいね。大丈夫なの？」

「いやまだよく分かんないんすけど」

それから武山さんは野球に集中し始めて、黙々とスコアブックをつけながら時折首を捻ったり頷いたりしながら熱心に試合を観ていた。

俺はそんな武山さんの横で、ノートを出して崎田さんのキャッチボール企画を考えながら試合を観た。試合が終わると、武山さんが飯を食いに行こうと言うのでついていった。

居酒屋で、武山さんは今日出ていた選手たちについて猛烈な勢いで話しまくった。武山さんの頭の中には、彼らの高校時代の情報がほぼ完璧にインプットされているのだ。映画と高校野球と日本史に関してはほとんど大学教授なみの知識があるので話はいつまでたっても終わらない。俺が武山さんの話に満腹感を通り越して眩暈を起こしそうになってきたころ、武山さんの話は一九九六年の熊本工業対松山商業の「奇跡のバックホーム」の話題になっていた。それを球場で観ていたという武山さんはライトが投げた瞬間と、サードランナーの離塁の瞬間を同時に目撃したと俄かには信じられないことを言った。

「でも、俺の高校野球最高のバックホームはそれじゃねえんだよな」

「他にもあるんすか？　歴史に残るバックホーム」

「あるんだよ。鹿児島実業の森元。定岡がエースのときのセンター」

そんなことを言われてもまったく分からないが、話を聞いてみると興味深いものだった。

それは一九七四年の選手権大会準決勝、鹿児島実業対防府商業の試合だ。九回裏二死二塁と攻める防府商業。鹿児島実業の投手が（定岡はケガのため途中降板していたらしい）二塁に牽制球を投げるがそれがそれてボールは転々とセンターへ。バックアップに入ったセンターの森元選手がなんとそのボールを後逸してしまい、その間に二塁ランナーがサヨナラのホームを踏んだ。

「こっからがすげえんだよ。『敗け組甲子園：ドキュメンタリー』って本にも書いてあんだけど、そのセンターの森元がもうランナーがホームインしてんのに無我夢中でバックホームしたの。そのバックホームがもう泣けて泣けて」

小学一年生だったという武山さんはその試合も甲子園で観ていたらしい。それも一人で。しかもスコアをつけながらだ。恐るべき小学生と言ってもいいだろうが、確かにそれは泣けるバックホームだ。森元選手はもう無我夢中だったのだろう。なんとなくその姿も映像としてくっきりと浮かび上がる。試合終了にも気づかずに自分がそらしたボールを追い続ける選手の背中というのは切ない。

その後、武山さんの話は高校野球ベストスクイズ、ベストボーク、ベストワイルドピッチ、ベストパスボールなどどんどんマニアックな方向に流れていき、気がつくと終電がなくなっていた。

翌日、俺はさっそく近所の図書館に行って武山さんの言っていた『敗け組甲子園』という本を読んでみた。確かに鹿児島実業の森元選手のバックホームのことが書かれている。驚いたのは、森元選手がバックホームをしたことを覚えていないということだ。そのエピソードはなんとなくではあったが、俺の中にかすかに残っていたシナリオライター魂に火をつけた。

公園で壁にボールをぶつけ続ける男は自分がなぜここで壁にボールをぶつけているのか記憶がない。どうしてそんなことをしているのか？　と同時に高校野球最後の試合で、最終回、守備についている彼は最後の打球を追いかけた。相手のランナーがホームインしたらサヨナラ負けだ。打球は彼の頭を大きく越えてサヨナラになる。その後の彼の記憶はない。バックホームしたのかどうか……。失われた二つの記憶を巡る物語。どんな物語になるのかは分からないが、なにかとっかかりが見つかったような気がして久しぶりに俺は気分が良かった。

ゴールデンウィーク明け、俺はウキウキした足取りで大学へ向かった。小学生や中学生の頃、席替えなんかで好きな女子と近くの席になれたとき、学校に行くのが楽しみでならなかったが、三浦佐知に会えるのはあの感覚に似ている。

三週間ほど前の飲み会以来会う三浦佐知は、髪の毛を短く切っていた。ずいぶん雰囲気が変わっていたがショートボブというのだろうか、この髪型もよく似合う。もしかして俺を意識して髪型を変えてきたのだろうかと、こういうことも中学時代からずっと思い続けているが、俺のためだったためしはなくいつも勘違いだ。

学生たちはいくぶん緊張の面持ちで教室に座っている。今日は崎田さんと俺が、提出されたシナリオに対して講評するという日なのだから当然だ。にしても提出した者が緊張しているのは分かるが、提出しなかった者も緊張した様子でいるのがなんだかおかしい。きっとバツが悪いのだろう。俺も学生時代に似たような経験があるからよく分かる。

「えーと、皆さんのシナリオ読みました」

いつになく真面目な表情で切り出した崎田さんだが、なんだかその表情は美樹に対して向けるために作られたもののように見える。

「えっとね、はっきり言うけどね、全然ダメだよ。熱いものが感じられない」

崎田さんの言葉を学生たちは神妙な表情で聞いている。

「誰も君たちにきれいに形の整ったシナリオは期待していません。それよりもなにかこう溢れ出てくる熱いものが読みたいんだよね」

それは俺が言おうと思っていたセリフだ。

「やたら時間軸とかいじったりしてるものあるけど、よっぽど天才じゃなきゃ最初からそんなことしてもうまくいかないからね。かっこつけてるんだよなあ、みんな」

って言うか……それはまんま俺が崎田さんに言ったことじゃないか！

「佐知！」

崎田さんは突然三浦佐知の名前を呼んだ。

「はい！」

三浦佐知が驚いて返事をする。

「あなたのは、まあまあ素直に書けてるなと思いました」

「え！」俺は思わず心の中で叫んだ。

「大変よろしい」と崎田さんが言った。

「ありがとうございます！」

三浦佐知は、パッと表情を明るくした。これでは俺が三浦佐知に言うことがなくなってしまう。

「みんな佐知のやつは読んだ？　こういうのを書いてこいって意味じゃないけど、なんか佐知のは書きたいものを書いている感じがしたよ。あと、美樹のも」

「ゲゲッ！　マジっすか?!」

美樹の表情もほころんだ。

「マジだよ！」

崎田さんは満面の笑みで答える。

学生たちの表情がややシラケたものになったのを俺は見逃さなかった。と言うか俺の心の中も少々シラケている。さっきから崎田さんが言っていることは、このあいだ俺が崎田さんに言ったことだ。

「って言うかあれのモデル、誰なの！」

崎田さんが美樹に聞く。美樹のシナリオは教授にストーカーされる女子大生が主人公の話だ。

「さぁ」と美樹はニタニタしている。

「さぁじゃないよ、まったく！」

崎田さんは美樹のそのニタニタ顔がよほど嬉しいのか満面の笑みで言いながら、なんとか話を真面目な方向に戻した。

「まあでも最終的に決めるのは君たちだから。どれに決まっても今度はそれを直していく作業をするだけです。けっこうシゴクよ。覚悟しといてよ。じゃあ大山の講評お願い」

と言われても、俺が言おうとしていたことはほぼ崎田さんに言われてしまっているのだ。

「うーん、そうですね……」

俺はすっかり困り果て、崎田さんに腹が立っていた。学生たちはみんな俺の顔を見ている。三浦佐知の視線も痛いくらいに突き刺さってくる。きっと彼女は俺からの言葉を待っているのだろう。

「まぁ……だいたい崎田さんと同じなんですけど、今の段階ではね、なるべく書きたいものをがんがん書くっていうのが一番大切なことかと思います……。うん、それで、崎田さんの言うように三浦さんのシナリオはね、その中でもなかなか素直に書けていたかなって思いますし、あとは……」

結局俺は苦し紛れに一人一人のシナリオにそれぞれ良いところがあって、どれが突出しているわけでもないということをかなり持って回ったように言って、途中からなにを言っているのかも分からなくなり、二、三人の学生が欠伸をしだしたので強引に話を終わらせた。

「とりあえず、最終的には作品を作るってこともそうですけど、シナリオって直しが一番大変で、そこを乗り越えるってことも今回の大事な課題だと思うんで、まぁ、なんとか頑張っていきましょう」

あとは学生たちが話し合って一週間以内に撮影するシナリオを決めるのだ。

「よし！　じゃあ飲みに行こう！　行く人！」

崎田さんが今日一番の大きな声で言うと、何人かの学生が手をあげたが三浦佐知はあげなかった。

「なに美樹！　今日は行けないの⁉」

崎田さんが大きな声で言う。どうやら美樹も手をあげていなかったようだ。

「お金ないっす！」

「そんなの俺が出すよ！」

崎田さんは思わず言ったのだろうが、他の学生たちが「やったー！」と声をあげた。

崎田さんはその瞬間にちょっと焦った表情を浮かべ、「大山、今日金ある？」と小声で聞いてきた。

「いや、今日、俺も行けないんすよ」

「え!!」

崎田さんは目をカッと見開いた。

「佐知、行けないの？」「今日、無理ー」などと言うやり取りに俺は耳を傾ける。

「なんで!?」崎田さんが大きな声で言った。

「え、なんすか？」

「なんで来れないの!?」

「いや、ちょっと予定があって」

「なんの!?　じゃ、金だけ置いてってよ」

「はぁ!?　いや、そんな持ってないっすよ、俺も」

さっき俺が言いたいことを全部言われてしまった復讐の意味も込めてそう言った。

大学内のバス停に俺は先回りした。誰より先回りしたかというと当然三浦佐知よりだ。

俺は崎田さんに飲み会に行けないことを告げると三浦佐知にはあえて目もくれず教室を出て学内のバス停に向かった。先回りして三浦佐知を待ち伏せて偶然を装って同じバスに乗ろうと思ったのだ。

だがこれは賭けだった。三浦佐知が今日、飲み会に出られない理由はなにか分からない。もしかしたらサークル活動のなにかとか学内での予定があるかもしれない。そうすると彼女はバス停に来ることはない。

とりあえず俺は、バス停に隣接している公衆トイレの陰に隠れて三浦佐知が来るのを待った。待ちながら、これから偶然バス停で三浦佐知に出会ってしまうその偶然の理由を考えた。俺がバス停に到着してから最初のバスはすでに出発しているのだ。すぐに教室を出た俺がまだこうしてバス停にいてはおかしい。だがもしかしたらその理由を考えるのは無意味なことかもしれない。三浦佐知が学内でなにか予定があるのならまだまだ出てこないだろう。もし学外での予定ならばそろそろ出てきてもおかしくないはずだ。

俺はトイレの洗面台で何度も口をゆすいだ。先ほど短時間とは言え学生たちの前でしゃべったので口の中が乾燥している。もし三浦佐知とうまく会えたときに良くない口臭があってはならない。十分ほどかけ何度も何度も、口がだるくなるほどゆすいでトイレから出ると二台目のバスが出発するところで、それと同時に崎田さんや美樹たち飲みに行く軍団が何人か校舎から出てこちらにやって来る。俺は慌ててトイレに駆け戻った。

「あそこまずいからさぁ！　まずいたってあそこか、その両隣の居酒屋しかないからねぇ！どこも変わんないよ、ホントにもう！」

崎田さんの嬉しそうな声がトイレの中まで聞こえてくる。万が一誰かがトイレに入ってきたら困るので俺は個室の中に隠れていた。

「あー、佐知！　どうしたの⁉　まだいたの⁉」

不意に美樹のそんな声が聞こえた。

「サークルのミーティングがある予定だったんだけど、欠席多くて中止になっちゃった」

その声は紛れもなく三浦佐知の声だ。

「よし！　じゃあ佐知も行こう！　行こ行こ！」

崎田さんの声がまた響く。

断れ！　飲み会に行くのは断ってくれ！　俺のそんな心の叫びも空しく「行くー！」と三浦佐知の大きな声が聞こえた。

俺も行きたい！　が、今、偶然を装ってトイレから出ていく勇気はない。しかもなぜ俺が行けるようになったのかその理由も分からない。

バスがやって来る音がした。プシューという音と同時に扉の開く音まで聞こえる。

「佐知、彼のとこ行くのかと思ったー！」

美樹のそんな大きな声が聞こえた瞬間、俺の頭の中は真っ白になった。

「なに彼って！　彼氏いんの⁉」

崎田さんの声がどこか遠くから聞こえたような気がした。そのうち、ガヤガヤと聞こえていた学生たちの声も聞こえなくなり、バスが出ていく音がすると、あたりは静まり返った。

どのくらいの時間がたったのか、俺はふと我に返るとトイレから表に出た。バス停にはもう誰もいない。

俺はなんとなくバス停のベンチに腰をかけた。そこは広大な大学の構内だというのに、あたりには学生一人いなくて俺がポツンと一人でいるだけだ。なぜかこの世に人間が俺一人だけになってしまったような感覚に襲われながら、頭の中には先ほどの美樹の声が響いていた。

「佐知、彼のとこ行くのかと思ったー！」

脳内に響き渡る美樹の声を聴きながら、俺はすっかり途方にくれていた。

気が付くと、俺は阿佐ヶ谷に戻っていた。電車を乗り継いで戻ってきただけなのだが、道中の記憶はない。

これはなかなかに本気の恋なのか、ユキさんに振られそうだから早く次の恋人を見つけたいと願っているからか、おそらくはその両方なのだろうが、三浦佐知に彼氏がいるということに想像以上のダメージを受けたことに自分自身かなり驚いていた。

稲川邸に戻ると、蒔田は小説の執筆中で、多田さんはなにかの映画のビデオを見ていた。菅井はいないから多分バイトに行っているのだろう。

こういうときは、今の俺のこの状況を面白おかしく話して笑い話にしたい気持ちもあるが、スーパーマイペースの蒔田はきっと興味も持たないだろうし、半分鬱状態に入っている今の多田さんに俺の話を聞く余裕はないだろう。

だがむしろ、今は一人になりたかった。友人と一緒に住んでいることに助けられることは多々あるが、自分がなにか悩みを抱えたとき、同居人たちにそれを聞く気がまったくないというのはそれはそれで、一人で身悶えすらできないからまあまあ辛い状況ではあるのだ。だが来週の今日、嫌でも三浦佐知には会える。誰のシナリオで実習作品を作るのか来週の今日、学生たちは崎田さんと俺の前で発表しなければならないのだ。ついさっき三浦佐知に彼氏がいることを知って落ち込んだばかりではあるが、一週間先が俺はむしろ待ち遠しくてならなかった。

9

三浦佐知をはじめA班の学生たちは一週間でシナリオを決められなかった。俺が映画学校の学生の頃も似たようなことはよくあったが、当然みんな自分のシナリオを選んでほしいから簡単には引き下がらない。多数決で一度は三浦佐知のシナリオに決まったのだが、三浦佐知は監督をしたくないと言った。シナリオ執筆者が監督をするというルールはないから、三浦佐知のシナリオで誰かが監督をすればいいのだが、立候補した立花元気という男子学生のシナリオの解釈が執筆者の三浦佐知と違った。だったら三浦佐知が監督すればいいとなったのだが、監督する気がない者がしてもいいのかどうかなどというよく分からないことで議論がストップして時間切れとなり、今日こうして崎田さんと俺も含めてどうするか決める会議が開かれることになったのだ。

「なんで佐知は監督したくないの！」

学生たちに崎田さんが大きな声で聴くと、三浦佐知は「自信がない」と答えた。

「なんで自信ないの！」

そんなふうに聞かれても答えようがないだろうに、崎田さんはまた大きな声で問い詰めた。

「なんでって……」

「よく分かんないよ、自信ないって。いや分かるけどぉ！」と崎田さんが口角泡を飛ばしながらよく分からないことを言う。

「あたし、別に監督志望じゃないし……たぶん監督なんかできないと思うから」

「だったら立花にやらせりゃいいじゃない！　なんでダメなの」

「ダメとかそういうんじゃないですけど……」

「けどなに！」

「……」

立花元気も困ったような難しい顔をして座っている。

「シナリオの解釈なんか監督に任せるしかないんだよ。じゃないと進まないよ！」

「でも自信ないことってあるじゃないすか」崎田さんのお気に入りの美樹が退屈そうに呟いた。

「なに美樹!?　あるよ！　分かるよ！　そうか、そうだよなぁ！　ハハハ！」

崎田さんはなぜか少し笑うと腕組みをして黙ってしまった。

場が静まり返ってしまった。崎田さんが乱暴な意見を言うので、俺はなんとなく物分かりの良いキャラを演じやすくなったと思い、静かに口を開いてみた。

「まぁね、自信なんか誰もないと思うよ。だってみんなほとんど初めて映画作るんでしょ？　俺なんて今でも自信ないし」

学生たちは黙って俺の顔を見つめている。物分かりのいいことを言うつもりだったが、最初の一言で他になにも言うことがなくなってしまった。「俺は自信がない」なんてなにも実績がないのだから当たり前だ。きっと学生たちもそう思っているに違いない。俺はどっと汗が噴き出してきた。

「それに……映画なんて解釈の違う人どうしで作るから面白いんだと思うよ」

なぜだか分からないが思ってもいないことが口をついて出てきてしまった。これじゃ三浦佐知を敵に回すようなものなので俺は慌てて言葉を続けた。

「いや、そこで何度も話し合って、擦り合わせていく作業が面白いっていうか、大切ってことなんだけどね」

やはり場は静まったままだ。

「分かった！　じゃあ立花と佐知はどんな話をしたの！」

崎田さんが割って入ってきた。

「どんな話……立花君が監督したいならそれはそれでいいんですけど、これ母と娘の話なのでそれを父と息子に置き換えたいって言うのでそれはなんだか納得がいかなくて」

「ダメだよそれは！　立花！」と崎田さんが間髪入れずに言った。俺も瞬間的にそれはダメだと思った。が、一応「なんでそうしたいの？」と立花元気に聞いてみた。

「母と娘ってよく分からないので、少しでも自分に近づけたくて……」と立花は答えた。やはりそうだろう。気持ちはよく分かる。登場人物は自分に引き寄せて書きたいものだが、他人にこそ興味を持て、興味を持った他人を死ぬ気で想像しろと俺は学生時代から講師たちに言われ続けた。いつも自分を投影した主人公ばかり書いていたからだ。それしか書けない俺は、そのことにずっと劣等感のようなものを抱いている。だから立花の言葉に対して崎田さんが言ったように俺も瞬間的にダメだと思ったのだ。ただ、じゃあみんなが自分のことを書けばいいじゃないかというような思いもあるにはある。自分のことを客観視できない、しないようなやつが他人のことなど書けるのだろうかと思うのだ。

「あたしはそれ、絶対に納得いかないので……」

三浦佐知が俯き気味で言った。そしてまた気の重い沈黙が訪れて、時間切れとなってしまった。

「これじゃ映画なんか作れないからよ！　あと三日あげるからそれまでに結論出して！」

崎田さんがきっぱりとそう言った。美樹にあんなふうに言われたからなのかどうか分からないが、いつもよりしっかりとした講師に見える。と思った瞬間に、「じゃあ今日飲みに行く人！」と言いながらピンと自分の手をあげた。さすがにこの雰囲気だと誰も手をあげない。

「え、今日はないの！」

「無理でしょ、この雰囲気で」と美樹が言った。

「またぁ！　美樹は行くでしょ⁉」

「行かないです。今日、バイトなんで」

「え、なんのバイトしてんの⁉」

崎田さんは大きな声で聞いた。

「何度も言ってんじゃないすか、家の近くの居酒屋って」

「ほんとに!? じゃあそこ行こうよ!」

「絶対に来ないでください」

言いながら美樹は教室から出ていった。

「なに!? ほんとに行っちゃダメなの!」と言いながら崎田さんは美樹のあとを追った。

他の学生たちも三々五々、教室から出ていく。三浦佐知はどうするのだろうかと俺は視界の片隅に彼女を捉えながらできるだけのろのろと教室から出ていくふりをした。三浦佐知はなにかを迷っているような様子でカバンに自作のシナリオなどしまっている。他の学生たちがさっさと出ていけば、もしかしたら三浦佐知が今の迷いを少しでも俺に話そうとしてくれるかもしれないと踏んでのノロノロ動作であることは言うまでもない。三浦佐知が話しかけてきそうな気配は十分に感じられる。

「来い。来い……早く来い!」背中でそう言いながら俺はゆっくりと教室を出た。

「あの……」背後から三浦佐知の声がした。「来た!」思わず俺は声を出しそうになったがグッとその声を飲み込んだ。

「なに!」

俺は自分でもちょっと驚いてしまうくらいの大きな声で返事をして振り返った。

「え、あ、あの……シナリオのことで相談があって」

三浦佐知も俺の大きな声に驚いたような顔をしながら言った。こういうときの俺の勘はすさまじく鋭いときとまったく当たらないときと両極端なのだ。当たり前だが。

「あ、うん、なに？」

「大山さん、今日ちょっと時間ありますか？」

「うん、大丈夫だよ」

「あ、じゃ、あの、良かったら飲みに行きません？」

「え！」

今度は俺の方が驚いてしまった。今どきの大学生というのは先生をこうも簡単に誘って（実習の手伝いに来ているだけだが一応俺も先生という立場なのだろう）サシ飲みするものなのだろうか。今どきでなくとも大学生というのがそうなのか。三十歳目前の今でも大学生というものがなんだかとても大人のような存在に思えるのは俺が大学生をしたことがなく、学歴コンプレックスの塊だからだろう。

「あ、そんな時間なかったら別にお茶とかでも。あー、でも飲みたいなあ」

「いやいいけど……」

「けどなんですか？」

「いや……なんでもない」

俺の人生が今一つパッとしないのは、こういう予期せぬ展開のときにすぐにびびってしまうからだ。

「じゃ、じゃあ行く？」軽くどもりながら俺は言った。

「はい！　やった！　デート」

「え？」

俺の心臓がドキンと本当に音をたてた。

「ウソですよ」

さっきまで神妙な表情を見せていたくせにもうニコニコしている三浦佐知は嬉しそうに歩き出した。これで俺に気がないってことはないだろうと思うのだが、それがあるということを俺はこれまでの人生で何度も経験してきている。


「ほんとあいつ全然分かってないんですよ！　父と息子に置き換えるだけならまだしも、受験で対立してる話にするって言うからあたし、もうこりゃダメだと思って」

間もなく開幕する日韓ワールドカップの話題で盛り上がっているサラリーマン四人組のテーブルの横で、三浦佐知はビールの大ジョッキを片手にほんのりと赤い顔をしながら彼らに負けない大きな声で捲し立てている。

「あ、ごめんなさい、ツバ飛んじゃった」

三浦佐知は俺に飛ばしたツバを指先で拭いた。が、ツバがかかったのは三浦佐知が拭いてくれた腕とは逆の腕だ。でもツバを飛ばしながら捲し立てるところがまたかわいいと俺は思っていたし、崎田さんのツバを浴びるのは嫌だが彼女のツバならいくら浴びても嫌な気はしない。

「どう思います？　なくないですかそれ。受験の話って」

「うーん。まあ確かにねえ」

「絶対ないですよ。シナリオ読めてないんですよ、あいつ。私に言われたくないだろうけど」

「あれはけっこう実体験なの？」

「まぁ……。だいたいは」

三浦佐知の声のトーンが若干落ちた。

「へぇ。ああいうお母さんだったんだ」

彼女の書いたシナリオは過干渉気味の母親と大学の卒業を控えた娘の話で、母親は過干渉のくせに娘が自信を喪失するような発言ばかりするから、主人公である娘は自己肯定感を持てなくて悶々としているというようなストーリーだ。

「まあだいたいあんな感じっていうか、ほんと褒めないんですよ、ウチの親。特に母親。私が映画学科に行くのも大反対で」

「そうなんだ。なんか意外だね」

「意外ですか？」

「うん。なんか三浦さんは親の愛情をたっぷり浴びて育ってるように見えるから」

本人のことを褒めながら、親のことも同時に褒めるこういった言葉は女の子に効果があるというふうに俺は思っている。実際三浦佐知は親の愛情をたっぷり受けて育ったタイプの娘に見えることも確かだ。

「もちろん愛情を受けてないことはないんですけどねえ……」

三浦佐知はポツリと言うと、しばし虚空を見つめた。そして再びポツリと「でも、あの母親は一生気づかないだろうな」と言った。これはなかなかにデリケートな問題だから、あまり根掘り葉掘り聞くのは良くないだろう。ヘヴィな話を聞かされてもきちんと対応できる自信もない。

「まぁ実体験だからいじられるのがイヤだったのかな」と俺は言った。

「ですねぇ……」

「三浦さんはどうしても監督する気はないの？」

俺はそれとなく別方向に話の舵を切った。

「うーん、どうしてもってことはないんですけど……」

三浦佐知はビールを一口飲んでしばし無言になった。

「あたしに監督なんてできるのかなぁって……どう思います？　て聞かれても困りますよね、そんなこと」

俺も「うーん……」としばし黙りこんでしまった。学生の実習レベルで、しかも十五分ほどの短篇映画など正直誰にでも監督できると思うし、それを無理だというのなら映画を作るうえでどの部署に行ってもこの先やっていくことはできないだろう。だがそれをそのまま伝えても意味がないというのか、カッコよくない。今の三浦佐知のような悩める乙女に正論などぶつけてもつまらない大人と思われるだけだ。

「大山さんは監督したことあるんですか？　学生のときとか？」

「あるよ」

学生時代の卒業制作の一度きりだが俺にも監督経験はある。その卒業制作は撮影部とうまくいかず、空中分解すれすれのメチャクチャな人間関係になってしまい毎日現場に行くのが憂鬱でたまらなかった。その経験がトラウマとなって俺はシナリオライター志望に逃げたようなところもあるのだ。逃げ場になってはいないのだが。

あれは本当に辛い経験だったが、自分という人間がいかに監督に向いていないか分かっただけでもやっておいて損はなかった。

そのときの辛さを五倍増しにして俺はある種の武勇伝的に三浦佐知に語ってしまった。三浦佐知は「うわー、ヤダヤダ」などと顔をしかめながら聞いている。

「でも……そういう苦い経験は若いうちにしといたほうがいいからさ、多分やっといたほうがいいよ、監督を」

「ですよねえ……。実は彼氏にも同じようなこと言われたんです」

三浦佐知はポツリと言ったが、まさかこのタイミングで彼氏の存在が出てくるとは思いもしなかった俺はちょっと胸がズキッとした。彼氏の存在を堂々と言うということは、ほぼ俺には気がないのかもしれない。

「やっぱり男の人ってそう思うのかなあ」

「いや……まあ男に限らずみんなそう思うと思うけどね」

なにも彼氏の意見が特別なわけではないことをそれとなく伝えた。

「ですよねえ……。美樹にも絶対監督したほうがいいって言われたし……えー、どうしよう」

「やればいいじゃん」

やはりここはグッと背中を押してやるのが年上の物分かりのいい大人というものだろう。彼氏に負けてはいられない。

「でも私、人をまとめる能力とかないですよ、ぜんぜん！」

三浦佐知は力を込めて言った。

「そんなのみんなないよ。一部の人はあるかもしれないけど、みんな無理してやるんだから。だいたい監督なんて人をまとめるっていうよりも人に助けてもらうのが仕事だからね」

聞いたふうな言葉が口から出てくる。

「あ、私、その助ける人になりたいんです！　スクリプター！」

「え、そうなんだ」

「はい、将来は」

「へぇ……スクリプターやりたいんだ……」

少し意外だった。俺の中で三浦佐知はシナリオライター志望なのだろうと理由もなく思い込んでいた。

「はい、絶対スクリプターやりたいんです」

「……どうして？」

「うーん……。別に私、才能とかないし監督になりたいわけでもないし、撮影とか照明は難しいし、でも現場にいたいから、だったらスクリプターかなって。それに……」

「それに？」

「なんか支えてるって感じがあるじゃないですか」

若者たちの「〜じゃないですか」というこの話し方が俺は好きではないが、なぜか三浦佐知が言うと嫌じゃない。むしろかわいいとすら感じる。ということはやはり俺は本気で三浦佐知を好きになりかけているのだろうか。ユキさんを忘れることができるのだろうか。

「ないですか？　支えてる感じ」

「え？　ああ、監督を？」

「監督だけじゃなくてその現場自体っていうか……。一年のときに崎田さんに現場の見学に連れていってもらって、そのときのスクリプターの方がすごくカッコ良かったんです。ベテランの方だったんですけど、なんか現場のお母さんって感じで。若い女の人が監督さんだったんですけど、監督さんが悩んでたらそれとなく意見言ったり、あんまり経験のない助監督の人にもすごく優しくしてたりして。それ見てすっごくカッコいいなって思ったんですよね」

ついさっきまでとは打って変わって三浦佐知は目を輝かせながら話している。きっと彼女ならいいスクリプターになるような気がする。現場のマドンナ的存在になっているのが目に浮かぶようだ。

「まぁ、スクリプター志望なら特に今回は監督やっといた方がいいよねえ」

「そうですよねえ。やっぱり腹くくるしかないかなあ」

横のテーブルのサラリーマンたちは、サッカー日本代表のトルシエ監督の戦術についてなにか批判めいたようなこと言っているが、だからサッカーファンを俺は嫌いなのだ。他のスポーツファンよりも本気になって監督やコーチたちを批判しているように見受ける。だがそんなことは今はどうでもよくて、きっと三浦佐知は腹をくくるに違いない。そして竹本あたりに声をかけられて現場に出ていきそうだ。

「竹本監督とかにお願いすればスクリプター見習いで現場に出られるかもしれないよ」

俺は心にもないことを言った。なぜかこういうときに、俺は思ってもいないことを言ってしまうのだ。

「実はもうお願いしてるんですよ！　絶対声かけてくださいって！」

「あ……そうなんだ」

俺は自分の顔面が少し引きつるのが分かった。きっと動揺しているのだ。

「はい！　大山さんもなにかあればお願いします！」

「うん、まぁでも俺はシナリオが本業だし、現場のことはあんまり知らないからねえ……」

シナリオを本業だと言ってしまったのも恥ずかしく、俺はそのことを打ち消すかのように言葉を続けた。

「でもぴったりだと思うよ。三浦さんがスクリプターって。性格も明るいし気さくだし」

「そんなこともないですけど。病んでるとこは病んでますよ、私」

「そうなんだ。でも、彼氏もいい人だよね。ちゃんと背中を押してくれて」

ほとんどヤケになって俺は彼氏のことも褒めた。先ほどまでユキさんのことを忘れられるかもしれないと思っていた自分はもうどこにもいない。

だが三浦佐知は少し暗い表情になり目をテーブルの上の料理に落とした。

「ですよね、いい人なんですよ、彼……」

「……なに？　どうしたの？」

瞬時にして少しだけ元気が湧いてきたのは、きっと三浦佐知は今現在、彼氏に対してネガティブな感情を抱いているに違いないとその言い方で分かったからだ。

「なんか最近あんまりうまくいってなくて」

「へぇ。そんないい人なのに？」

「いい人過ぎるっていうか……」

「学生？　彼氏」

「社会人です。バイト先の人で」

「へぇ。なんのバイトしてるの？」

「映画館なんですけど」

「映画館でバイトしてたんだ。え、フリーターの人？」

「あ、彼は社員なんですけど」

この時点で俺はその彼氏に対して少し優越感のようなものを抱いた。俺が学生の頃にアルバイトしていた映画館（ユキさんと出会った映画館だ）の社員は学生アルバイトの俺から見る限りたいした仕事をしているようには見えなかったからだ。

「いくつの人なの？　じゃあ彼氏も映画好きなんだ」

「三十五です。まあ映画が好きって言っても大山さんたちみたいに本格的に観てるわけじゃないですけど」

三浦佐知の言葉をいちいち否定はしないが俺は映画業界（に存在できているかどうかは置いておいて）にいる人間の中では本格的に観ているほうではまるっきりなく、むしろ観ていないほうだ。それもコンプレックスの一つなのだが、それにしても三十五歳という年齢の男性がどの程度の大人なのか三十歳の俺にはあまりピンとこない。五年なんてあっという間だということは頭では理解しているつもりだが、この年になってもまだ五年先というのが永遠の先に感じられる。

「ずいぶん年上の人と付き合ってるんだね」

二十歳そこそこで三十五歳の人と付き合っている三浦佐知のことがなんだか急に大人びて見えるようになった。

「まぁ……。でものび太君みたいな人なんですけどね」

「のび太？」

「あ、見た目だけですよ。のび太っていうより古田って知ってます？　野球選手の」

「知ってるよ。古田のあだ名、のび太だもんね」

「そうなんですか？　古田にそっくりなんです。私、野球見ないからあんまり知らないんですけど。イチローくらいしか」

古田の顔を思い浮かべながら、ここでも俺はまた優越感を覚えた。とりあえず顔は勝っていいそうだ。

「でも古田ってああ見えて何気に気性は激しいんだけどね」

「らしいですね。彼はめちゃくちゃ穏やかなんですけど。私、ケンカとか一度もしたことないし」

「一度も？　どのくらい付き合ってるの？」

「一年半くらい。大学一年の途中からだから」

「それでケンカしたことないんだ」

「はい。私が怒ったら黙っちゃうし。彼は怒るってことがない人なんで」

「え、どっちから付き合おうって言ったの？」

三浦佐知は少し恥ずかしそうに目を落として「私からです」と答えた。

「よく告白したね、一回りも上の人に」

「私、好きな人ができるとすぐ告っちゃうんです。だからダメなんですよねえ」

「なにがダメなの？」

「いまいちモテないっていうか」

「そんなことないでしょ、モテそうだけど」

「ホントすぐ告っちゃうから多分引かせちゃうんだと思います」

「そんなことで引く男いないよ。よほどブスだったらあれだけど」

「あ、ひどい」

「いやでも、そうだからね男って」

「ですよねえ。ほんと外見しか見てないですよね、男は」

「でも三浦さんの彼氏は違うっぽいけど」

「そうなんですよ！　だから私のどこが好きなのかいまだに全然分からないんです。それが不満って言うか……」

まるで外見には自信ありますというような物言いとも取れるが、その無邪気さもまたかわいいと思ってしまう。

「それ、ずいぶん贅沢な不満じゃない？」

「でもやっぱり私、自分に自信ないから……。自分から告っておきながら少しすると、この人、私のどこが好きなのかぜんぜん分かんないとか思っちゃって……えー、贅沢ですか、これ」

贅沢じゃなかったかもしれない。先ほどの母親との関係もあるのだろう。ＤＶなんかに比べたら贅沢という意味だ。

「あと……これは本当に私がいけないんですけど、大学入っていろいろ出会いもあるじゃないですか。それこそ大山さんとか崎田さんとか……まあ崎田さんは子供みたいな感じですけど、竹本監督とか。そういう人と比べてしまうっていうか……皆さんきちんと自分のやりたいことに一生懸命なのがなんかカッコよく見えるっていうか……」

「別に一生懸命でもないけどね……」

などと答えながら、内心少しだけほくそ笑んでいる自分もいる。三浦佐知の彼氏からすればもっとも突かれたくない箇所なのではないだろうか。いくら穏やかな人とはいえ、自分と他の男を比べられることにかなり抵抗があるだろう。しかも男性は女性よりも、他者と比べられることに抵抗が強いように思うのは、単に俺が男だからだろうか。

「でも頑張ってるじゃないですか、大山さんも」と三浦佐知は言った。

「彼氏は彼氏で、今いる世界で頑張ってると思うよ」

ここで簡単に彼氏を否定しないのはもちろん狙いだ。

「頑張ってるのは分かるんですけどね、いろんな上映会の企画出したりして……でもなんか物足りなくなってくるっていうか……」

新しい出会いがたくさんあるときはそんなものだろう。きっとユキさんにだって新しい出会いがあったのかもしれない。

「彼氏のこと思うとなんか胸が痛いなあ」

そんな余裕を見せてどうするというような余裕を見せつつ俺は言った。

「しかも私のいけないところはそれを彼に言っちゃうんです」

「え、なにを？」

「だから……大山さんとか竹本監督のこととか……なんかカッコ良く見えちゃうって……このままじゃ私、付き合っていけないとか」

「え、それ聞いて彼はなんて言ってるの？」

純粋に俺は驚いた。まともな男なら受けきれるセリフではないだろう。

「分かるよって。私にいい出会いがあるならそれはいいことだし、魅力的な男の人に魅かれちゃうのは仕方がないとか言うんですよ。どう思います？」

どうもこうもそれを本心で言っているのだとすれば、そんな器のでかい男と出会える機会は彼女のこの後の人生で多分もうないだろう。そしてそれが本心なら俺に勝ち目はないし、そんなヤツ、俺は大嫌いだ。

「彼はそれ、本心で言ってんのかな？」

「……多分」

勝ち目なしの俺は少々ヤケになって作戦を変えた。

「それが本心ならそんな器のでかいいい男いないよ。俺だったら彼女からそんなこと言われたら半狂乱になっちゃうもん」

「え、なんですか？　半狂乱って」

「半分気が狂うってこと。絶対耐えられないよそんなの」

自分をさらけだす正直作戦に変えたのだ。これはこれで無邪気なバカ男に見えながらも、自由で飾らない雰囲気を醸しだす効果があり、人によってはそんな人間がちょっと素敵に見えたりすることもあるのだ。

「アハハ」と三浦佐知は俺の反応を見て笑った。少なくとも彼女にはそのようなタイプを面白がれる素養はあるようだ。俺は調子にのって続けた。

「駆け引きだったら三浦さんの彼氏みたいなこと言いまくってきたけどね。だいたい男なんて器の小さい人間の集まりだから、本心でなかなかそれ言えないもん。ほんとの本心で言ってるなら三浦さん、絶対その彼と別れないほうがいいよ。もう出会えないよ、そんな人とは」

「そうですよねえ。いい人なんですよ。たぶん本心だろうし。でもそれが物足りないんです。私、大山さんにみたいに器小さくても泣いてすがってくれたほうが嬉しいもん」

心の中でしめしめとつぶやきながら俺はさらに言葉を続けた。

「うざいよー、それ。いくらでも泣いてすがるけどね。俺、得意だからそういうの」

本当に得意だということを知ればさぞ引かれるだろうが、三浦佐知はケラケラと笑いながら聞いている。俺はさらに調子に乗って、ユキさんのことまで話し始めた。

「実は俺も今、彼女にフラれそうなんだけどね、距離置こうとか訳分かんないこと言われてて。もうそれだけで泣いてすがったもんね。ヤダヤダヤダヤダって。それどころか駅で待ち伏せしちゃったりしたし」

「えー、それストーカーじゃないですか！　それはないわ！　え、それで彼女さんどうだったんですか？」

「いやそのときは会えなかったけど、もう俺なんかかなりみっともないよ」

「そっかぁ……好きなんですね。彼女さんのこと」

「ま、好きっていうかね……一人になるってのがこれほど怖いとは思わなかったし」

「あ、そうなんです！　私もどうしても踏ん切りつかないのはそこなんですよね。もう想像つかないんですよね、一人になるってことが。十九歳から付き合ってるし」

「まあでも三浦さんの年なら一人になってもこれからいくらでも出会いあるじゃん。俺なんか三十だからね」

三浦佐知はどう答えていいのか分からないというような曖昧な笑みを浮かべている。少し調子に乗りすぎてしまっただろうか。急に俺は恥ずかしくなってきた。が、その恥ずかしさ以上に今この時間が楽しくてたまらない。九歳も年下とはいえ、女性と二人きりでこういう恋愛与太話を語り合ったのはいつ以来だろうか。きっとユキさんと付き合い始めたあたりまでさかのぼらなければならないだろう。この程度のことで鼻の下を伸ばして浮かれている俺に、三浦佐知はとどめを刺すようなことを言った。

「でも、あたしは付き合うのはだいぶ年上の人がいいですけどね。今の彼もそうですけど」

「え」

「大山さん、ほんと素敵だと思うし」

俺は彼女の言葉にかなりドギマギしてしまった。ここでどんな言葉を発するべきか分からない。ほとんど頭が真っ白になってしまい、思わず両手で枝豆を二、三房ものすごい勢いで食べていた。かなりの挙動不審であったろうに三浦佐知はそういうところを見て見ぬ振りのできる気遣いの細やかさをこの若さで持ち合わせている。

「じゃあ、彼と別れたら付き合っちゃおうか！　俺と！」

きっと崎田さんのような人なら冗談めかしてそう言えるのだろう。そういういい加減さというのか豪快さというのか軽さというのかなんと言っていいのか分からないが、そういう部分が俺は喉から手が出るほど欲しいと思うときがある。こんなときにカッコつけるから人生が開けていかないのだ。大げさかもしれないが俺はそんなことを思いながら片手に戻すタイミングを完全に逸して、両手で枝豆を食べ続けるしかなかった。誰かにこの姿を止めてほしいと心底思いながら。両手で食べる枝豆は思いのほか食べづらく、二、三粒、三浦佐知のほうへ飛んで行った。三浦佐知はそれすら気づかない振りをしてくれた。その後はあまり会話もなく、閉店時間もせまっていたので店を出て、ほぼ無言で駅まで歩いた。

「じゃあ、ご馳走様でした。監督の件、よく考えてみます」

三浦佐知とは沿線が違うので改札で別れなければならない。

「あ、うん。そうだね、よく考えて」

そこまで言って俺は言葉に詰まった。三浦佐知の目が、涙で少し赤くなっていたのに気づいたのだ。いつからそんな目をしていたのか、その涙の意味はなんなのか。そして、そんな目をした三浦佐知の顔はとても美しく見えた。

三浦佐知は改札を入っていくと、俺の方を振り返らずに消えていった。その後ろ姿には強さと弱さが同居しているようで、妙に切なくてカッコ良く見えた。

「そりゃお前、告白されたんだろ」と蒔田が言った。

「やっぱり……そうかな?」

「その話を素直に解釈すりゃそれしかないじゃん。素敵って言われたうえに泣いちゃったんだろ」と蒔田はほとんど興味なさそうに言う。

「くっそー、なんかいいなあ」と多田さんが言った。

菅井がいたら「お前なんか女子大生に手ぇ出してクビになりゃいいんだよ！」と言うだろうが、菅井はアルバイトに行っていて部屋にいなかった。

俺は稲川邸に戻ってすぐに、蒔田と多田さんに先ほどの三浦佐知の涙の話をしたのだ。

「やっぱりそうだよな、普通に考えてあの涙は」

俺は言いながら三浦佐知の改札に消えていく後ろ姿を思い出していた。きっと三浦佐知の心の中はいろんな思いがない交ぜになっていたのだろう。彼氏への申し訳ない気持ち、まだ別れてもいないのに俺にあんなことを言ってしまった気持ち、監督をすべきなのは分かっているが踏み込めない気持ち。ぐじゃぐじゃになりながらもなんとか自分の足で立とうとしているからこそあの後ろ姿があんなにカッコよく見えたのだろう。三浦佐知には俺のような姑息さがない。確かに俺は彼女に好意を抱いてはいるが、それはユキさんがいないことの寂しさを埋められそうだと思ったからだ。そのくせいざ三浦佐知の方から好意をほのめかされると尻込みしてしまう。二十歳そこそこの女の子をがっちり受け止めることさえできない。そこで勇気をもって（勇気でもないが）彼女から離れていけるような男であればまだマシなのだが、俺はそんな三浦佐知を改めていい子だなと思ってしまうのだった。

「付き合っちゃいなよ。どうせダメなんだから、ユキちゃんとは」と多田さんが言った。

「うーん……まあいい子なんだけどねえ」と俺は答えた。

「なに？　その上からな感じ」と多田さんは言った。

「いや……ほら俺こんな状態だから」

「なに、こんな状態って」と蒔田が言う。

「だから三十間際でプータローだろ？　正体がバレちゃうのが怖いんだよね」

「正体って？」と多田さん。

「だから三十間際でプータローって。その子、俺のことすげぇ人とか思ってそうだから」

「バカだなお前。思ってるわけないだろ」と多田さんは言った。

「自意識過剰すぎるんだよ。なんの作品もないお前をすげぇ人なんて思えるわけないだろ」と蒔田が言った。

「いやまぁ、そうだけど。でもなんかそう思ってそうな節があるからさぁ」

「ほんとにそう思ってたらただのバカ女子大生じゃん。それより唇の端っこについているなんか白いの取れよ」と蒔田が言った。

「え、なにそれ？」

「なんかついてるよ、変なのが」

　俺は慌てて鏡を見た。唇の右端になんの食べ物なのか分からないがジェル状のような白い小さな付着物がある。一ミリほどのその小さな付着物があるだけで随分と顔の印象が間抜けに見える。いったいいつからこの汚いものが付着していたのだろうか。これを付けたまま三浦佐知としゃべり続けていたのかと考えると、俺は少し死にたい気持ちにすらなった。

翌日、俺は開店と同時に名曲喫茶サリエリにこもると、崎田さんと進めているキャッチボール企画のプロットを一気に書いた。先日、神宮球場で武山さんに会ったときに聞いた、武山さんの高校野球ベストバックホームをネタにした。鹿児島実業高校のセンター、森元選手が投手の牽制球を後逸して二塁ランナーがホームイン。鹿児島実業はサヨナラ負けなのにセンターの森元選手はボールを追いかけてバックホームしたというプレーだ。その森元選手はバックホームした記憶がないという。その実話を基に、高校時代に野球部員だったとあるサラリーマンが昼休みになにかの用事をするついでに公園で弁当を食べていると、野球をして遊んでいた子供のバットが飛んできて頭に当たって用事を忘れてしまい、なぜかキャッチボール屋をその公園で数日間やることになって、様々な人と出会って、ふとどんな用事で公園に来たのか思いだすのと同時に高校時代のバックホームのことも思い出して、やり直しの人生を半歩踏みだすという筋だ。なかなかいい話が書けたのではないかと思うのだが、参考にするために読んだ吉田修一の芥川賞受賞作『パーク・ライフ』をパクリ過ぎてしまったような気はする。だがひとまずそのパクリはなかったことにして書きあげた達成感にひたり、夕飯は自分へのご褒美として、銀行で一万円をおろして近所の回転寿司へ行った。一万円をおろしてしまうと残高が今月は残り数千円になってしまうが仕送りをもらえばいいだろう。せっかく久しぶりにプロットを書きあげたのだ。仕送りをお願いするのも三カ月ぶりくらいだし、それくらいお願いしても罰は当たらないだろう。なにかを書きあげるということは俺にとってそのくらい大きな出来事なのだ。それにしてもこうして一気にプロットを書きあげることは本当に久方ぶりのことなので、三浦佐知の力というのか恋の力はやはりすごいと言わざるを得ない。

晩飯の回転寿司では気分が良くて、普段はなかなか手が伸びないウニ、大トロなどの五百円皿にもどんどん手が伸びた。ついでに弱い酒もちょこちょこ飲んでいたら、会計が八千円を超えてしまい少しだけ憂鬱になった。


「読んだよ、大山！　いいじゃん！　いいじゃん！　いい話じゃん！　どうしちゃったのこんな面白いの書いて！」

翌日、プロットを読んだ崎田さんが朝の七時に興奮気味に電話をかけてきた。「どうしちゃったの」という言葉に少々カチンときたが、それでも喜んでもらえると心底ホッとするしとても嬉しい。監督や脚本家発信の企画は進むのにとてつもなく時間がかかる。その小さな小さな第一歩をようやく踏み出せたのだ。

「すぐに代々木さんに送るよ！　明日にでも会ってくんないかな。絶対やりたがるよこれ！」

崎田さんはそう言って電話を切った。ちょっと無鉄砲で前のめり過ぎるが、行動が早いところが崎田さんの魅力だ。そして崎田さんから電話が来た数分後、今度はケータイに三浦佐知からメールが来た。

「こないだはいろいろと相談に乗ってもらってありがとうございました。やっぱり監督やってみます！　背中を押してくださってありがとうございます」

そのメールを読んだ瞬間、俺は複雑な気持ちになった。三浦佐知はきっと監督をするだろうなと思ってはいたが、やはりその決意をした。そしてそのことは、きっといつか彼女は俺なんかの手の届かない存在になることの証明のように思えたのだ。

返信の文章を打つのに時間がかかった。長々と三浦佐知のシナリオを褒めたり、人間性を褒めた上で、だから監督してもきっと大丈夫などと書いてみたりもしたが、最終的には「頑張ってください！　いつでも相談に乗ります！」という短い文章を書き、最後の「乗ります！」につけた「！」を外して「頑張ってください！　いつでも相談に乗ります」と返信した。すぐに「ありがとうございます！　頑張ります！」と返信が来た。それにも返信を打とうと思ったが、十五分ほど迷ってやめておいた。

その二日後、俺は渋谷のモヤイ像前で崎田さんと待ち合わせをしていた。

プロットを読んだプロデューサーの代々木さんがすぐに会ってくれることになり、この近くのルノアールで待ち合わせをしているのだ。

「よう！」

現れた崎田さんは上機嫌で右手をあげた。

「代々木さん、まさかこんなに早く会ってくれるとは思わなかったよね。えへへ」

「ですね」

疑り深い性格の俺は崎田さんほど大らかには喜べない。確かにこんなに早く会ってくれるなら期待が膨らまないわけはないのだが、膨らんだ分、ダメだったときの落ち込みは激しくなるからあまり期待しないようにしているのだ。

待ち合わせの十分前に俺と崎田さんはルノアールに着いたが、代々木さんはまだ来ていなかった。

「ああ……。代々木さん、なんて言うかな」

モヤイ像の前で落ち合ったときはテンションの高かった崎田さんが、今は期待半分不安半分のような半端な笑顔でコーヒーを啜っている。

「どうすかね。分かんないです」

プロットを送ったときに電話であれだけ褒めてくれたのだからそこは自信を持っていてほしいと俺は思う。

「まあ、大丈夫だと思うけどねえ。へへ」

崎田さんは激しく貧乏ゆすりをはじめた。きっと不安なのだろう。四十歳の崎田さんにとって、監督デビューできるかどうかはこの業界での生き死にに直結する問題だ。監督デビューできず、年齢だけどんどん重ねていくと、次第に助監督としての声もかからなくなる。そうしてこの業界から消えていった先輩たちを俺も何人も見てきた。昔のように助監督をしていればいつかは監督になれるという時代はとっくに終わっていた。俺は崎田さんや武山さんのように、フリーという不安定な状況にいながら歯を食いしばって現場を支えている助監督の人たちにこそ監督デビューしてほしいと思うが、そういう助監督に一本撮らせて一人前にさせるという気概のあるプロデューサーも今はいないような気がする。これから会う代々木さんなんかにはその気が微塵も感じられないのが、俺が今日、期待しないようにしている一因でもあるのだ。

俺は代々木さんというプロデューサーには三回ほどしか会ったことがないが、あまり信用していない。崎田さんは助監督として代々木さんと何度も仕事をしているが、はたから見ていてなんだか代々木さんは崎田さんをバカにしているように見える。お前なんか監督になれっこねえよというような態度が見え見えのような気がする。それにわずかしか会ったことがないのに、そのときにいつも企画の話をする崎田さんに、「それ、誰が見るの？」とか「そういうのって客入んないんだよねえ」というネガティブな言葉しか言わない。結局は自分が強烈に作りたいものがないのだろう。そんな人に企画を見せても意味がない。代々木さんの次に誰にこの企画を持ち込むかが問題だなあと思っていると、「ごめん、ごめん。遅れちゃった」と言ってその代々木さんがやってきた。

「えーとね、コーヒー。はやめてコーラにしよ。喉かわいちゃった」

代々木さんはコーラを注文すると、俺の顔を見て、「えーと、何度か会ったよね？」と言った。

「あ、はい。二、三度」

思っていることとは裏腹に、俺は代々木さんに笑顔を返してしまった。

「なんか痩せたんじゃない、崎田」と代々木さんはもう俺など視界に入っていないかのように崎田さんに言う。

「え、そうですか？　マジで？　どう？」と崎田さんは俺に聞いた。

「いや、あんまり分かんないですけど……」

「あ、そう。前はなんかこの辺もう少し肉ついてたんじゃない」

代々木さんは自分の顎のあたりを触った。

本題に入る前のこのどうでもいい会話が俺は苦手だ。得意な人などいないだろうが、これが長ければ長いほど、本題はネガティブな話になるというのがパターンのような気がする。

「なんか運動とかしてんの？」

代々木さんが崎田さんに聞いた。

「してないですよ別に。あ、でもたまに大山とキャッチボールしてるよね。善福寺川公園とかで」

「あ、まあ……」と俺は曖昧な笑みを浮かべて答えた。

「それで終わったらいつも昼飲みですよ。な」と崎田さんが俺に言う。

「ええ、まあ……」と俺はまた曖昧な笑みを浮かべた。

これ以上どうでもいい会話もそうそうないだろう。紅白歌合戦の勝ち負け以上にどうでもいい。

「あ、このプロットみたいなことしてんだ」と代々木さんはカバンから俺の書いたプロットを取り出した。

「そう！　やってんですよ！　それ、ほとんど俺と大山の実体験だもんな！」

崎田さんが目を輝かせて言った。無駄話が長くなるのだろうと思っていたから不意にプロットを出されて俺の心臓はドキンと鳴った。

「面白かったよ、なかなか」

「え!?　ホントですか!!　わー!　やったあ!!!」

ルノアール中に響き渡るような大きな声で崎田さんは言うと、満面の笑みを浮かべて両手で俺の手を握った。恥ずかしかったが、俺も代々木さんの反応が嬉しかった。

「うん。なんか不思議な話だよね、ファンタジーみたいな匂いもあって」

「そうそう!　ファンタジーなんですよ、これ!　な、大山!」

ファンタジーなんて話はもちろん崎田さんと一度もしたことがない。

「まあ……そうですね。ある意味、ファンタジーですね」と俺はまた曖昧に笑った。

「なんか絵も浮かぶしさあ。低予算でできそうだし」と代々木さんはプロットをパラパラとめくっている。

「絶対できますよ!　一千万とかでも!」

「誰がいいかなこれ、主役」

「あ、もうそこまで!?」と崎田さんが身を乗り出したが、俺だってこんな前向きな話になるとは思ってもいなかった。

「うん。イケると思うよ。ほら二、三年前に芥川賞とったなんとかって小説あったじゃん。公園が舞台の」

代々木さんがそう言ったとき、俺の心臓がまたドキンと今度はさっき以上に高鳴った。まさか代々木さんも『パーク・ライフ』を読んだのだろうか。芥川賞をとっているような小説だから誰もが読んでいて当然なのに、俺は今さらそんなバカなことを思った。

「え、なんですか？　それ」と崎田さんが聞く。

「えーと、ほら。タイトルが出てこない」

「『パーク・ライフ』とかってやつですか？」

俺はこの状況が耐えられず自分から言った。もしかしたら『パーク・ライフ』じゃないかもしれないともほんの少しだけ思ったからだ。

「ああ、それそれ！　読んではないんだけどさ、流行っててんじゃないの。今、公園」と代々木さんは言うとコーラを飲んだ。

「知らないなあ。大山読んだ？」

「え、いや」咄嗟に俺はそう答えてしまった。

「まぁさ、いずれにせよこのプロットけっこう面白いから、これすぐにホンにできる？」と代々木さんが言った。

「できますよ！　この天才脚本家がすぐ書きます！」

崎田さんは俺を代々木さんに差しだすように大きな声で言った。

「いやー、まかさこんな展開になるとはねえ！」

大ジョッキの生ビールをうまそうに飲み干しながら崎田さんが言う。代々木さんとの打ち合わせのあと、崎田さんと俺は阿佐ヶ谷に移動して昼間から営業している居酒屋へとなだれ込んでいた。

そりゃさぞかし崎田さんにとっては今日のビールはうまいだろう。が、俺にとっては最高にまずいビールとなってしまった。そう言えばだいぶ前にもシナリオコンクールに送ったものが『めぞん一刻』のパクリであることをユキさんに指摘されたことがあった。あのとき、バレることが心底怖くて夜も眠ることができなくなったというのに俺はまた同じ過ちを繰り返してしまったのだ。

やれオダギリジョーだの浅野忠信だの大森南朋だの中村獅童だのと売れっ子俳優の名前を出しながらキャスティング案を考えている崎田さんの声はほとんど耳にも入ってこなかった。

翌日、俺は『パーク・ライフ』を読み返してみた。アウトのような気もするし、これくらいのパクリならセーフのような気もする。だがアウトなのかセーフなのかを確かめる術はない。判断できる審判は俺一人なのだ。ここは多田さんや蒔田に両方読んでもらって判断してもらうか。だがそれで「大山、やっちまったなあ……」と言われたりするのはとてつもなく怖い。シナリオの締め切りは一カ月後に設定されている。本来ならばプロットから少しでも面白くすることだけを考えてシナリオを書けば良いものを、今回は少しでもパクり元から離れるために頭を悩まさなければならない。どうしようかとウダウダとしているとあっという間に一週間が過ぎた。その無駄な時間の過ごし方は、身から出た錆とはいえ不毛すぎて情けなかった。

グダグダ状態の俺とは正反対に、監督をすることを決意した三浦佐知は美しかった。当然初監督なのだから、決定稿に向けての脚本作りでも班全員から様々な質問が出た。学生たちは、自分が監督という立場でなくなったとたんに、それまでの大人しさがウソのように三浦佐知を質問攻めにした。まるっきり的外れの質問や単なるイジワルとしか思えないような質問も出たが、俺と崎田さんは、基本的に黙ってその光景を見ていた（キャッチボール企画の件で気分が良くなっている崎田さんは何度となく学生たちに口出ししようとしていたが、その都度俺が止めた）。飛び交う質問に三浦佐知は毅然と答えていた。もちろんうまく言葉にできないこともあるし、時に迷いながらも、その迷いの中にもチラリと垣間見える毅然さが三浦佐知を普段よりも美しく見せているような気がした。そしてそのチラリと見える毅然さの中にはまたさらにチラリとエロチックなものが見えるのだった。そんな毅然とした三浦佐知の胸元からチラリとブラジャーが少し見えていたからかもしれないが。

三浦佐知はその後、脚本のことにしろなんにしろ、なにかを俺に個人的に相談してくるということもなく撮影に向けて着々と準備は進んでいった。俺の方はセコさを丸出しにして、三浦佐知が俺になにか相談したくなるように、ときおり男子学生が腹いせのようにぶつけるイジワルな意見を少しだけ肯定したりして三浦佐知を惑わそうと試みたりもしたのだが、彼女が動じることはなかった。結局、別れ際にチラッと涙を見せた二人で飲んだあの夜以降、俺と三浦佐知が二人きりになることはなかった。

10

日韓ワールドカップの開幕と同時に三浦佐知組はクランクインした。キャストは崎田さんの顔の広さもあり、まだ無名ではあるがプロの俳優たちも何人かキャスティングされた。そんなプロの俳優たちにも、三浦佐知は臆することなく落ち着いた演出ぶりを発揮した。その反面、男子学生スタッフは現場に入ってもイジワルなのかやっかみなのか、カット割りを説明する三浦佐知の言葉をバカにしたような半笑いを浮かべて聞いていることなどが多々あり、そのみっともない姿は同性としても恥ずかしかった。だが三浦佐知はそんなスタッフたちへの不満すら感じていないかのように無我夢中に見えた。

「オメェらいいかげんにしろよ！　なんなんだよその態度は！」

あるとき現場でそう怒鳴ったのは崎田さんお気に入りの美樹だった。美樹は助監督として献身的に三浦佐知を支えていた。彼女の予想外のその姿に俺は正直驚いた。

クランクインから三日がたっていたが、一向に態度の改まることのない男子学生スタッフたちに、美樹もいよいよ我慢ならなくなってきたのだろう。本来ならば、崎田さんや俺がそんな男子学生を咎めなければならないのだろうが、現場モードの崎田さんはくだらない人間など目にも入らないようで、率先してエキストラを動かしたり機材を運んだり、キャストのケアをしたりして普段の助監督のときと変わらず楽しそうに生き生きと動いていた。が、美樹のその言葉のあとから急激に男子学生たちに目を光らせるようになった。

「いいじゃん！　美樹！　助監督に向いてるよ！　現場紹介してやろうか！」

だが美樹は、そんな崎田さんの言葉には、いつものスカしたような美樹に戻って「いいっすー。遠慮するっすー」と答えていた。

そして俺はと言えば、学生すら咎められず、かといって木偶《でく》の坊のように現場に突っ立っていることもバツが悪いし、もしかしたらそんな俺の姿が三浦佐知の視線の片隅に入る可能性もあるので、「俺はあなたの監督ぶりをちゃんと見守っているよ」という体を装って腕組みなどして現場の片隅に佇んでいた。

三浦佐知本人の頑張りに美樹と崎田さんの支えも加わって撮影は順調に進む半面、キャッチボール企画の脚本執筆はストレスまみれだった。パクリ元から離れるための執筆になってしまっているので当たり前だが、脚本と向き合うのが憂鬱でたまらず、しかもこういうときに自分の器の小ささに直面してしまうのだが、学生たちと楽しく撮影している崎田さんに対して「俺の苦労も知らないで！（パクリだけどな）」とムカついた気持ちになってしまうのだ。それだけならまだしも、俺の存在なしに順調に進んでいる三浦佐知含めてこの現場そのものに面白さを感じられなかった。そしてそんなとき、動き回っている崎田さんについつい「あんまり口出ししないほうがいいですよ。学生のためにもならないし、ちょっとみっともないですよ」などとイジワルなことを言っては、しょうもない自己嫌悪に陥り、そしてなぜか、そんな言動をしてしまった直後に美樹と目が合うことが多かった。気のせいかもしれないが、美樹にはいろんなことを見透かされているような気がした。


撮影も終盤に近付きあと数日でクランクアップという頃、俺をさらに憂鬱にさせるような事件（というほどのことではないが、俺にとっては事件だ）が起きた。

一足先にクランクアップしたB班の竹本たちが三浦佐知組の現場を見学に来たのだ。見学に来るだけでも俺はなんとなく嫌な気分だったが、崎田さんは大歓迎で竹本たちを迎えていた。俺は自分の器の小ささに直面するのが嫌だったのと、三浦佐知が竹本の目をどのくらい気にするのかを見るのが嫌だったのだ。

「えー、竹本さん来るんだ、ヤダ、緊張するー」

竹本が来ると分かってからそう言って顔を上気させていた三浦佐知だが、いざ竹本を前にした本番のときは落ち着いて演出していた。たいしたものだと思う。

「すごいっすよねー、佐知。竹本さんに声かけられてんすよ」

昼飯のときにそう言ってきたのは美樹だ。

「え、なに？」

「あれ？　聞いてません？」

「なにを？」

「え、じゃあ佐知から直接聞いた方が」

その三浦佐知は、崎田さんに呼ばれて竹本たちと弁当を食べている。普段は美樹と二人で食べていることが多いのだ。

「え、なになに？」

「あ、気になります？」

「なんだよ」

美樹はニタニタした顔で俺を見ている。やっぱりこの女はなにかを見透かしているような気がする。

「佐知、竹本さんが次に監督するやつ、一緒に脚本書かないかって誘われてんですよ」

俺は言葉が出てこなかった。美樹の顔は、なにかを見定めるかのようにまだ少し笑っているようにも見える。

なにか言わなければと思ってから随分間があいてしまったような気もするが、俺はようやく言葉を発した。

「マジで⁉　あ、良かったじゃん」

うまく言えたかどうか分からない。引きつりそうになる顔に必死に笑顔を浮かべたが、きっとみっともない笑顔になっているに違いない。

美樹はまだ俺の顔をじっと見ている。

「え、な、なに？」

俺は思わずどもってしまった。

「いえ別に。頑張ってくっさいね」

美樹は興味もなさそうな言い方で言った。

「え、なに？　なにを頑張るの？」

「さぁ」

美樹はバクバクと弁当を食べ始めた。

食欲はすっかり失せていたが、俺は無理やり弁当をかきこんだ。動揺していることを美樹に悟られたくなかった。


キャッチボール企画の脚本は遅々として進まなかった。もはや進まない原因はパクリ問題ではなく、三浦佐知が竹本の監督作品のシナリオを書くということだった。

いよいよもって三浦佐知は俺の手の届かない存在になりそうであり、それどころか学生にして脚本家デビューも視野に入ってきている。抜かれ方が尋常ではない。手のつけられない事態になってしまった。だがそう思う反面、美樹から言われた「頑張ってくっさいね」という言葉もひっかかる。佐知と美樹は親友だ。いい方に勘ぐれば、蒔田や多田さんが言うように、三浦佐知は俺に惚れていて、竹本に取られないように頑張らなきゃダメですよと美樹は言っているのかもしれない。だがそんな自信はない。映画やマンガであれば、イイ女がイイ男とダメな男に言い寄られて、なぜかダメなほうとくっつくという夢のある物語にふれることもできるが、現実はそうはいかないし、それにたいてい映画の中のダメな男は実は性格が良かったりするが、俺は性格も良くない。仮に今、俺と三浦佐知が付き合ったとしても、彼女が竹本と一緒に脚本を作るということは、それだけ一緒にいる時間が増えるのだから竹本の魅力にコロッとやられてしまうだろう。ちょうど三浦佐知の今の彼氏のように。

そんなゴミのようなプライドなら高いより低い方がはるかにマシというほどのプライドしか持ち合わせていない俺に、そういう状況はとても耐えられそうにない。そしてこんなことばかり考えているからキャッチボール企画の脚本が進まないのだが、こんなことばかり考えているよりはマシだとばかりに俺は脚本を殴り書いた。


「はい、全カット終了！！！　みんなお疲れ！　それでは三浦佐知監督、なんか言いなさい！クランクアップのお言葉！」

クランクアップの日、最後のカットに三浦佐知がＯＫを出すと崎田さんが大きな声でそう言った。

「えー、そんなのなんにも考えてないですよ、なんですかそれ！」

三浦佐知は解放感からか爽やかな笑顔を見せている。

「いらないからそういうの。別にウチらプロの現場じゃないから」と美樹が崎田さんに言った。

「ダメだよ！　クランクアップのときは監督はなんか言わなきゃダメなの！」

崎田さんの言葉に、三浦佐知は困ったような笑顔を浮かべて、そしてチラッと俺を見た。この撮影に入ってから目が合うのは初めてかもしれない。なんの充実感も感じられないままそこにいた俺は慌てて、「なにか言いな」と言葉に出さない笑顔を三浦佐知に返したが、取り繕ったものになっているのは確実だろうし、もはや三浦佐知にその俺の（取り繕った）心の言葉が伝わったのかもさだかでない。

「えー、あの……未熟な監督でしたけど、十日間ありがとうございました。なんとか良い作品に仕上げたいと思いますので、これから仕上げ作業もよろしくお願いします」

そう言って三浦佐知はペコリと頭を下げた。

「よし！　飲み行こう！　行こう行こう！」

崎田さんが大きな声で言った。

「アップ直後にかよ」と美樹が笑ってつぶやいた。

打ち上げの席ではみんな明るかった。正確には俺以外のみんなが明るかった。この明るさは崎田さんのお陰なのだろうと思う。頑張った者も頑張れなかった者も、撮影が終わればノーサイド。頑張った者は次も頑張ればいいし、頑張れなかった者は次は頑張ればいい。そんな空気に溢れているのは崎田さんが頑張れなかった者を責め立てたりはせず、その頑張らなさを無意識的に笑い話にしてしまうからだろう。頑張りたいと思っているのはみんな同じなのだ。俺も何度か崎田さんのこういう性格に助けられてきた。ダメな人間を肯定するのも映画の役割（というと大げさかもしれないが）の一つのような気がするのだが、制作現場では俺のようなそのダメな人間はどんどん排除されている気がする。

「にしても、あんたらダメすぎ。頑張らなさすぎ」

その声にビクッとして思わず顔をあげると、美樹がそう言いながら頑張らなかった男子学生を責め立てている。そしてそこにも笑いが溢れている。

今日の打ち上げは朝までコースになるだろうが、俺は一次会で帰ることにした。今回の撮影現場に語れるような思い出話もない俺は、打ち上げの席の片隅でぼんやりとみんなの思い出話を聞いているだけだ。いや聞いてもいない。ひたすら帰るタイミングを窺いながら、ときおり三浦佐知に目を向けていた。三浦佐知はプレッシャーから解放された気持ちの良さそうな笑顔でお酒を飲んでいる。その笑顔の中には、今後、竹本と脚本作りをできることへの大きな喜びも含まれているのかもしれない。

「じゃあ、俺は今日はそろそろ……」

俺は近くの男子学生にそう言うと席を立った。

「あ、お疲れ様です。大山さん、お帰りでーす!!」

その男子学生がバカみたいな大声で言うから、全員が一斉に俺を見た。

「なに大山！　もう帰るの!?」

崎田さんがいつもの大きな声で言った。

「ええ、ちょっと今日は……」

「ちょっとってなに！」とさらに大きな声で崎田さんは言う。

「キャッチボール企画も書かなきゃいけないんで」

これから帰って書くわけもないのに言った。

「あ、そうなの！　じゃあ帰らなきゃ！　気合入ってんじゃん、大山！　いいねえ！」

俺は苦笑いを浮かべることしかできない。

「では大山、帰ります！　今、俺と大山が進めてる傑作企画のシナリオ書かなきゃいけないから！」

崎田さんが大声で叫んだ。

俺は恥ずかしくなって、「じゃあ……」と言って荷物を持つと、座敷席の隅から出ていった。

「お疲れ様でーす！」と学生たちが口々に声をかけてくれる。

「お疲れ様」と小さな声で言いながら、俺はチラッと三浦佐知に目をやった。目が合ったが、俺は瞬時にそらすと店を出た。

駅まで歩きながら、「仕上げ、頑張ってね」くらいは三浦佐知に言えばよかったなと小さな後悔をしていた。というか、あの場から逃げることに懸命で仕上げのことなどすっかり忘れていた。こんなにあっさりと店を出てきては、居場所がないから逃げたと悟ってくださいと言っているようなものだ。そんな爪の垢よりもみみっちいことをグジグジと考えながら俺は帰った。

11

「まぁ、似てるっちゃあ似てるかなあ。でもどっちも眠たくなるなぁ」

俺の書いたキャッチボール企画のプロットと芥川賞小説『パーク・ライフ』を読み比べて多田さんはそう言った。

「これくらい別にいいんじゃないの？　みんなだいたいなにかしらパクってんでしょ。俺だってパクるし」と興味もなさそうに言ったのは小説家志望の蒔田で、菅井は「パクリだよ！　パクリ！　お前なんか世界一のパクリ野郎だよ！」とほとんど読みもせずに言った。

この中で信頼できる意見は多田さんのものだけだろう。

「アウトでもなくセーフでもない」という感じだろうが、それよりも眠たくなるというのがショックだった。

三浦佐知組のクランクアップから一週間、俺は相変わらずキャッチボール企画の脚本が進まず、ウダウダと悩んでいた。

今ごろ、三浦佐知は編集で悩んだりしているだろうか。あれから連絡は特にない。もしかしたらすでに竹本との脚本打ち合わせも始まっていて、俺のことなど頭の片隅にもないのかもしれない。キャッチボール企画の脚本で悩むというよりは、毎日そんな三浦佐知関係のことが頭の大半を占めている。今も名曲喫茶サリエリで、三浦佐知のポッチャリとした唇を彼女自身は石原さとみのようだと意識しているのだろうかということをまさに考えていると、崎田さんから電話がかかってきた。あの打ち上げから三日後に「どう、調子は？」と電話があったばかりの今日だ。なにも書けているはずがないことが想像つかないのだろうかと俺はイラッとした。だがそのイライラは脚本がうまくすすまないことへのイライラでもあり、半分八つ当たりに近いような感情だ。

そして八つ当たりしたくなって俺は少々不機嫌な声を出して電話に出た。

「もしもし」

「おう、書いてる⁉」

いきなり崎田さんは言った。前置きがないのはいつものことなので慣れている。

「いやまだですよ」

「だよね。こないだ電話したのいつだっけ？」

「三日前ですけど」

俺はつとめて冷たい声で言った。

「え、まだ三日だっけ⁉　まぁ、そんなに簡単には書けないよね」

俺は黙った。無言の抗議と言うか、無言の八つ当たりだ。

「そうか。じゃあ飲むなんて無理かあ」と崎田さんは残念そうに言った。

「無理に決まってるじゃないですか」

俺は鼻で笑いながら言いつつ、呑気な崎田さんにイライラした。

「だよねー。いや佐知の編集もなんとなく見えてきたからさ、そろそろ軽く飲もうかって話してたんだけど、難しいよね」

「……」

さっきとは別の理由で俺は黙った。それならそうと最初から言ってほしかった。第一声で「佐知と飲むから来ない？」と言われれば、俺だって「じゃあ、気分転換でもしようかなぁ」と素直に言えたはずだ。

「じゃあ、脚本頑張って！　楽しみにしてるから！　ごめんね、邪魔して」と言うと崎田さんは一方的に電話を切ってしまった。

俺はまた脚本に向き合えなくなった。電話が切れた瞬間から俺の頭の中は、どうすればその飲み会に参加できるかということで占められた。

崎田さんは「そろそろ」と言っていたから、まだ日時は決まっていないのだろう。編集に立ち会いながら、「そろそろ飲もう」という話になり、だったら俺にも声をかけてみるよということになったのだろう。そして俺に電話をした。だが俺はこんな状況であり、とても飲めそうにないことが崎田さんに伝わった。きっと崎田さんは「大山、忙しいって。いつにしようか？　今日行く？」なんて言っている可能性もある。今日行かれると非常に困る。俺としては今日になっても行くことは余裕で可能なのだが、この電話のあとにのこのこと出ていきづらい。とりあえずメールで「でも、気分転換に飲みたいかもしれないので、日時決まったら一応教えてください」と至急送るべきだろうが、至急だとこれもなんだか見え見えな感じなので、一応二時間のタイムラグをあけて俺は崎田さんにそんなメールを送った。

「オッケー、大山がなんとなく落ち着きそうなのはいつ頃？　そこに合わせるよ」と返信が来た。早く三浦佐知に会いたい気持ちはあるが、脚本のメドが少しでも見えてからのほうが楽しく飲めると思い、「三日くらいあればなんとなくホンも見えてくるような気はします」と返信した。

「オッケー!!　楽しみにしています!!!」と返信が来た。

そうと決まったら、急に心が軽くなったような気がした。ウダウダ悩んでいたシナリオも、いったん『パーク・ライフ』から思い切り離れるということをテーマに立ち向かうことを決めた。

「崎田さん、お疲れ様です。まだ半分手前ですが、こういう感じで書き進めていこうと思います。ちょっとプロットと違ってきているので、途中ですが一度読んでもらえますか？　あと、例の飲み会、いつでも大丈夫です。ここ数日少し根詰めていたので気分転換したいです。よろしくお願いします」と書いたメールに五十枚ほどのまだ途中の脚本を添えて、崎田さんから電話をもらった三日後に送った。懸念の『パーク・ライフ』からは完全に別物だという手ごたえもあり、それなりに充実感はあった。首を長くして待っている崎田さんからはどうせ夕方くらいには連絡があるだろうから、つかの間の解放感を味わうために俺はパールセンターの商店街にあるサウナに行った。

執筆後の解放感を味わうのはだいたい回転寿司のことが多いのだが、こうしてサウナに行くこともたまにある。特にサウナが好きというわけではないのだが（一分ほどしか入っていられないのだからむしろ苦手だろう）、休憩室の空間が好きなのだ。料金の高いサウナはどうなのか知らないが、俺の行くような二千円ほどで朝まで滞在できるサウナの休憩室というのは、昼間でも薄暗く寂れた雰囲気でときおり鼻を突くようなすえた臭いもする。そこで鼾をかきながらだらしなく寝ている人たちもまた同様の雰囲気を醸し出しており、それがなんとも癒されるというのか、俺にとっては心の底からくつろげる空間として機能しているのだ。「この人たちに比べれば俺はまだ大丈夫」というようなさもしい心からきている感情も多々あるのだが。

その行きつけのサウナでオロナミンCを生たまごでシェイクしたもので一杯やりながら、『週刊文春』や『週刊新潮』などの週刊誌を思い切りむさぼり読む俺にとっての至福の時間を過ごしていると、いつの間にか眠りに落ちていた。

目覚めると、すでに夜の八時を過ぎていたが崎田さんからはまだなにも連絡はなかった。

サウナを出て稲川邸に戻ると、多田さんと菅井と蒔田が『死霊のえじき』を見ていた。

「また『死霊のえじき』見てんの？」

「うん。たまに無性に見たくなるんだよね」と多田さんが一言だけ答えた。三人は黙って、ゾンビに身体を引きちぎられる軍人が映っている画面を見つめている。それはよくある光景のように見えて、この三人がこうして一緒にビデオを見ている光景というのはあまりなかったかもしれない。

崎田さんからはまだ連絡がない。もしかして気に入らなかったのか？　ほんの少しだけ不安に思いながら、俺も三人の横に座って『死霊のえじき』を見始めた。


翌朝になっても崎田さんから連絡はなかった。これが崎田さんでなければ特に心配もしないのだが、これまでの付き合いから崎田さんは脚本やプロットを受け取ると、よほど忙しくない限り、その日に読んでその日に連絡してくる稀有な人だということを知っている。病的にせっかちなのか、それとも人と話したいのか分からないが、現在の崎田さんはさほど忙しくない。忙しくない崎田さんに送ったのが、昨日の午前中ということを考えると、翌日の午前中までなんの連絡もないというのは考えられない。もしかしたらまったく面白くなかったのか……。昨日はまだ小さかったそんな不安がどんどん大きくなってくる。と同時にたかだか一日連絡してこないだけの崎田さんに対して、俺がどれだけ苦労して書いたと思っているのだと腹も立ってくる。ついでに今まで何度も無償でプロットや、時にはシナリオまで書かせたプロデューサーたちにもムカついてくる。やつらは紙に字を書くことが赤ん坊でもできることと思っているのだ。だから平気で無償で書かせるのだろう。俺の夢の一つに、ビッグになったらプロットをプロデューサーに書かせて、それがどれだけ酷い代物であるかをネチネチネチネチと言ってやるというのがあり、実際、代々木さんを相手に脳内でそんなネチネチネチを繰り広げていた午後三時過ぎ、ようやく崎田さんから電話がかかってきた。

「もしもし……」

いつも崎田さんの電話に出るときにはまったく感じない緊張感を少々抱きつつ電話に出た。

「ああ。なにしてんの?」

第一声、崎田さんはなぜか苦笑いをまじえながらそう言った。

「え、いや別に特に……」

電話をかけてきておきながら、「なにしてんの?」と聞くのは崎田さんにはよくあることで、それに少しカチンときたり、なぜか面白かったりするのはそのときの俺の虫の居所によるのだが、今日は少しカチンときつつやや落ち込んだ。この反応はやはり送ったシナリオがダメだったのだろう。

「ああそう」と崎田さんは言うと、三秒ほど間を置いてから「読んだよ」と言った。

「ああ……どうすかね」

聞くまでもないことを聞くのは本当に聞きづらい。

「うーん……大山はどうだった？」

自分の感想を言う前に書いた人間に「書いてみてどうだった？」と聞くプロデューサーはたまにいる。この質問があるときはほぼダメなときなのだが、この質問ほど腹の立つ質問はない。

「いやそうじゃなくて、読んでみてどうでした？　そっちが最初だろ」か「いやー、書いてみて最高でしたね！」のどちらかで切り返すのが夢だが、崎田さんを相手にそれをしてもしようがない。でも、ムカつくことはムカつくので「どうでした？」と俺は聞き返した。

「うーん、なんか……プロットとけっこう変わったよね」と歯切れ悪く崎田さんは言った。

「まぁ。プロットから変わることはよくあるんで」と俺はムッとしつつ答えた。

「なんでこうなっちゃったの？」

「うーん……なんでですかね」と今度は俺の歯切れが悪くなる。「前のが盗作だったんでそれから離れるためにこうしました」なんて言える訳もなく、「なんか書いるうちにこういう感じのほうが面白いかなって……」と答えた。

「うーん……まあじゃあとりあえず会って話そうか。あ、佐知と飲むのいつがいい？」

飲みの話のところだけ、崎田さんは少し元気な声になった。

「いつでもいいすけど……」

「じゃあ決めて連絡するよ。飲む前に会ってシナリオの話もしよう」と言って崎田さんは電話を切った。

シナリオの出来が監督にとって良いものではないとなると、三浦佐知と会えることが決まっても俺の心はあまり晴れなかった。


二日後、三浦佐知組の打ち上げをした居酒屋で俺は崎田さんと向かい合っていた。

「どうしようか？　とりあえず最後まで書いてみる？」

崎田さんは、何杯目かのレモンサワーを飲みながら言った。面白くないシナリオの直しの話をするのはとても疲れる。結局、「もう一度最初から考え直してみてよ」という結論しかないのだが、ここまで書いてきたライターの苦労を思うと、崎田さんもそれは簡単には言えないのだろう。それによくよく考えてみれば（考えるまでもないのだが）、俺は『パーク・ライフ』から離れるためだけに書いていて、そこに面白さの追求はなかった。だから崎田さんは、やはりちゃんとシナリオを読む能力があるのだ。

「まぁ、そうですね……。いやでも……どうしようかな」

五十枚までが面白くないのだから、ここから劇的に面白くなるはずがない。半分までつまらないが、残りが傑作という映画など見たことがない。結論は最初からやり直すしかないのだ。

「まぁでも……最初からやり直してみます」

「だよねぇ！」

崎田さんは急に目を輝かせて言った。

「俺もそれが一番だと思うんだよね！　なんかどうしちゃったんだよ大山って思ってさぁ！　プロットはあんなに良かったのに、やっぱり脚本ってなるとプレッシャーかかっちゃうのかなって。まあかかるよね！　書くほうからしたら本番みたいなもんだもんね！　いや大山の実力はこんなもんじゃないって分かってるから俺」

ペラペラと話す崎田さんに徐々に腹が立ってくるが、すべては俺のせいなのでなにも言えない。

「じゃあ、そろそろ佐知呼ぼうか！　美樹も来てるんだよ！」

言うやいなや崎田さんは電話をかけはじめた。

気分が良くなった途端に女を呼ぶというのも今は腹が立つ。しかも美樹まで呼んでいるとは思わなかった。俺と崎田さんと三浦佐知の三人で飲んでいる姿はあまり想像つかないから、美樹にも声をかけていて当然と言えば当然なのだが、でも俺は腹が立った。シナリオと美樹とどちらが大切なのだと。

「あ、崎田ですけど！　どこいるの今？　大学!?　なにしてんの？　来なよ、打ち合わせ終わったから。大丈夫大丈夫。はい！　じゃあ！」

電話を切ると崎田さんは「来るって！」と嬉しそうな顔でツバを飛ばして言った。

「ちーす」と美樹が言いながら三浦佐知とともに崎田さんと俺の席にやって来たのはそれから

十分後くらいだった。

「こんにちはー」

三浦佐知もにこやかな笑顔で言った。

「いいんすかもう？　打ち合わせ？」と美樹が聞く。

「大丈夫だよ！　ばっちりだよ！　君たちと違ってプロだからねこっちは！　なあ大山！」

すっかりご機嫌な崎田さんに俺は苦笑いを返すしかない。

「大山さんはあんまよく思ってなさそうだけど」

笑顔ながらも鋭い視線を俺に向けて美樹が言った。この女はいちいちこちらの腹の底を見破ってくるような感じがあるから一緒にいたくないのだ。

「え、私たちもう少し時間潰してきますよ。別の席とかで」と三浦佐知が言った。

「あ、大丈夫、大丈夫。ほんとに」と俺は答えると、「どう、編集は？」と聞いた。

「傑作ですよ！」崎田さんが大きな声で答えた。

「いいから崎田さんが言わなくて」美樹が言った。

「ホントですか？　崎田さん、B班にも同じこと言ってたでしょ」

三浦佐知が嬉しそうな笑顔で言う。

「てかB班終わってんでしょ、あれ。チョーつまんなくない？　指導監督の才能と学生の作品は比例しないっすね、あ、中生二つ」

美樹が店員さんに注文しながら崎田さんに言う。

「なに美樹！　まるで俺が竹本より才能ないみたいじゃん！」

崎田さんはそんなことを言われても嬉しそうに満面の笑みだ。

「え、モロそうでしょ。誰が見ても」

「でも俺と大山が今やってる企画は最高だからね！」

「あ、すっごい楽しみです、それ！」

三浦佐知が言った。

「お！　分かってるじゃん佐知！　え、プロット読む？」

崎田さんがどんどん調子づいてくる。

「いいんですか！」

「いや、いいすよ、崎田さん。やめましょうよ」と俺は言った。

「なんで？　いいじゃん別に」

「だって、大幅に書き直すし……」

「じゃあ、脚本できたら是非読ませてください！」と三浦佐知は言った。

「もちろん読ませるよ！　なあ大山！」

「まぁ……別にいいけど俺のなんか読んでも特に参考にならないよ」

「なんで!?　なるよ！」と言ったのはもちろん崎田さんだ。

「なりますよ！」

三浦佐知も続けて言った。

「竹本さんのやつもそろそろ始まるんでしょ」と美樹が言った。

「うん」

竹本との脚本づくりのために、俺の書いたものでも読んでなんとなく心の準備のようなことをしておくつもりだろうか。いずれにせよ、竹本の新作の脚本を三浦佐知が手伝うことを思い出した俺は、急激にこの場がつまらなくなっていった。

その後も崎田さんはキャッチボール企画がどれほど面白いかをなんの具体例も示さずに話し続け、俺とともに何年も苦労しながらその企画を進めているのだということを口角泡を飛ばしながら三浦佐知と美樹にまくし立て続けた。

三浦佐知はときおり「すごい！」とか「ほんと頑張ってほしいです！」などと口をはさんだが、俺は恥ずかしくてたまらなかった。三浦佐知のそれらの言葉は心の底から発せられているような気がして、そして俺はその三浦佐知の期待に応えられないであろう姿が明確に想像できる。だからしゃべり続ける崎田さんにイライラしていた。その恥ずかしさとイライラを少しでも紛らせようと、いつもはほとんど飲めない酒を今日はグイグイとあおった。

「もういいっすよ、やめましょうよ崎田さん」と俺は言った。

「え、なに？」

「どんなに吠えても俺ら所詮なんの実績もないじゃないすか。やめましょうよ」

気が付くと口から勝手にそんな言葉が出てきた。

「え？　まあそうだけどさ。みんな最初はなんの実績もないんだからさ！」

「いやだから実績積んでから吠えましょうよ。カッコ悪いすよ」

「いや……別に吠えてるつもりはないけどね」

崎田さんの声のトーンが少し落ちた。その崎田さんの横で、やはりなにかを見抜いているかのような目つきで美樹がじっと俺を見つめている。普段の俺ならばここで言葉が止まるはずだが、酒の力を借りた今日は止まらなかった。

「でも吠えてるようにしか聞こえないすよ。まだどうなるとも決まったわけじゃないじゃないすか。恥ずかしいすよ」

「そうだけど、俺は実現すると思ってるから」

崎田さんの声はいつになく真剣だったが、俺は「フン」と鼻で笑ってしまった。笑うつもりがあったのかどうかよく分からないが、そんな態度を崎田さんにとったのは初めてだから自分でも驚いた。三浦佐知の前での自分と崎田さんの醜態が許せずに思わず出てしまったのかもしれない。とにかく出てしまったからにはそれに続くような酷い言葉を言ってやれと残酷な気持ちになった俺は「だからバカにされるんですよ」と言った。言った瞬間に、やはりそれは言うべきではなかったと思ったが手遅れだ。

「え……なにそれ」

崎田さんの声のトーンはさらに落ちた。いや落ちたというよりは、トーンは落ちつつもそこに、わずかばかり反抗的な要素が含まれたような言い方になった。美樹は相変わらず俺をじっと見ている。隣の三浦佐知が緊張している様子もひしひしと伝わってきたが、俺は言葉を続けた。

「だってそうじゃないすか。代々木さんとか……崎田さんの話、真面目に聞いてくれないでしょ」

「なんで。こないだは真面目に聞いてたじゃん。面白いって言ってたよね」

今度は明らかに納得がいかないというふうに崎田さんは言った。

「そんなのようやくって感じじゃないすか。今まで何本も企画出して。少し面白いって言われて浮ついてベラベラ喋り散らしてもカッコ悪いですよ。自分の企画を自分で褒めちぎってもしょうがないじゃないすか。人に褒めてもらわなきゃ意味ないでしょ」

「だから今回は褒められたじゃん。それに俺は人に褒めてもらうために映画作るわけじゃないから」

その言葉に俺はカチンときた。美樹がいるからカッコつけているのか知らないが、人に褒めてもらうというのもなにかをするうえで大きなモチベーションとなるだろう。

「なにカッコつけたこと言ってんすか。本気でそんなことを思ってんですか」

「思ってるよ。俺は！」と崎田さんの鼻息も荒くなってくる。

「フン。そんなキレイごとみたいなこと言うと余計にバカされますよ」俺はまた鼻で笑った。

今度はさっきの鼻笑いよりも意識してバカにした感を醸し出した。

「バカにしてんのは大山さんじゃないすか」

そう言ったのは美樹だった。

崎田さんが驚いたような表情で美樹を見た。きっと三浦佐知も驚いているだろう。

「大山さんが崎田さんのことバカにしてんでしょ」

俺は咄嗟に目が泳いでしまった。

「そういう感じがすっごく出てましたよ。最初から」

美樹はそう言うと、生ビールをごくごくと飲みほした。

「いや……別に大山は俺のことバカになんかしてないと思うけどね……」

崎田さんがどこか間抜けな顔をして言った。きっと崎田さんは心の底からそう思っているのだろう。

「フン。どこまで人がいいんすか、崎田さん」

美樹が鼻で笑って言った。

「ちょっとやめなよ、美樹」三浦佐知が言った。

「だってすんげぇムカつくんだもんこの人。ま、でも、崎田さんはそこがいいとこなんすけどね」

「すみません、ここに来る前から少し飲んでたので、ちょっと酔ってるんですこの子」と三浦佐知が言った。

「酔ってねえし。でもごめんなさい。空気最悪にしちゃって。帰ろ佐知。あ、奢ってくださいね」

美樹はそう言うとさっさと席を立った。

「ごめんなさい。ちょっとぉ！」

三浦佐知も美樹を追いかけて行ってしまった。

残された俺と崎田さんはしばし沈黙していた。

「俺は大山のこと信じてるから」と崎田さんが言った。

「……すみません」と俺は小さな声で謝った。卑怯だなと思いながら。

そこに突然美樹が戻ってきた。

「ちょっとやめてよ！」と美樹を追いかけるように三浦佐知も戻ってくる。

「やめねえ。やっぱ言わなきゃ気がすまない」と言って美樹は俺の横に立ちはだかると、椅子に座っている俺を睨み下ろした。

「あんたさ、どうなってんの？　彼女と」

「え……」

俺は一瞬頭が真っ白になった。さすがに学生から「あんた」と呼ばれるとは思わなかった。

崎田さんはなにがなんだか分からないのだろう。ポカンとした顔をしている。

「え。じゃねえよ。別れてんだか別れてないんだかはっきりしない彼女がいんでしょ」

三浦佐知もそれ以上は美樹を咎めることはせず、むしろ俺の反応を待っているように見える。

いや俺は怖くて三浦佐知を見ることができないから、そんな雰囲気を強く感じる。

俺はなにも言えずに黙り込んでしまった。

美樹はしばらく俺を睨みつけていたが、呆れたようなため息をつくと言った。

「やめちゃいなよ佐知、こんな男。すげぇダセェわ」

言い捨てると美樹は行ってしまった。

三浦佐知は俯き加減に黙って美樹について出ていった。

俺と崎田さんは、やっぱりずっと黙ったままだった。

夜中、稲川邸に戻ると多田さんと菅井はすでに寝ていたが、蒔田は小説の執筆中だった。

「おかえり」と蒔田がカタカタとワープロを打ちながら言った。

「小説？」

「そろそろ書き終わりそうだよ。やっと」

「マジで？　あのジャンプ台のやつ？」

「そう。千五百枚超えた」

フリーターの青年が長野オリンピックで使われたスキーのジャンプ台を爆破するという小説を、蒔田はもう二年も前から書いているのだ。

同じ作品を二年以上も書き続けられるこいつはもしかしたら世に出る存在になるかもしれないなとふと思った。

「なんかお前、最近帰ってくるたびに暗い顔してない？」

蒔田がドキッとさせることを言う。

「まあここ数日な。っていうかここ数年か」

確かにこの数年はロクなことがない。まもなく三十歳になろうというのに出口の見えないトンネルからいつ抜け出せるのかまったく分からない。ふと、ついさっき美樹に言われた言葉が脳裏によみがえる。

「やめちゃいなよ佐知、こんな男。すげぇダセェわ」

すげぇダセェのは確かだし、美樹のその言葉は心にグサリと突き刺さったが、三浦佐知が俺のことを好きなこともはっきりしたといっていいだろう。このゼツボー的な状況の中で、美樹のセリフは久しぶりにちょっとだけではあるが心をときめかせてくれる一言でもあったのだ。

俺は蒔田が小説を書いている横にごろりと横になると、俯き加減に黙って美樹について帰って行った三浦佐知の顔を思い浮かべ、その表情の奥にある彼女の真意について思いを馳せた。

翌日、「三浦佐知が俺のことを好きなことははっきりした」ということに脳内の九割以上を支配されながら俺はキャッチボール企画の直し案を考えた。だがそんな脳内状況でシナリオ直しが進むはずもない。三浦佐知から俺になんらかのコンタクトはないだろうかと意識は手元のケータイにばかりいく。ほとんど全身全霊でケータイが鳴るのを待っている状態だったが、それでも三日ほどたつと、そんな状況を主人公に仮託してみたりしてシナリオのほうも少し進み始めた。

12

あの飲み会から四日目の夜中、黙々と小説を執筆している蒔田の横で、その熱量に釣られながらシナリオを直していると、ついにケータイが鳴った。着信音が鳴ってから〇・五秒で俺はケータイに飛びついた。画面には知らない番号が表示されている。三浦佐知じゃなかったことに一瞬がっかりしたが、見知らぬ電話番号というものになんだかよく分からない期待が膨らんだ。だが知らない電話番号には基本的には出ないことにしている。俺は胸の高鳴りを抑えながら電話が鳴り終わるのを待った。呼び出し音の鳴っているわずかな時間で俺が考えたことは、もしかしたらこの電話はユキさんかもしれないということだ。電話番号を変えたユキさんが電話をしてきたか、あるいは菅井のお笑いライブの打ち上げで意味不明な消え方をしたリカが電話番号を変えてかけてきているのか、あるいは三浦佐知が、俺にかけるのが恥ずかしくて、誰か友人などからケータイを借りてかけてきているのか。その三つの考えが脳内を駆け巡り、おそらくどれか一つは当たりなのではないかという妙な確信があった。

「出ないの?」蒔田が怪訝そうな表情で言った。

「知らない番号には出ないんだよ」

「ああ、俺も」と蒔田は答えるとまた小説の執筆に戻った。

電話が鳴り終わった。俺はしばらくケータイを見つめていた。留守電になにかメッセージが入れば、ケータイに留守番電話の合図が出る。その合図を俺は瞬きもせずケータイを見つめながら待った。留守電のマークがついた。俺は両手でケータイをつかむと、留守電を再生した。思いもしなかった相手から、ほとんど一息で話したかのようなメッセージが入っていた。

「もしもし前田美樹です夜分にすみませんついでにこないだの飲み会のときもすみませんちょっとお話があってかけましたまた明日にでもかけなおしますそれでは。あ、居留守とかつかわないでくださいね」

俺は特に意味もなくたて続けに数回そのメッセージを聞いた。

二日後、美樹から指定のあった新宿の紀伊國屋書店前で昼の三時に俺と美樹は待ち合わせた。紀伊國屋前に佇みながら、こうして美樹とこんな場所で待ち合わせていることがなんとなく不思議な気持ちだった。そして少し緊張もしていた。よくよく見ると美樹もなかなかかわいい顔をしているし、三浦佐知のことについてなにか言われるのは確かだろうし、慣れない女子と二人きりになるという状況がそもそも緊張するしといろんな意味で緊張していると、美樹が十分ほど遅れてやってきた。

「すんません、映画観てました」

微塵も悪びれず美樹は言った。

「ああ……なに観てたの？」

「『スパイダーマン』。実習とかでぜんぜん映画観られなかったから。どこ行きます？」

「えーと……どこでもいいけど」

「絶対そう言うと思った。じゃ、高野フルーツパーラーでいいですか。貧乏であんま行けないから。奢ってくださいね」

美樹はそう言うとさっさと歩きだしてしまった。

「こないだはすんませんでしたね」

二千円以上もするマスクメロンパフェをパクつきながら美樹は言った。

「ああ……まぁ別に」

俺はメニューの中ではかなり安いほうのバナナチョコレートパフェを食べながら答えた。これで三千円を超してしまうのは俺にとってかなりの痛手ではあったが、一応女の子と二人で会うので、万が一のときのためになけなしの金をおろしてきてはいた。どんな状況でも下心だけは働いてしまうのだ。

「フン」

美樹は鼻で笑うと、忌々しそうに「ほんと煮え切らないっていうか卑怯っていうかイライラするっていうかなんなんすか大山さんって」と言った。

「……なに？」

「マジで彼女とどうなってんすか？」

「いや、別に……どうって？」

「別れる気あるんすか？」

「……なんで？」

「佐知が大山さんのこと好きなの分かってんでしょ」

「……」

はっきりとそんな言葉を聞くと、なんだか急にその言葉に重みが増してくるような気がした。と同時にやっぱり嬉しくもあった。

「佐知、撮影が終わったら告白しようとしてたから」

「え……誰……に？」

心のどこかにそんな期待はあったが、一瞬顔がほころびそうになるのをぐっと我慢した。

「そういうとこもムカつくんすよね。この流れで誰って聞きます？　崎田さんなわけないでしょ」

「……」

「やっぱ止めとけって言って正解だった。なんか大山さん、信用できないって思ったから」

目が泳いでしまった。「信用できない」という言葉を大学生の小娘から言われたことが、俺はとてつもなく恥ずかしかった。俺自身も俺のような人間を信用できないからだ。

「彼女さんとより戻したいって思ってんですよね。だったら佐知に変な期待持たせないでくださいよ。あの子、これから竹本監督の映画の脚本とかもあるし、今、かなり勝負な時じゃないすか。余計なことに時間取られてる暇ないと思うっす」

「……」

「佐知ってほんといい子じゃないすか。いい子だと思うんすよね。ああいうふうに真剣に生きてる子と友達になれてあたし嬉しいんすよね。あんなふうに生きたいって心のどこかで思ってたのに、なんかそうできなくて、だからせめて大学デビューしようと思ったんすよね。大学では熱く生きてやるって。でも、なんかイマイチじゃないすか私って。いや私が悪いんすけどね。本気になるの怖いし。ていうかそれじゃカッコつけてんな。怖い以前に本気のなり方分かんないっていうか、なったこともないし、本気っぽいやつ気持ちワルとか思ってたっていうか思おうとしてたし。大山さんは本気になったことあるんでしょ。崎田さんとかも。佐知が言ってた。あの人たち、ヘラヘラして見えるけど、絶対スゴイとこあると思うって。へーって感じだったすけど、本気で生きてる佐知がそう言うならそうかなって。なんかもう意味不明だけど、あたし、あの子のことムチャクチャ応援したいんで」

留守電に吹き込んでいたときと同じように美樹はほとんど一息でそう言った。

「だから大山さん、もし付き合うならガッチリ真剣に付き合ってくださいよ。さっきと言ってること違ってるけど」

俺はまだ黙ったままだ。

「自信ないんでしょ大山さん。すっごい分かる。私もそうだから。しかも佐知、これから竹本監督と一緒にシナリオ書いたりするし。取られちゃうっていうか、普通で考えれば最初から竹本監督だよね。マニアなんだよね多分佐知って。負け犬マニア。ダメ男マニア。だからあの子に判断委ねるような卑怯なことしないでください。そんじゃご馳走様でした」

美樹はそれだけ言うと、残りのマスクメロンパフェを一気に食べきり、俺なんか目にも入っていなかったかのようにお店から出ていった。

俺はこのまましばし店に佇むべき状況かと思ったが、高野フルーツパーラーに男が一人でいるのはかなり恥ずかしかったから、美樹の姿が見えなくなるとそそくさと店を出た。

『スパイダーマン』は美樹が言うように、今現在激しく悶々中の俺でもスクリーンに見入ってしまうくらい素晴らしい映画だった。サム・ライミの映画は今まで『死霊のはらわた』と『ダークマン』と『クイック&デッド』が大好きであったが、『スパイダーマン』も大好きな一本となった。キルスティン・ダンストという女優さんをこの映画で初めて知ったけれど、服の上からでもその形の良さが想像できるオッパイがとても魅力的に映っていた。こんなことはとても三浦佐知や美樹の前では言えないが。

美樹と高野フルーツパーラーで会ってから三日がたったが、初めて現実世界を忘れることのできた時間だった。この三日間、せっかく書き出せそうになっていたキャッチボール企画のシナリオは進まず、気が付くとほとんど三浦佐知のことばかり考えていたのだ。だが映画が終わった二時間後には、やはり俺の頭の中は三浦佐知とキャッチボール企画のことで占められていた。

三浦佐知は、今どきのキャピキャピした女子大生のように見えながら、美樹が言うように確かに全身全霊で真剣に生きている雰囲気を感じる。三浦佐知が俺のことを好きだと確信して、嬉しい反面、重くも感じてしまったのは、ユキさんの存在や竹本のことだけでなく、あの三浦佐知の一生懸命さを俺が受け止めきれるのかという不安があるからだ。

何事においても結論を先延ばしにして、長い目で見ればそれは楽な生き方ではないのに、そんなふうに中途半端に生きてきてしまったツケを俺は感じた。そしてこの先の人生でそんな生き様のツケをもっと後悔しながら生きてしまうのだろうなという恐ろしさも感じていた。

夕方、稲川邸に戻ると、蒔田はいつも通り小説を書いていて、多田さんはいつも通り横になってビデオを見ていた。そして菅井はいつも通りバイトに行っていていなかった。

執筆中の蒔田とちゃぶ台で向き合うと、俺もなんとなくパソコンを立ちあげたが書く気はしないし、なにも思い浮かばない。蒔田はそんな俺なんか目にも入らないかのように一心不乱にパソコンのキーを叩き続けている。隣の部屋からは多田さんが見ているビデオの音が聞こえてくる。見ているのは『バタリアン』だと音で分かる。ティナの恋人がゾンビに変身してしまうあたりだ。

キーボードを打ち続ける蒔田はうっすらとニヤけたような笑みを浮かべている。なにか笑える場面でも書いているのだろうかと蒔田のその笑顔を見つめていると、「よっしゃー、できたー！」と蒔田は大きな声を出した。

「え、完成したの？」

「した。二年書いてたよ」

「すげぇな」

「とりあえずどの新人賞に出すかな」と言いながら蒔田は煙草をくわえると火をつけた。

「あー、うまい」

「また吸い始めたの？」

「これ書きあげたら吸おうと思ってた。賞に応募するのはやめてどっかに持ち込むかな」

「持ち込みなんて今どきあんのかよ？」

「分かんないけど、千五百枚超えて応募できる新人賞なんかないし。まあそんな長いの読んでくれる編集者がいるかどうかも分かんないけどな」

「……お前、そういうの不安になんないの？　そんだけ書いて無駄になるかもじゃん」

思わず俺は聞いてしまった。

「誰か読んでくれるんじゃない？」

蒔田のこういったあたりは相変わらずふてぶてしいというのか無策というのかよく分からないが、大丈夫かこいつと思いながら少し尊敬もしてしまう。

「なになに？　書きあげたの？」と隣の部屋から多田さんが首を突っ込んできた。

「うん。今」

「いやー、やったね。菅井が帰ってきたら今晩は祝杯だ。読ませてよ」

「いいけど千五百枚超えてるよ。プリンアウトも面倒くさいな」

言いながら、蒔田はゴロリと寝そべると中空を見つめながらうまそうに煙草をくゆらせた。


「お前どうすんだよ二千枚も書いちゃって！　ちょっとは考えろよ、バカじゃねえの！　俺に言われたくないだろうけどさあ！」

京樽で買ってきた寿司をみんなでつまみながら菅井はいつもの怒り口調で蒔田に言った。

「まさにお前には言われたくないねえ」

蒔田が缶ビールを飲みながら言う。その余裕を感じさせる物言いは、なにかを達成したばかりの者にしか味わえない充実感に満ちている。

多田さんは、先ほどから寿司もつままず蒔田の小説に読み入っている。

「お前は最近ネタとか書いてるの？」と今度は蒔田が菅井に聞いた。

「俺のことはいいんだよ、ほっとけ！　書いてるわけねえだろ！」

「相変わらず他人の精子の始末だけかよ」

蒔田が言った。菅井がバイトしているビデオボックスのことだ。

「そうだよ！　それが俺の人生なんだよ！」

「多田さん、食わないの？」

俺は多田さんに言った。蒔田の小説はよほど面白いのだろうか、少し気になる。

「ああ、食う食う。いやー、蒔田、これ大傑作だよ！」

多田さんは電話帳のように分厚い蒔田の小説から顔をあげると言った。

「そう？」蒔田が嬉しそうな表情を浮かべた。

「うん。主人公が壊れていく感じが他人事じゃないよね。俺もジャンプ台かなにか爆破しかねないとか思っちゃうよ」

「多田さんは絶対爆破なんてしないよ！」菅井がまた怒ったように言った。

「あ、うん。できないね、俺は。でも爆弾くらい作ろうかな。アハハ」

「アハハじゃないよ！」

「いやー、相変わらず怒ってるねえ」

「怒ってないよ！」

「でも爆弾くらい作ってみようかなって気分にさせるよ、蒔田の小説は」

「でしょ」と蒔田は嬉しそうに言うと、煙草に火をつけた。そしてごろりと横になると、「次のバイト先どうするかな」と言った。

「お、そろそろどっか行くの？」と多田さんが聞いた。

「うん。まだ見つけてないけどね」

「早く行っちまえよ、お前なんか！　そしてまた女相手に暴行事件起こして逮捕されちまえ」

と菅井が怒った。

蒔田は数カ月前に、長野県の白馬のスキー場リゾートバイトから戻ってきたのだった。職場でずぶずぶの三角関係に陥り、挙げ句相手の女性を殴ってバイトをやめて帰ってきたのだ。

「またなにか事件を起こすかもしれないな。俺は女相手でも厳しくいくから」

「今度はどのあたりに行く予定なの？」と多田さんが聞いた。

「次は南かな。もう寒いとこはいいや。白馬はこの小説書く取材の意味もあったし、次は石垣島あたりを舞台になんか書こうかな」

自由に生きているように見える蒔田が俺は少し羨ましかった。蒔田がこの先、小説で結果を出せるかどうかは分からないが、東京にいなければなにもできないんじゃないかという狭い価値観に縛られている俺のような人間からするとその生き方は眩しく見える。きっとそれは菅井も似たような思いなのではないか。こういう蒔田の言葉には茶化したような怒りをぶつけない。

俺たちはなんとなく無言になった。蒔田がこうして次のバイトに動くときというのは、なにかの時期の移り変わりという気がしてしまうのだが、俺はなにも変われていない。

黙々と寿司をつまんでいると、隣の部屋で俺のケータイが鳴った。心臓がドキッとしたが、きっと崎田さんだと思う。あの飲み会以来、一度も崎田さんから電話がかかってきていない。それまでほぼ毎日のようにかかってきていたから気にはなっていたが、美樹に説教くらったりして、正直崎田さんのことが頭に浮かぶ余裕はなかった。崎田さんと最後に会ったあの夜、美樹と三浦佐知が去ったあと、俺と崎田さんの間にはなんの会話もなくなった。店を出ると崎田さんは、「じゃあシナリオ待ってるから」と言って大きな背中を丸めて帰っていった。傷ついているように見えた。いやきっと傷ついただろう。

気が進まぬまま自分の部屋に行き、そろそろ着信音が切れてしまうかもというときまで待ってケータイを手に取ると、着信画面には三浦佐知の名前が表示されていた。

一気に心臓が高鳴った。が、そこで電話は切れてしまった。しばらく待っていると留守電が入った。はやる気持ちで留守電を再生すると「三浦です。またお電話します」とだけ入っていた。すぐに折り返すのは躊躇われたので、俺はいったん菅井と多田さんの部屋に戻った。だが、そわそわしてみんなの会話もろくに耳に入ってこないのでまたすぐに部屋に戻り、三浦佐知から電話のあった二十分後に折り返してみた。

「もしもし」

よく通る声で三浦佐知は三コール目で電話に出た。コールに気づいてすぐに電話に出たのか、三つまであえて待っていたのか三コールというのは微妙なところだ。

「あ、ごめん。電話もらった……?」

「はい。すみません。大丈夫ですか、今」

「うん。大丈夫だよ」

「あの……なんか美樹が変なこと言いませんでした。こないだ会ったんですよね……？」

「ああ……なんか、うん……」

三浦佐知は外にいるのか電話の向こうから電車の音などの雑音が聞こえてくる。

「あの、気にしないでください。あたし、大山さんに言いたいことがあるときは自分から言いますから。美樹、いい子なんですけどお節介なとこあるから」

俺はなんと言っていいのか分からず黙っていた。

「私、今、阿佐ヶ谷にいるんです」

「えぇ!?」

思わず大きな声が出てしまった。

「すみません……」

「いや……」

「今、ちょっと会えたりしますか？」

「あ、うん……。いいよ。駅にいるの？」

「はい」

「じゃあ行くよ」

電話を切ると深呼吸を一つした。ケータイを持つ手にはべっとりと汗をかいている。

「ちょっと出てくるわ」

俺は多田さんたちの部屋に顔を出して言った。

「え、どこ行くの？」と多田さんが聞いた。

「ちょっと」と答えると、俺はさっさと部屋を出た。

駅まで歩きながら、「マジかよ……」なんて思いつつ俺の心はどんどんウキウキしてきた。三浦佐知はいてもたってもいられなくなって阿佐ヶ谷まで来てしまったのかもしれない。いやそうとしか考えられない。阿佐ヶ谷に一軒だけあるAプリというラブホテルの名前まで脳裏をかすめていた。

三浦佐知は改札の正面にあるパン屋さんの前に立っていた。俺は浮かべていたニヤケ顔を引っ込めて近づいていこうとした瞬間、三浦佐知は俺に気づいてはにかんだような笑顔を浮かべた。もうすべてがバレていてなにかを観念したかのような彼女のそのはにかみ顔に、俺もまた顔の表情が一気にほころんだ。

「ごめんなさい、来ちゃって……」

三浦佐知ははにかんだまま小さな声で言った。その言い方に俺は思わず彼女を抱きしめそうになったがすんでのところで踏みとどまった。

「あ、うん……。えーと、どっかで話す？」

「いえ、ちょっとお話ができればいいので」

「じゃあ……その辺散歩でもしようか」

「はい」

俺と三浦佐知は駅から出ると、旧中杉通りを鷺ノ宮方面に向かってのろのろと歩き出した。

夜の九時を過ぎても旧中杉通りには、会社帰りのサラリーマンやＯＬなどで適度な人通りがあり、個人経営のおいしそうな飲食店もこれからの時間が本番というようにあかりを灯している。

「阿佐ヶ谷って初めて来ましたけどいい街ですね」

「うん。住みやすいよ。すごく」

「どの辺なんですか？　大山さんのおうち」

「さっき通り過ぎた墓地を曲がったとこ。映画評論家の白井佳夫の家の近く。知ってる？　白井佳夫って」

「知らないです。すみません」

「いや、いいんだけど……」

「お友達と住んでるんですよね……」

「うん……」

「……」

「……」

しばし無言になると、三浦佐知がまた口を開いた。

「シナリオ、書いてます？　崎田さんとのやつ」

「うーん、あんまり進んでないけどね」

「頑張ってください。あたしたちの実習なんかよりはるかに大変だと思いますけど」

「うん。ありがと……」

「……」

「……」

俺と三浦佐知はまたしばし無言で歩いた。俺からなにか言うべきかどうか悩んだが言葉が出てこず黙っていると、また三浦佐知が口を開いた。

「あの……なんて言ってました？　美樹」

「え……」

三浦佐知は、顔を真っ赤に染めて恥ずかしそうな微笑を浮かべて俯いている。

「いや……まあ」

俺の顔は勝手にヤラしくほころんでしまった。

「えー！　なんですかその顔！　どこまで言ったんですかあの子！」

俺のニヤけた顔を見た三浦佐知は開き直ったかのように大きな声で言った。

「え、どんな顔？」とニヤけたまま俺は言った。

「すっごいニタニタしてる！」

いきなりため口になった三浦佐知は完全にキャピキャピとしたその辺の女子大生のようになっている。俺はなんだかとても楽しい気分になってきた。

「そんな別にたいしたこと言ってないよ」

「ウソウソ！　なんて言ったんですか。教えてくださいマジで！」

「いや……なんか……変な期待持たせるなとかって」

「げーッ！　なにそれ⁉　え、あとはあとは⁉」

「うーん、付き合うならちゃんと彼女と別れて、真剣に付き合えとか……あとあれ……えーと……」

俺は言いよどんだ。顔がさらにニヤけて真っ赤になっていくのが分かる。

「なになに⁉」

「三浦さんが……実習終わったら告白しようと思ってた……とか？」

「はぁー⁉　あー、もう完全に終わってる……。そこまで言ったんですか⁉　あいつ」

「うん……」

俺の顔も完全に弛緩しているのが分かる。

三浦佐知はまた恥ずかしそうな微笑を浮かべてしばし黙って俺の横を歩いた。俺も黙って歩いた。

三分ほど無言で歩いただろうか、突然俺は右手に違和感を覚えた。そして心臓が縮み上がった。三浦佐知は俺の右手を握ってきたのだ。いや握ってくるというような力強いものではなく、そっと手をつないできたのだ。細くて柔らかい指だった。俺の心臓はドキンドキンと激しく鼓動した。そして一気に手のひらに汗が噴き出した。三浦佐知の顔からは微笑が消え、俺の手をつないだまま黙って歩いている。俺もどうすることもできずそのまま黙って歩いた。

どうすればいいのだろう。なにか言わなければと思うのだが、なにも言葉が思い浮かんでこない。手をギュッと握り返すべきなのだろうか。いったいこれはどういう意思表示なのだろうか。

頭の中ではいろんな思いが駆け巡ったがどうすることもできずただひたすら手のひらの汗が恥ずかしかった。

そのまま俺たちは西武新宿線の鷺ノ宮の駅まで来てしまった。なんとなく駅前で立ち止まり、手を離すタイミングすらも分からずにいると、三浦佐知のほうからそっと手を離した。

三浦佐知は、そのまましばし俯いていた。

俺は言うべき言葉が分からず黙っていた。

「大山さん……」と三浦佐知が口を開いた。

「うん……」と俺は小さな声で答えた。

三浦佐知はまたしばし黙ると、なにかを考えているように見えた。

そしてようやく口を開くと言った。

「合評会、来られます？」

その言葉は、本来言おうとしたことをやめて言った言葉だと感じた。

「ああ、うん。行くつもりだよ」と俺は答えた。

合評会というのは、三浦佐知たちの実習作品の合評会のことだ。

「じゃあ、またそのときにお会いできたら嬉しいです。今日はすいませんでした」

三浦佐知はそういうと、鷺ノ宮の駅の改札に歩いていき、一度も振り返らずにホームの方へと消えていった。

「お前、バカじゃねえの！」

菅井が怒鳴った。

「それは彼女に失礼だよ。ダメだよ、女の子に恥かかせたら」

多田さんが言った。

蒔田はニタニタして「でも、お前っぽいな」と言った。

俺は先ほどの三浦佐知とのいきさつを部屋に戻って多田さんたちに話したのだ。

彼らの反応は予想通りだ。多田さんたちにこう言われたいというのか、上から目線ではあるがこういうバカ話をしたくて俺はネタを供給しているようなところもある。と同時に自分の不甲斐なさだって感じてはいる。

いつだったか大学近くの居酒屋で三浦佐知と飲んだとき、互いの恋人の話をした。三浦佐知は年上の彼氏ともう別れそうだという話をしてくれて、俺は「距離を置こう」と言われているユキさんのことを話した。あのときの別れ際に見せた三浦佐知の涙についても、今日のように多田さんたちと話した。そして同じような反応をされた。

それがもうずいぶん昔のような気もするが、つい一月半ほど前のことだ。三浦佐知はその後、その年上の彼氏と別れていた。

「絶対セックスできただろ！　多分お前、振られるよ。そういうチャンスを逃すやつは幸せになれないんだよ」

菅井が言ったその言葉は俺の心をチクリと刺した。恋愛だけじゃない。この世界に入って数は少ないが仕事でも何度かチャンスはあったはずだ。でも、その都度、俺は臆病風に吹かれてそのチャンスをふいにしてきた。その最たるものが、去年の九月九日に死んでしまった「あの人」の弟子になったときだ。自分自身はその状況がいかに恵まれていたのか理解することができず、辛がってばかりいた。お願いすれば、きっとその後も助監督としてつかせてくれたと思うが、俺はそうできなかった。自分が通用しないことがはっきりするのが怖かったのだ。そんなことを思い出し、俺は慌てて「あの人」の顔を脳裏から振り払った。

代わりに考えたのはユキさんのことだ。俺が三浦佐知と付き合うことに踏ん切りがつかないのは、ユキさんの存在が大きい。

去年の暮れにユキさんから別れを切り出され、泣いてすがりついた挙げ句、「とりあえず距離を置かせて」というところまで持っていったのだが、それ以来、ずっとユキさんとは話していない。最後のメールのやり取りも、半年近く前の一月の終わりにユキさんが稲川邸に忘れていったストールを送ってくれというものだ。

距離を置こうと言われて半年近くも連絡がなければ普通に考えればその恋愛はもう終わりだろう。でも、俺とユキさんに限ってはそんな自然消滅のような終焉はあり得ないと思っている。二十歳から付き合い始めてほぼ十年近くの月日を一緒に過ごしたのだ。その尊い時間はそんなに簡単に終われるはずのものじゃないと俺は思っている。そしてなにより、ユキさんの誕生日であり、俺のウソの誕生日でもある十一月十一日、俺が三十歳になる今年二〇〇二年の十一月十一日に（本当は五月五日に三十歳になっているのだが）、俺とユキさんの関係がどうなっていようとディズニーランドで会おうという約束を付き合い始めた当初にした。もしかしたらユキさんはその日まで結論を悩むのではないだろうか。十年近く前にしたあの約束を覚えていて、俺も覚えているかどうか試しているのかもしれない。そんな思いもあったし、やはりこの十年という時間を俺はどうしても簡単に終わらせたくない。もっと本心を言ってしまうと、未来ある三浦佐知と未来のない俺が長く付き合えるとも思えないというユキさんにとっては本当に失礼ながらそんな打算もあった。

とりあえず合評会までは二週間ほどある。その二週間、言ってみれば俺は「モテる男は辛いよ」というような贅沢な悩みに浸れるのだから、浸れるだけ浸ってみようと思った。

数日後、喫茶サリエリでキャッチボール企画のシナリオを書きながら俺が考えていることは、ここで一気に三浦佐知に乗り換えられない俺は、やっぱり菅井が言うようにチャンスを逃す臆病な性格なのだろうが、だが誰と付き合おうが、いつかはグダグダになるときは来るのだろうし、十年付き合ってこの程度のグダグダ感であればやはりユキさんとの相性はいいと言えるのではないだろうか、だからこのままユキさんと付き合えるなら付き合ったほうがいいのではないか。いやでもいっぱしのクリエイターになるには、深い恋愛の三つや四つ経験しておくべきではないか。とかそんなことばかりだった。そしてその合間に、あまり筆の進まないキャッチボール企画のシナリオをなんとか書き進めていた。崎田さんから二日に一度くらい「調子どう？」という催促をもらいながら、ようやくエンドマークをつけたのは合評会の三日前だった。

「ううーん、これ、大山は書いてみてどうだったの？」

崎田さんは貧乏ゆすりをしながら腕組みをすると顔をしかめて言った。

キャッチボール企画のシナリオを書きあげたことを連絡すると、崎田さんは居ても立ってもいられなかったのか、翌日の朝に阿佐ヶ谷までやって来た。

今はまだ十時にもなっていないが、崎田さんは中杉通り沿いのデニーズでキャッチボール企画の修正稿を読み終わり、そして第一声にそう言ったのだ。

「書いてみてどうだった？」と言われれば、崎田さんとしては面白くなかったということなのだろうが、でも書かせておいて、なおかつその判断を書き手に委ねるその言葉は卑怯だと思う。

卑怯だとは思うが、「まずは読んだ人から感想を言ってくださいよ」と正論で返せないのは、自分もそのシナリオがダメだと分かっているからだ。

「うーん、書いてみて……どうですかねえ」と俺も崎田さんと同じように腕組みをした。そしてしばし悩んでから、「ちょっと苦戦しましたかねえ」と言った。

「でしょ！　苦戦したでしょ！」

崎田さんは我が意を得たりという顔で返した。

俺はカチンときた。ダメなのは分かっているんだよ、そんなしたり顔で言われなくても。ここからどうするか、たまには具体案を言ってくれよと俺は心の中で悪態をついた。

「もうなんか……ちょっとドン詰まっちゃって」

悪態とは反対に俺は弱気な言葉を口に出した。

「うーん……」

崎田さんの貧乏ゆすりのスピードが速くなる。

三浦佐知のことに頭の大半がいっていたとはいえ、この企画をこれ以上どうしていいのか分からないことも事実だ。そのことを伝えれば、俺以外に頼めるライターのいない崎田さんも困るだろう。俺がギブアップすれば、イコール崎田さんもこの企画をギブアップせざるを得ない。そのことを分かっていながら俺はそんな言い方をした。崎田さんに意地悪をしたのだ。

「大山としてはもう書けない？」

腕組みをほどき、コーヒーをすすると崎田さんは言った。

「え……？」

その崎田さんの言葉は俺にとって意外な言葉だった。きっと崎田さんは「なんとか頑張って書いてよ」というようなことを言ってくると思っていたのだ。

「うーん……」

俺は答えに窮してしまった。正直に言うとキャッチボール企画に関してはもう書けないような気はする。パクリから離れる努力をしていただけだが、その無意味な努力は想像以上に消耗もした。だがここで「もう書けない」と言えば、俺は脚本を書く機会を逃すことになる。俺がギブアップして、崎田さんが他の書き手を必死に探してそこで成立してしまうようなことがあれば、あまりにもったいない。そんなさもしい根性が働き、俺は「……もう少し頑張ってみます」と答えた。

「ほんと⁉」

崎田さんは嬉しそうに大きな声を出し、「俺、大山なら絶対に書けると思うよ！」とおそらくはなんの根拠もなく言った。


それから二日間、俺はキャッチボール企画のことはほとんどなにも考えず、三浦佐知とどうするのかということばかり考え続け、合評会の日を迎えてしまった。

俺が出した結論は「とりあえず三浦佐知の出方を見る」というものだった。結論でもなんでもないどころか、結論を先延ばしにしただけだ。

電車に乗って大学に向かいながら、俺は今日これからの流れをなんとなくシミュレーションしてみた。

上映会は十時から始まる。まずは竹本たちが指導しているB班の作品が先に上映される。俺と崎田さんが指導したA班の監督三浦佐知とB班の監督が昨日ジャンケンをして、勝ったB班の監督が先の上映を選んだと崎田さんから聞いていた。きっと三浦佐知は緊張してB班の作品などまったく頭に入ってこないだろう。

俺は十時十五分前には大学に着く。到着してから上映まであと十五分というのが、震えた子ウサギのように緊張しているであろう三浦佐知に一言なにか気分の軽くなるような言葉をかけられるか、かけられないか微妙な時間だ。三十分前に着けば声をかけられる時間は十分にあるのだが、そうしなかったのは、ああいう別れ方をしたあとで初めての顔合わせだからなんだか照れ臭かったのと、あとは多分、少しでも三浦佐知との関係で俺のほうが上にいたいというマウントポジションを取りのためだ。三十分も前に行けば、居ても立ってもいられなかったのがバレバレになってしまう。だから多分ではなく完全にそうだ。

おそらく俺は上映が終わるまで三浦佐知と話すことはないだろう。上映とその後の合評会が終われば今日は昼間から打ち上げの予定なのだが、その打ち上げ会場に行くまできっと互いに距離を測りあいながら行動するという流れになるはずだ。それはそれで悪くないような気もするというか、なんならそういうエアイチャイチャとでも言うようなまどろこしいものは大好きなので、想像すると自然に顔がほころんでしまった。

上映会の会場になっている大ホールと呼ばれる教室の前に着くと、学生たちがたむろしている。皆一様にテンションが上がっているようで、普段よりもおしゃべりの声が大きい。

俺は瞬時に視線を周囲に走らせたが、見たところ三浦佐知の姿はなかった。

「はよーございまー」

背後から声が聞こえて振り返ると美樹が欠伸をしながらいた。

「あ、おはよう」

「どうすか？」と聞きながら美樹はもう一度欠伸をした。

「え、なにが？」

「なにがって」と美樹は苦笑しながら「いろいろっすよ」と言った。

「いや別に……。眠そうだね」

「昨日、佐知と朝まで飲んでたんで」

「朝まで⁉」

「はい。緊張するって言うからあ、あの子」

「ああ、そう」と俺はできるだけ平静を装った。

「フン」

美樹はそんな俺のセコい演技を見抜いたのか鼻で笑うと学生たちの輪の中に入っていった。

結局三浦佐知が現れたのは、B班の作品の上映が始まる三分ほど前で、もう学生たちはみんな座っている中、髪の毛を振り乱して汗をかきながらやって来た。

「サチー、こっち来いよ」

美樹が呼ぶと、三浦佐知は頭を低くして美樹のほうへ行った。昨晩は緊張していたようだが、遅刻間際で恥ずかしそうな笑みを浮かべながら着席する三浦佐知の様子からは、俺が想像していた震える子ウサギのような緊張感はまったく見られなかった。自分ならそうなってしまうというだけのことだったのだろう。

教授陣も集まり、すぐにB班の上映が始まる。自分のことを誰も理解してくれないということを描いているであろうB班の作品は、上映時間わずか十五分とは思えないほど長く苦痛の時間だった。終わると十分の休憩をはさんで俺たちA班の三浦佐知監督作品の上映だ。

三浦佐知は、席から立つこともなく美樹となにやら話している。後方の席に座っている俺からは三浦佐知の背中だけが見える。いったい今、二人はなにを話しているのだろうか。俺と目を合わせないのは、上映前でそれどころじゃないからか、それとも恋の駆け引きだろうか。いやそれはないだろう。三浦佐知はそんな姑息な駆け引きをするタイプではないと思うし、まして自作の上映前にそんな駆け引きをしようなどという思いは微塵もないだろう。そう思ってしまう俺が、そんな状況でも駆け引きをしてしまうタイプだ。

結局三浦佐知は一度もこちらを振り返ることなく、映画の上映が始まった。

女子高生と母親との確執を描いた三浦佐知の作品は素直で飾り気のないものだった。どこから探してきたのか、主演の、おそらくは三浦佐知をモデルとした役を演じた子がいつしか本当の三浦佐知に見えてくる。演出のテクニックとかそういうことは俺も正直まだよく分からないが、そういったもの以前に映画に全身全霊で真摯に取り組めるかどうかというのがもっとも重要な才能なのではないかと思う。そしてそれが俺自身にもっとも足りていないような気がしているのだが、三浦佐知の作品はまずそこをクリアしているように思えた。つまり今までなにをしていようが自分の人生を真剣に生きてきた証のようなものが滲み出ているような気がした。

上映が終わると、拍手が起きた。B班のときも起きたが、明らかにそれとは質の異なる拍手であることが音で分かる。プロの作品でもそうだが、スタッフや関係者しか見ない初号試写のとき、上映が終わると必ず拍手が起こる。その拍手の音で、その作品に対して本当はどう思ったかというものが分かる。本物の拍手の音と偽物の拍手の音は誰でも簡単に見分けられるが、三浦佐知の作品への拍手は本物の拍手だった。

B班の作品に足りなかったものは、キャラクターやストーリーの面白さなどではなく、作品への姿勢だ。ぶつけたいテーマへの情熱は同じ熱量だったとしても、作っていくうえで、映画の中のキャラクター同様に、作り手が「どうせ俺のことなんて分かってくれない」とたぶん拗ねてしまったのではないかと思われるような、投げやりというと言い過ぎかもしれないが、作品への愛を途中で失ってしまったのではないかと思った。

後の講評ではそんなことを言おうかなと考えていると、いつの間にかB班の指導監督である竹本が三浦佐知の横にいるのが目に飛び込んできた。

三浦佐知は充実感に溢れたような笑顔を浮かべながら、なにやら竹本と話している。三浦佐知の横にいる美樹も頬杖つきながら嬉しそうな笑顔を浮かべている。きっと竹本がなにかいい感想でも伝えているのだろう。俺もなにか伝えたいと思いながらも、完全に出鼻を挫かれた。

その後の合評会でも三浦佐知の作品は概ね好評だった。逆にB班の作品は批判の嵐に晒された。崎田さんが先陣を切ってその作品をボロカスに貶《けな》した。「作品への愛がない」「映画をなめている」「人間に興味があるとは思えない」云々かんぬんと。

シナリオ選考のときや撮影のときには野次馬を決め込んでいた学生までもが批判には加わるものだから、俺は擁護の一つでもしたくなり、なにか言おうかと考えていたが、擁護にたったのはB班の指導監督の竹本だった。

「まあ、よく頑張ってたけど、途中で心が折れちゃったかな。でも、それもいい思い出というかね、折れても次に頑張ればいいだけなんだよ。折れっぱなしでやめちゃう人もいるけどな、それじゃもったいないからな。俺だって自主映画の最初の三本は完成にこぎつけられなかったから、これなんか完成してるだけたいしたもんだよ。大切なのは次。そして簡単には挫けないことです。頑張った人も頑張れなかった人も、人生はこれからだからね。次、頑張ろう」

そう言われてB班の監督とスタッフ数人が泣き出した。それどころかB班だけでなく崎田さんと俺の率いるA班でも涙ぐんでいる学生がいた。三浦佐知は、まっすぐ前を向いていて背中しか見えないが、そのいつもより背筋の伸びた背中から、食い入るように竹本の言葉を聞いている様子がヒシヒシと伝わってくる。確かに竹本の言葉はそのまんま自分が言いたかったと思うほどカッコいいものだった。学生たちの心を鷲づかみにするには十分だろう。なんなら俺も勇気づけられてしまった。特に「簡単には挫けぬこと」という珍しくもない言葉が悔しいが沁みてしまった。

竹本が昨晩からこのコメントを考えていたのではないかと邪推してしまうが、B班の作品の出来を知っていたのだからあながちその邪推は外れてはいないのではないか。いや、竹本クラスの監督が学生相手に前もってコメントを考えるわけがないだろう、俺ではないのだから。などとグルグルと考えていると、「大山さんはどうでしたか？」と教授陣の一人から突如指名された。学生たちが一気に俺のほうに振りむいた。心の準備を一切していなかった俺は思いっきり動揺してしまった。

「うん、いやまぁ……なんですかね。今、竹本さんが言ったことと大体同じなんですけどね……やっぱりこうなんていうか、簡単には挫けないってことがね、ほんと大事だと思います」

学生たちも教授たちも当然次の言葉がまだ続くと思って俺のほうを見ている。三浦佐知も見ていた。頭の中が完全に真っ白になったしまった俺は空白の十五秒を経て、ようやく次の言葉を口から出した。

「……僕なんかもうほんと、挫けっぱなしの人生なので。ハハ。あ、以上です」

穴があったら入りたかった。いや穴を掘ってでも入りたかった。


打ち上げ会場に向かう学生たちの表情はみんな明るかった。合評会が終わり、大きな荷物が肩から下りたのと、明日から夏休みに入るからだろう。

三浦佐知も美樹や仲間たちとケラケラと笑いながら歩いている。崎田さんも旅行に行く予定を話している学生たちと、まるで自分もその旅行に行くかのように楽しそうに話している。竹本は数人の学生に囲まれながら、合評会の続きのような話をしている。気がつくと、俺はポツンと一人で歩いていた。一人であることを三浦佐知に悟られないように、俺は学生たちの集団の後方をそっと歩いた。

昼間から貸し切りにしてくれた居酒屋の座敷で始まった打ち上げでも、俺は隅に追いやられ、いや自ら隅に行き、話をしたこともない学生たちと話していた。というか彼らの話をずっと聞いていた。彼らは俺などまったく興味もないのだろうが、話を振ってくることもなく撮影中の思い出話に花を咲かせている。このまま無為な時間がいつまで過ぎていくのかと思っていると、ふいに美樹がレモンサワーを片手に俺の横へやって来た。

「なに、一人で黄昏てんすか」

「え……なに」

「孤独ぶってても佐知は来ないっすよ」

相変わらず核心をついてくる美樹に俺は苦笑を返すことしかできない。

「で、どうなってんすか。佐知とは」

「いや別にどうもなってないよ」

「来たんでしょ、大山さんのとこに会いに」

「え、なんで知ってんの？」

「だって私、言ったから佐知に。大山さんと会って、はっきりしろって言っちゃったこと。そういうの黙ってられないし。そしたらあいつ、すげぇ怒っちゃって。自分から言うって」

「……」

「で、どうしたんすか？」

「え、なにが？」

「だから佐知が来たんでしょ。話進まないなぁ」

「別に……。なにもないけどね」

美樹は苦笑して、「やっぱなぁ。絶対はっきりさせないと思った」と言った。そしてしばし沈黙した後、言った。

「佐知のどこがいいんすか？」

「え……」

「いや分かりますけど。いいとこたくさんあるし、こないだ大山さんの前で佐知の魅力を力説したの私なんで。でも大山さんは佐知のどこが好きなんすか？」

俺は答えに窮してしまった。「三浦佐知のほうから俺に好意を寄せてきてくれたとこ」とは恥ずかしくてとても言えない。だがユキさんにしろ三浦佐知にしろ、積極的に好意を寄せてきてくれる人に俺は弱い。常に受け身の人生だからだ。女性を好きになったことは何度もあるが、自分から告白したことは一度もない。

美樹はまた黙ってしまった。いつもならここで畳みかけてくるように俺を責め立てるのに、今日はなんだか調子が狂う。

「……告白しないほうがいいと思う」

美樹が小さな声でボソッと言った。

「え？」

美樹の小さな声は聞こえたのだが、その意味が瞬時に理解できず俺は間抜けな一文字をだけを口から出した。

「振られるよ」

美樹は、今度ははっきりと言った。

俺はなにも言えなかった。ただ心臓がバクバクしていた。

「あー、二人でなに話してるんですかー！」

そう言ってやってきたのは三浦佐知だった。

「いや……」

俺はいつものなにかを誤魔化すための笑顔を作った。

「うんこしてくる」

美樹はそう言うと、立ち上がって行ってしまった。

「うんこってイチイチ言わなくていいから。あ、お疲れ様です！」と三浦佐知は俺にジョッキを差し出した。俺は「お疲れ様」と答えて自分のぬるくなった中ジョッキを三浦佐知のジョッキにチンとあてた。

「どうでした？　ぶっちゃけ」

「え、なにが？」

「なにがって、あたしの作品に決まってるじゃないですか！」

笑いながら言う三浦佐知はずいぶん酔っているようで、顔が真っ赤だ。よほど解放感と充実感に包まれているのだろう。

「いや……良かったよ」

「ほんとですかぁ」と言う三浦佐知の身体はかなりグニャグニャしている。

「うん。ほんとに」

「まぁ……いいですけどね。もう終わったし」

三浦佐知は足を前に伸ばして壁に寄り掛かると、目を閉じた。そしてフゥと息をついた。その表情は笑っているようにも見える。やがて小さな寝息が聞こえてきた。

「え、寝てるの？」

返答はない。

俺は三浦佐知が手にしているビールのジョッキを取ると、目の前のテーブルに置いた。

「いいよ、別にビールなんかこぼれても」

三浦佐知は目を閉じて壁に寄り掛かったまま言った。

「いや濡れちゃうから」

「フン。ほんとつまんない」

「え……」

三浦佐知が俺の肩に頭を寄せかけた。

「お前がはっきりしないからだ……」

そう言うと、三浦佐知の頭はずるずると俺の肩から滑り落ちていき、そのまま座敷の畳に三浦佐知は寝そべる形になった。

「大丈夫？　だいぶ酔ってる？」

そう聞いても、もう彼女からは寝息しか聞こえなかった。


目覚めると、朝の五時だった。周囲にはあまりなじみのない数人の学生と崎田さんが寝ていた。三浦佐知や美樹の姿はすでにない。すでに帰ってしまったようだ。

最後に記憶があるのが三時半くらいだ。寝てしまった三浦佐知がいつか目を覚まさないものかと俺は待っていた。至近距離で三浦佐知が寝ているのでまったく眠気は襲ってこなかったのだが、話す相手もいないので、俺は壁に寄り掛かって目を閉じていた。そして三浦佐知に言われた「お前がはっきりしないからだ……」という言葉を考えているうちに夢うつつとなり、今を迎えたのだ。

崎田さんを起こすのも面倒だったので俺はそのまま居酒屋を出た。料金はきっと誰かがなんとかするのだろう。

店の外に出ると、朝の五時過ぎだというのにもう気温は三十度近くあるのではと思うくらい暑かった。駅に向かって歩きだすとすぐにジワリと汗が出てくる。ほぼ徹夜のような状態でこの朝陽を浴びるのがとてつもなく不快だった。

クーラーの効いた電車に乗ると涼しくて気持ち良かった。そしてすぐに三浦佐知のことが頭をよぎる。

二週間前、鷺ノ宮の駅で、どんなに贔屓目に見ても三浦佐知は俺に告白する寸前だったはずだ。そこを踏みとどまり、「合評会には来ますか？」と分かりきっていることを聞いてきた。今日、俺に告白するつもりだったのは明白だが、告白はなく「お前がはっきりしないからだ……」と言う意味深な言葉だけ残して寝てしまった。あなたがはっきりさせてくれるはずじゃなかったのか？　逆に俺はそんなふうに思いながら、稲川邸に帰り着いたのが朝の七時だった。菅井も蒔田も多田さんもまだ寝ている。

とりあえず俺は缶ビールを一本飲んだ。徹夜明けで飲めばこのまま寝てしまえるだろう。何時に目覚めるのか分からないが、目覚めたころには三浦佐知からなんらかの連絡があるかも知れない。いやきっとあるはずだ。

「昨日はごめんなさい。私、酔っぱらっちゃって肝心な話ができませんでした。明日とかお会いできませんか？」

そんなメールが来ているに違いない。多分来るだろう。きっと来るはずだ。果報は寝て待てとばかりに俺は少しワクワクした気分で眠りに落ちた。

目が覚めたのはわずか一時間後だった。枕元に置いていたケータイがブルッと鳴ったような気がしてパッと目が覚めたのだ。すぐにケータイに手を伸ばしたが、空耳だったのか誰からもメールは来ていなかった。

まだ八時過ぎだからきっと三浦佐知も寝ているだろう。もうひと眠りしようと思い目を閉じたが、もう眠れなくなってしまった。

十時過ぎに蒔田が映画を観に行くと言って出かけ、昼前に菅井がバイトに出かけて行った。多田さんは相変わらずまだ寝ている。そして三浦佐知から連絡はない。こうなってくると美樹に言われた「振られるよ」と言う言葉が心に重くのしかかってくる。徹夜明けで一時間しか寝ていないというのにまったく眠れなくなってしまった。

なにか難しい映画でも見ていれば眠れるかもしれないと思い、『去年マリエンバートで』のレーザーディスクを再生してみたが、何度見ても頭に入ってこないこの映画は今もやっぱり頭に入ってこないし、一向に眠くもならない。ひたすらにケータイを手に取ったり置いたりを繰り返し、たまに三浦佐知の電話番号を出したり、過去の着信履歴を見たりしながら過ごしているうちに夕方になり、普段は行くことのない銭湯に行って時間をつぶしてみたが、銭湯から出てもまだ三浦佐知からの連絡はなかった。そのうち映画を三本観たという蒔田が帰宅し、夜中の十二時前に菅井も帰宅した。俺はひたすら悶々としながら三浦佐知からの連絡を待っていたが、結局この日は連絡がなかった。

翌日も同じように悶々と過ごしていたが、昼を過ぎると俺は悶々ではなくイライラし始めた。いったいこれはどうなっているのだろうか。かつてセックスフレンドだったリカにもまったく意味不明に去られたが、三浦佐知の心の中でどんな心境の変化があったというのだろうか。美樹の「振られるよ」の言葉がまた頭をグルグルと回りだす。もうこれ以上、この状態は耐えられない。俺から三浦佐知に連絡するしかないだろう。だが電話をしてなにをどう話せばいいのか分からない。

「あ、すみません二週間前に鷺ノ宮の駅前で言おうとしていたこと教えて」なんてカッコ悪すぎて言えるはずもない。だがとにかく話さないことには次には進めない。

そのとき、俺のケータイが鳴った。心臓が破裂しそうになった。

瞬時に汗ばんだ手でケータイを取ると、崎田さんからだった。俺は心の底からがっかりしたが、電話に出た。

「あ、もしもし」

「おお、どうしてるの？」

相変わらずなんの前置きもなく崎田さんは切り込んでくる。

「いやまぁ……脚本考えたりしてました」と俺は嘘をついた。

「ほんと⁉　どんな感じ⁉」と崎田さんは嬉しそうに言った。

「ちょっとまだ苦戦はしてますけど、でも絶対抜けれらますから」

「期待してます！」

崎田さんはそう言うと、先日の打ち上げで目が覚めたのが七時で、残っていた学生たちと近くのファミレスに行って昼過ぎまで飲みなおしてから、そのあとにまた居酒屋に行って盛り上がったという話をしだした。

俺は崎田さんの話の途中で外に出て缶ビールを買った。たいして飲めもしない缶ビールが四本空になったころ、ようやく崎田さんの話が終わり電話を切った。

四本の缶ビールと、崎田さんの能天気な話しっぷりに勢いをもらった俺は、そのまま三浦佐知の番号を出すとなにも考えずに発信ボタンを押した。なにかを考えると手が止まりそうだった。死ぬのではないかというくらい心臓がバクバクしている。バクバクバクバクさせながら、俺は三十回くらい呼び出し音を聞いた。三浦佐知は留守番電話の設定をしていないのか、呼び出し音はいつまでも鳴り続けた。普段の俺ならばこんなに長く呼び出し音を聞く度胸はない。でも今はヤケクソな気分になっていた。

いつしか呼び出し音を数えるのはやめた。もう多すぎて数えられなくなっていた。おそらく電話をかけてから五分以上はたっているだろう。

「……もしもし」

三浦佐知が突然電話に出た。

「あ、もしもし……」

「はい……」

「はいってなんだよ、はいって」と俺は心の中で言った。

この様子だと、三浦佐知は俺からの着信に気づいていたのに、電話に出なかったのだろう。あまりのしつこさにケータイを手に取ったに違いない。でも、まぁいい。いつもの俺ならここで心が折れてしまうのだが、今はなにも考えるな。考えたら止まるぞと言い聞かせた。酒の力もあって今は腹がくくれていた。三浦佐知と付き合うにはここで告白する以外はない。

「あの……ね」

腹はくくれていたが、それでも弱気が顔を出してきてしまう。

「はい」

俺は深呼吸を一発入れた。三浦佐知に聞こえるように。

「俺と……付き合ってくれないかな」

人生初の告白は、童貞でなくなったときのように、特別な感慨はなく、日常と地続きのままなんとなく終わった。

三浦佐知は黙っていた。かなり長い時間黙っていたように思う。

そして言った。

「お返事、夏休みが終わるまで待ってもらえませんか」

今度は俺が黙った。

やはり三浦佐知の心境になんらかの変化があったのだ。先日まで俺への恋心をダダ洩れ状態にしていたのに、女心と山の天気は変わりやすいというやつか。俺は二週間前に鷺ノ宮の駅での出来事を心底後悔した。あのとき手までつないできてくれた三浦佐知とやはりホテルに行っておくべきだった。最低でもキスくらいはしておくべきだった。

「いいよ……。分かった」

「すみません」

「いや……あやまることじゃ……」

「じゃあ……」

三浦佐知はそっけなく電話を切ってしまった。

そのまま俺は、間髪入れずに美樹に電話をかけた。もう気が気じゃなかった。

美樹はすぐに電話に出た。

「あーい」

「あ、大山ですけど」

「知ってるよ。名前出るし」

「……」

「なんすか？」

「……」

「振られた？」

「振られてないよ」

「あ、そうなんだ」

「……なんなの？」

「なにが？」

「三浦さん……こないだとぜんぜん感じ違うから」

「なんて言われたんすか？　てゆーか告ったんすか？」

「うん……」

少し間ができてから、「……で？」と美樹が言った。向こうで美樹が生唾を飲みこんだような音が聞こえた。

「夏休みが終わるまで待ってほしいって」

そう言うと、美樹はまた黙り込んだ。

「もしもし？」

「はい」

「なんで黙ってんの？　なんか知ってる？」

「待つしかないんじゃないすか」

「……まぁ……だよね」

「そんじゃあ……」

「いやちょっと」

「なんすか」

と聞かれてもこれ以上、俺も話すことはなかった。

「いや……じゃあ」

そう言うと、ぷつりと電話は切れた。

13

目が覚めたら、すでに昼過ぎだった。夏休みに入ってから——と言っても俺は学生ではなく単なる実習要員の非常勤講師だから夏休みでもなんでもないし、実習も終わったからもう大学とは無関係なのだが——ほとんど昼過ぎに起きている。三浦佐知に告白してからまだ一週間だから夏休みに入ってまだ一週間しかたっていないのだが、なにもする気が起きない。

ほとんど無意識に食べ、排泄し、オナニーをし、明け方まで多田さんの部屋でだらだらとこれもほとんど無意識に酒を飲みながら二人でビデオを見てようやく寝床に入る怠惰な生活だ。

「お前らといると俺まで鬱になるわ!」

そう言って菅井は俺と蒔田の部屋に移り、俺が入れ替わりで多田さんと菅井の部屋に移った。多田さんはピタリと壁にくっつくようにしてまだ眠っている。確かにこのままだと多田さんの鬱に引き込まれそうだ。

冷蔵庫から水を出して飲みながら隣の部屋を覗くと、バイトに行っている菅井の姿はすでになく、蒔田が机に向かってなにか書いている。

「なに書いてんの？」

「履歴書」

「……決まったの？　次の行き先」

「目星はついた」

「どこ？」

「石垣島か与論島のホテル」

次は南に行くと言っていた蒔田はそれを実行しようとしている。新人賞応募の結果は出ていないとはいえ、千五百枚もの小説を書き、書き終わればどこかのリゾートへバイトに行く蒔田のブレない生き方が俺は相変わらず心底羨ましい。

「いつから？」

「まだ分かんないけど、受かればすぐかもな」

また三人暮らしに戻るのかと思うと少し寂しいが、蒔田にはそんな寂しさは微塵もなさそうだ。

腹が減ったので、なにか家にあるもので朝飯でも作ろうかと思ったが、冷蔵庫の中には生卵が一個と賞味期限を半年以上過ぎた納豆があるだけだ。カップラーメンならいくつかあるが、寝起きにそんなものを食べていては本当に鬱になりそうだったので、仕方なく米を炊いて、賞味期限を半年過ぎたその納豆と生卵を混ぜて飯にぶっかけて食った。納豆はネバネバを欠いてサラサラしていたが、味わうこともせず飲み込むように食べた。

さて今日はどうするか。本来ならばキャッチボール企画の台本を書かねばならないが、どうにもその気が起きない。机に向かったところで、考えるのは三浦佐知のことか、三浦佐知に振られた場合、ユキさんと寄りは戻せるのだろうかとかそんなことばかりだ。と、思った先からやはりそんなことばかりぼんやりと思っていると、崎田さんから電話がかかってきた。キャッチボール企画の催促なことは分かっているが、俺は電話に出た。

「もしもし」

「あ、もしもし。今、なにしてんの？」

相変わらずの質問を崎田さんはぶつけてくる。

「いや……キャッチボール企画の台本やってました」と俺は嘘をついた。

「あ、そう。今日、時間ある？　ちょっと会えない？」

早口でやや不機嫌そうな調子で、ぶしつけ極まりなく崎田さんは言った。

「いやまだ書けてないんですけど」

「台本のことじゃなくてちょっと相談あるんだけど」

「なんすか？」

「うーん……会ってからでいい？　阿佐ヶ谷行くよ。三時でいい？」

崎田さんは一方的に決めると電話を切ってしまった。

台本のこと以外で俺に相談なんてあるのだろうか。いつになく不機嫌そうな崎田さんの声に俺はなにか少し嫌な予感がした。もしかしたら崎田さんの両親のどちらかが亡くなって、実家に戻らなければならないというような不測の事態でも起きたのだろうか。

嫌な予感はするが、今日一日、なにをして時間をつぶせばいいのか考えずにはすむなと思った。

「よう！」

阿佐ヶ谷駅の改札から出てきた崎田さんは俺を見るといつもの満面の笑みで手をあげた。なんだか先ほどの電話とはまったく様子が違う。

「どうしようか！　どこ行く!?」

ワクワクしたように崎田さんは言った。

「どうしましょうか？　喫茶店でも行きます？」

「いやー、飲みたい。飲まなきゃやってらんないよ！」

崎田さんは飲むと決めていたのだろう。昼間からやっている居酒屋へ向かってさっさと歩き出した。

「で、なんなんすか？」

瓶ビールを崎田さんに注ぎながら俺は聞いた。

「なにってさぁ、そんな簡単に言えないですよ」

崎田さんはビールを一気に飲み干した。ほんとにいったいなんなのだ。電話では不機嫌そうな声で会うとテンションが高くて、今はずっとニヤニヤしている。意味不明なテンションに俺はなんだかムカついてきてどうでもいいやと思った。

「大山はなに、結局ユキちゃんだっけ？　元カノとはどうなってんの？」

「え、いきなりなんすか？」

ちょっとムカッとしているところにいきなりユキさんとのことを聞かれて俺はさらにムカッとした声を出してしまった。

「どうなったんかなと思って」

「別にどうもなってないすよ」

「え、じゃあ佐知とは？」

「は？　いや別にそっちとも」

三浦佐知との現状は崎田さんには言わないことにした。というか詳しく知りもしないくせに聞いてくるのが腹が立つ。

「そうかぁ〜〜。うーん」などと言いながらも崎田さんの顔はニヤけっぱなしだ。

これはもしや！　いやまさか……。崎田さんに彼女ができたのか!?　この妙に上機嫌な感じはそうとしか思えない。いや、だがそんな気配は微塵もなかった。

「え、なんすか。まさか彼女とかできたんすか？」

「お、鋭いねえ！」

「え、マジですか!?」

俺は思わず大きな声が出てしまった。

「いやいや違う違う。できてない、できてない！　いや俺さぁ……もう美樹に告白しちゃおうかと思ってさぁ」

「はぁ？」

一気に拍子抜けした。

「もうなんかじれったいしさぁ。だってどうせバレバレなんでしょ、俺が美樹に気があるの」

「まあバレバレですけど……」

「だったらもう告白するしかないじゃん。俺が告白しなきゃこの状況どうにもならないって昨日の夜、突然思ったんですよ！　そしたらもういてもたってもいられなくなってさ、今日、こうして大山に電話したわけですよ」

さっきまでイラついていた気持ちが一気に柔らかくなっていく。

「俺に電話してどうするんすか？」

「大山に話して勢いつけようと思ってさ」

いかにも崎田さんらしい、まったく意味のないこの行動がおかしくてたまらないし、そういうときに俺と会いたくなるという気持ちも嬉しかった。

「じゃ、今日、告白するんすか？」

「だからそれをどうしようかと思ってさぁ！」と崎田さんは嬉しそうに言う。

「しましょうよ」とほとんど勝手に口から言葉が出てきた。その言葉には驚くほどなんの責任感もともなっていないのが自分でも分かった。

「え、マジで⁉」

「だってもう告白するって決めてんすよね。じゃいいじゃないすか、今日で。ていうかそのために来たんすよね？」

畳みかけるように俺は崎田さんに言った。

「いやー、そこまでは考えてないっていうか、今日とは思ってなかったけどね」

「じゃあなんのためにここまで来たんすか？」

「だから大山に話すためだよ」

「俺に話すためだけじゃ意味ないっすよ。このまま帰ったら決心鈍っちゃいますよ」

「やっぱそう⁉　そうだよね！　でも、そんな中学生みたいなことやっていいの⁉　友達と一緒に告白するとかさぁ！」

「いいんじゃないすか。大人になってそれをやるから面白いんじゃないすか」

もう完全に適当だった。崎田さんが告白するのを本当に見たいかと心に問うと、たいして見たくもない。それにきっと崎田さんは振られるだろう。なのになぜ俺はけしかけているのか、自分でもよく分からない。こういうことを俺に話してくれる崎田さんという友達のような関係の先輩がいることは嬉しいのに、なぜかその嬉しさと反対のことをしているようにしか思えない。

「そうかぁ。大山にそう言われると、そうしなきゃいけないような気がしてきたよ。ムフーッ」

崎田さんは大きな鼻息を吐きながら言った。もしかしたら、俺は崎田さんが振られるのを分かって、それを肴に飲みたいだけなのかもしれない。今の自分の現状から目をそらすには、崎田さんの恋話はかっこうの肴だ。

「え、でも告白って電話でいいかな？」

「電話しかないじゃないすか。呼び出しても今からここまで来ないですよ」

「俺が美樹の家の最寄り駅まで行くとかね」

それはついて行くのが面倒だったので、「いいすよ、電話で」と俺はまた適当に言った。

「大山はどう思う？　成功すると思う？」

「いや分かんないっすよ、こればかりは」と俺は成功することはないと思っているのに言った。

「そうだよねえ。いやでもこれだけ仲いいしね、俺と美樹。振られることはないと思うけどねえ」

「まあ、慕われてますよね」

「ますよねえ！　そうなんだよ、あいつ俺のこと慕ってんだよ！」

ケータイを両手でこすりながら崎田さんは言う。振られるなんて微塵も思っていなさそうだ。

「よ〜し、じゃあ電話しちゃおうか！」

崎田さんはジョッキのビールを飲み干した。

「しちゃいましょう、しちゃいましょう」

言いながら、俺はこの期に及んで、きっとこれから振られる崎田さんがかわいそうになってきた。

「ほんとにするよ。いいの？」

「いいっすよ、ほんとにしてください！」

「よし……」

崎田さんは、また大きな鼻息を一発吐きだすと、美樹に電話をかけた。その瞬間、崎田さんの顔は強張り、今までに見たことのないような真剣なというか、緊張しきった顔つきに変わった。

「……出ないね」

真剣な顔のまま崎田さんは言った。そして三分ほど待ってから電話を切った。

「ハハハ。出ないよ」

「そのうちかかってくるんじゃないすか」

「来た！　あ、もしもし！」

崎田さんはすっくと立ち上がると、「うん、あのちょっと……話があるんだけど。え？　なに？　声が変？　変じゃないでしょ！」などと言いながら店から出ていった。

なんだか俺はとてつもなく申し訳ないような気持ちになってきた。崎田さんは真剣だ。人の真剣な恋心を現実逃避の道具に使うなんて最低だ。でももう遅い。こうなったら崎田さんの告白が成功してくれればいいなと願ったが、そのイメージは丸っきり湧かない。

一分後、崎田さんが厳しい表情で戻ってきた。そしてまた大きな鼻息を吐きだすと「ダメだった」と怒ったように言った。

「え、マジですか」

なんとなく俺はそう聞き返した。

「マジだよ、マジ」

「……そうですか」

「……」

しばし崎田さんはムッとしたような顔をして無言で飲み続けた。このムッとしたような顔がなにを意味するのか俺は測りかねた。まさか振られるなど微塵も思っておらず、振られたことで腹が立っているのだろうか。

「すみません、生もう一杯」と崎田さんはようやく声を出して、注文した。

「あ、ごめん、生じゃなくて瓶ビールある？　サッポロ」

店員さんがアサヒかキリンしかないと言うと、崎田さんは「え、なんで！　ぜんぜんダメじゃんそれ！」と八つ当たり気味に言った。

「すみません」と気の良さそうな男性の店員さんが謝ると、崎田さんは「じゃ、いいよ、アサヒで」と不機嫌そうに言った。そして腕組みをすると、しかめていた顔をさらにしかめて、「いやー、まさか振られるとは思わなかったね」と言った。

「え、どういう意味ですか？」

「どういう意味もこういう意味もないよ。今まで俺にあんな態度でさぁ、絶対気があると思ったけどね」

「いや……まあでもしょうがないですよ」

「しょうがないけど……納得できないなあ。でも納得するしかないよね」と崎田さんはしきりに首をひねっている。

「でもまあ、ストーカーとかなるわけにはいかないし」

ユキさんの最寄り駅で待ち伏せするなどストーカー気質のある俺は自分のことを棚にあげて言った。

「そんなもんならないけどさぁ……いやでもなんだろうね。完全に勘違いするよね。勘違いする方が悪いんだろうけどさ。もうこれで学校行きづらいよね、九月から」

「いつからでしたっけ？　二学期。ていうか後期っていうんでしたっけ？」

「九月十日。普通の大学よりちょっと早いから」

「あ、そうなんすね」

大学に行っていない俺はその辺の事情に詳しくない。考えてみれば崎田さんはこう見えて一応、法政大学を中退しているのだった。俺には学歴コンプレックスがある上に、なんとなく大学出に思われてしまうのではないだろうかという妙な、というか醜い自意識がある。そんな部分を三浦佐知が知ったらどう思うだろうか。ユキさんはいつぞや酔っぱらって自分のそんな部分を話したら「アハハ。バーカ」と笑ってくれた。

それにしても九月十日と聞いて、ふとなにかが引っ掛かったような気がするのだが、それがなにか分からない。いずれにせよ、三浦佐知からの返事を聞くまであと一月ほどある。

「あーあ、後期から大学行きづらいよ。間抜けだよね、ほんと」

「まあ……そうですね」と言うかしかなかった。

珍しく、崎田さんはその日、ずっと黙って飲み続け、二軒目は一人で行くと言って阿佐ヶ谷のディープな飲み屋街のほうへと消えていった。俺は一人で稲川邸に帰りながら、この夏休みをどうやり過ごせばいいだろうかと考えていた。

稲川邸に戻ると、ちょうど隣の部屋の蛍原が帰宅したところだった。久しぶりに姿を見せた蛍原は、仕事帰りなのかスーツ姿だ。俺は女性のスーツ姿は大好きなのだが、蛍原はサイズの小さいスーツを着ているのかパツンパツンでなんだかハムのようだ。

「どうも……」

一応挨拶をすると、蛍原は相変わらずの不機嫌そうなムスッとした顔をチラッとこちらに向けただけで、部屋に入ってしまった。

毎年お盆に鳥取の実家に帰省するのだが、今年はやめた。金があまりないというのもあるが、帰省する気分になれなかった。向こうに戻れば中学や高校時代のツレと遊んだりもするが、年々彼らと顔を合わせて近況報告をするのが辛くなってもきていた。彼らの大半は結婚し、子供も育て、なんとなく世間一般で言うところの大人のように生きているが、俺には報告するような近況もない。取り残されていくような気分になるのだ。

崎田さんとのキャッチボール企画を書くでもなく、俺は毎日を稲川邸とその周辺でやりすごした。とにかく夏休みがあけて九月十日に三浦佐知から審判がくだされるまでは息だけしてすごしていてもいいやと決め、実際そうしていた。美樹に振られて落ち込んでいるのか、崎田さんからシナリオの催促もない。どころかあの日以来、連絡も途絶えている。

八月も残り一週間を切ったころ、蒔田の次の行き先が決まり、俺たちは送別会代わりの「マキシム会」を開くことにした。

蒔田は与論島か石垣島に行くと言っていたが、次の行き先は石垣島のホテルになったとのことだった。期間は九月から半年ほどらしい。当たり前だが石垣島のホテルは夏でなくてもオープンしていて、蒔田に言わせるとシーズンオフのほうが静かに過ごせるとのことだ。

「いつ出ていくの？」と俺は蒔田に聞いた。

「九月十日。十五日から仕事だから、それまで沖縄とどっかの島の観光でもするよ」

九月十日と聞いて俺はまたなにかが心に引っ掛かったような気がした。

「寂しくなるなぁ」

多田さんがすき焼きの肉をぼそぼそと食べながら言った。

「ぜんぜん寂しくねえよ！　せいせいするよ！」

菅井は額に汗を浮かべて肉をムシャムシャと食べなら言った。

「ま、むこうでなにか中篇くらいのものが一つ書けりゃいいけどな。さすがに千五百枚はもうしんどいわ」

蒔田も肉を食べながら言った。

それから俺たちはしばらくほとんど無言で肉をつついた。こうして蒔田の送別会をするのは何度目になるのか分からないが、やはり少ししんみりとしてしまう。

「俺もどっか行こうかなぁ」と多田さんが言った。

「え、リゾートバイト？」俺は聞いた。

「うん、まあなんでもいいけどね」

「行ったほうがいいよ。多田さん、東京にいてもしょうがないんだから。なんにもしねえし」と菅井が言った。

「そうなんだよ。俺、なんにもしてないんだよねえ。一週間のうち、五日くらいは寝てると思わない？」

「寝てるねえ」と蒔田が言った。

「どうせどっかに行ってもなんにもしないけどね。ていうか絶対どこにも行かずにここで寝てるね。それが多田さんだから」と菅井が言った。

「その通り」

多田さんはニコニコして言った。蒔田の送別会を兼ねた「マキシム会」は、そんないつもと変わらない、なんの実りもない会話をダラダラと続けて終わった。


九月に入って一週間たっても三浦佐知からは連絡がない。何度かこちらから電話をかけそうになったが、連絡がないということは気持ちが俺にないということの証拠だし、もしかしたらギリギリまで悩むのかもしれない。毎日心の中ではそんな思考がグルグルと回っていた。

ケータイが近くにあると、気になって仕方がないので、多田さんの部屋でビデオを見ているときは、台所に置いておいた。ビデオを見ながらも、三浦佐知からの着信に大きく期待を膨らませているのだが、三浦佐知はおろか誰からも、崎田さんからも着信はない。

マナーモードにしているのも落ち着かないので、音出しにして台所にケータイを置いたままにして、多田さんの部屋で『ガバリン』を見ていた九月八日の夜、久しぶりに俺のケータイは鳴った。もとより耳だけは隣の台所のケータイに思いっきり集中しているから、俺はワンコール目が鳴った瞬間に気づき、文字通り台所に飛び込んだ。明後日には出発する蒔田が荷造りをしている横で、俺のケータイが光っている。

着信画面を見ると、やはり三浦佐知からだった。

心臓は張り裂けそうだったが、俺はケータイを持つと、トイレに飛び込んだ。

「もしもし」

「あ、もしもし。三浦です」

「あ、うん」

「あの、明日お会いできますか？」

三浦佐知は電話の向こうで妙にテキパキと話した。

「あ、うん。だ、大丈夫」

俺はその三浦佐知のテキパキさにやや気圧された。

「阿佐ヶ谷に行きます」

「いや、新宿とかでもいいけど」

「いいです。阿佐ヶ谷で」

「あ、じゃあ……うん」

「何時ごろ、ご都合いいですか？」

「何時でもいいけど」

「じゃあ、二時とかに改札でもいいですか？」

「うん」

そこで初めて会話に沈黙がおとずれた。

今日はテキパキと話していた三浦佐知が、初めて少しだけ言葉に詰まった。

「じゃあ……明日」

「うん。じゃあ」

電話は切れた。三浦佐知の歯切れの良さが気になった。結論を一カ月以上待たせておいてのあのような話し方というのが、どんな結論を用意している人間の話し方なのか判断がつきかねた。それでも連絡がきたということが、毎日ただただ電話を待っているときよりも断然心を楽にはさせてくれた。


その晩は妙な夢を見た。いや妙ではなく、苦しい夢を見た。ハゲ坊主のタコ入道のような人と俺が、雲の上で酒を飲んでいた。そのハゲタコ入道は一升瓶を片手に笑っているようで目の奥は笑っていない鋭い目つきで俺を見つめていた。とにかく俺は居心地が悪かった。早くその場を去りたかったのに、なぜか正座してハゲタコ入道の前に座っているのだ。結局ハゲタコ入道は俺になにを言うでもなくずっと酒を飲み続けていただけだった。

目が覚めるとびっしょりと寝汗をかいていた。三浦佐知との出口のなかなか見えない状況がこんな夢を見させたのかもしれないが、それにしてもあんなハゲタコ入道になって出てこなくてもいいだろう。

起き上がると、蒔田が荷造りをしていた。蒔田は明日には出て行くのだ。

「なんかうなされてたぞ」と蒔田が言った。

「変な夢見た」

それには蒔田は興味がないのか特には答えずに荷造りを続けている。時間はすでに十一時前だ。三浦佐知と会うまであと三時間ほどある。

隣の部屋では多田さんがまだ寝ているが、菅井の姿はなかった。

とりあえず、俺は三浦佐知に会う前に身体をリフレッシュしておきたく、風呂を沸かした。

一時間ほどたっぷりとつかって汗をかいて風呂から出ると、蒔田の荷造りは終わっており、部屋の片隅に大きなリュックだけがあった。

ようやく起き上がってきた多田さんがボケッとビデオを見ている。

「蒔田は？」俺は多田さんに聞いた。

「図書館に行ったよ。明日出発だから全部返しとくって。今日さぁ、蒔田の送別会かねて『マキシム会』やろうよ」

「え、先週やったばっかじゃん。あいつの行き先が決まって」

「まあそうだけどさ。最後の夜だしさ」

「別にいいけど……俺、もしかしたら夜に予定入るかもだけど」

三浦佐知との会談がどうなるのか分からないが、流れによっては夜に帰ってこられない可能性もあるだろう。前に鷺ノ宮の駅で別れたときのように、三浦佐知が手をつないできてくれたりしたらもう恥をかかせるわけにはいかない。

「なんだよ。なんかあんの？　菅井に肉買ってきてってメールはしといたんだけど」

「いやまだちょっと分からないけどね」

もしも振られるという結論になっても、その後に「マキシム会」が控えていれば少しは気も紛れるだろうと思った。

一時を過ぎて、待ち合わせまで一時間を切ると、俺はとてつもなく緊張してきた。緊張しながらもいろんなパターンをシミュレーションした。

もしも三浦佐知がＯＫしてくれたら、やはりそれはそれで付き合うのは大変だろう。なにせ竹本とシナリオを作っているのだ。嫉妬に狂う毎日が待ち受けているのは目に見えている。その毎日に耐えられるだろうか。だが振られたら振られたで、それもとてつもなく苦しい。ユキさんのことが心の片隅にあれど、三浦佐知に対する恋心はもう本物だ。彼女との結婚生活までリアルに想像できるのだ。きっと絵に描いたような良い妻、良い母親になりそうな気がする。ダメなときはしっかりと叱ってくれて、俺になにか幸福がふりかかれば俺と同等かそれ以上に喜んでくれる。

我ながら古臭く男に都合のいい女性像だと思いつつも、結局心のどこかで、いやど真ん中で俺はそういう女性を欲しているのだろう。ユキさんに対しても同様の想像がつくのだ。

そんなことを想像していると、ついでに夫婦になったあとの性生活までをも想像してしまい（いつも三浦佐知が上になっている）思わずニヤけていると、ケータイが鳴った。三浦佐知からだった。やらしいことを想像していた最中だったので、心臓が口から飛び出るほど驚いた。

「もしもし」

「あ、もしもしすみません！　あの、待ち合わせの場所、変えてもらってもいいですか？」

「え？」

「新宿でもいいですか？　すみません！　スバルビル前でもいいですか？」

「いいけど……」

「じゃあ、スバルビルの下にある喫茶店に二時で大丈夫ですか？」

「いいよ」

スバルビル前はロケに行く撮影隊の集合場所になっている場所だ。なぜそんな場所を指定してくるのか分からなかったが、三浦佐知はなにか急いでいるような様子で電話を切ってしまい事情は聞けなかった。あんな場所ではもしかしたら知っている人に会ってしまう可能性もあるからよく考えれば新宿の別の場所にしてもらえばよかったと思いつつ、スバルビル前に二時だともう出なければ間に合わないので俺はすぐに稲川邸を出た。

先ほどの三浦佐知との性生活のバカな夢想はとっくに吹っ飛んでいた。中央線に乗って新宿に向かいながらなぜスバルビル前の待ち合わせなのかを考えていた。どう考えてもその理由は分からないのだが、この重要な局面に待ち合わせの場所を突然変更されるというのはもう負け戦に向かっているような気分になってしまい、どんどん気持ちが落ち込んできた。落ち込んでいきつつも、心のどこかに期待感があるからだろうが、新宿についてスバルビルに向かって歩いていると、すさまじい緊張感に包まれてきて、心臓は壊れてしまいそうにドクンドクンと音をたてて高鳴り、口の中は乾ききっていた。

スバルビル前には案の定、何台かのロケバスやらハイエースが停まっていて、撮影隊のスタッフらしき人たちが立ち話などしている。その人たちからコソコソと隠れるように、俺は地下にある喫茶店に入っていった。

「あ、大山さん！」

奥の席に一人で座っていた三浦佐知は大きな声で手を振りながら呼びかけてきた。この喫茶店はロケやロケハンに行く前のスタッフたちがお茶をしていることも多いので、あまり大きな声で呼んでほしくないが、三浦佐知の様子はなんだかとても元気だ。まるで俺と二、三日ぶりに会うような感じで、これから重要な話をする緊張感のようなものがまったく感じられず、俺も思わず「久しぶり」と普通に笑って三浦佐知の前に座った。

「すみません、突然場所変えてもらって」

「いや、ぜんぜん大丈夫。どうしたの？　いきなりこんな場所」

「これからロケハンなんです」

「ロケハン⁉」

俺はついつい大きな声で聞き返してしまった。

「はい。竹本さんに紹介してもらった組なんですけど」

「え、なにそれ？」

瞬時にはそれがどういうことなのか分からなかった。

三浦佐知がなぜこれからロケハンに出発するのか？　しかもここから出発するのはプロばかりだ。いや、たまに自主映画の連中がプロの気分を味わうためにここから出発することもあるが（俺も卒業制作のロケでここから出発した）、それにしてもどういうことなのかさっぱり分からない。しかも竹本から紹介された組とはどういうことだろう。とりあえず、ビニール人形から空気が抜けるようにプシューッと音をたててテンションが下がっていくのだけは感じた。

「すみません、それでここにしてもらっちゃって。私、ロケハンが明日って勘違いしてたんです」

そんなことはどうでもいいし、聞きたいことではない。だが言葉が出てこない。俺が黙っていると三浦佐知がさらに言葉を続けた。

「私、大学辞めたんです」

「え、辞めたって……」

「中退したんです」

「マジで⁉」

思わず店内に響き渡るような大きな声を出してしまった。

「マジです」

三浦佐知はニコニコとした満面の笑みで答えた。

「い……いつ？」

「夏休み中に。実習終わった頃からなんとなく考えてたんですけど」

「そうなんだ……」

「はい」

それからなぜか俺と三浦佐知は少し沈黙した。

「それで……どうするの？」

俺から口を開いた。

「やっぱりスクリプターでやってみようかなって。私、監督とか脚本の才能ないって分かったから」

「こないだの実習で……？」

「はい」

三浦佐知に監督や脚本の才能があるのかどうか俺は分からないし、今はそんなことどうでもいい。きっと俺は、これから三浦佐知に振られるだろう。九九％の確率で。だがこれから人を振る人間がこんなにも明るく振る舞えるものだろうかとも思うから、もしかしたら俺は振られないかもしれないと一％ほどは思っている。

「でも……なにも中退まですることないんじゃないの？」

「私、すぐにでも働きたいと思って。この世界で」

三浦佐知の言う「この世界」に俺はいない。

「すっごい考えたんですけど……竹本さんにもたくさん相談して」

「あ、そう……なんだ」

その相談相手が俺じゃなく竹本だというのがもう決定的だろう。

「大山さん」

三浦佐知は背筋を伸ばして改まった様子で俺を見つめた。その強い目線に俺の目はついつい泳いでしまう。ついにその瞬間が来たのだ。

「私、そういう事情なので大山さんと付き合えない」

三浦佐知は、俺の目を見つめてきっぱりと言った。

「……うん」

俺は小さな声で返事をした。そう返事をするしかないだろう。

「ごめんなさい」

三浦佐知は頭を下げた。

「あ、いや……別にそんな……あやまることじゃ……」

俺は俯いてしまった。三浦佐知の顔を見ることができない。聞きたいことは山ほどある。いや山ほどじゃない。竹本とのことだけだ。シナリオを作りながら竹本に大学を辞める相談をしていたということは、二人の仲はどうなっているのか？　俺を振って竹本に走るのか。聞きたいが聞けない。「そうです」と言われるのが怖い。

また俺たちは無言になってしまった。チラッと三浦佐知の顔を見ると、下唇を嚙みしめているように見えた。なにか言いたいことがあるのに、グッと我慢しているように見えた。

「美樹ちゃんや崎田さんは知ってるの？　大学を辞めること」

俺はどうでもいいことを聞いた。

「まだ大山さんにしか言ってないです。美樹、怒るかも」

「相談しなかったんだ」

「はい。絶対止められると思って」

「……竹本監督は……なんて言ったの？」

「俺も中退してるし、いいんじゃないって。なんか軽い感じで笑ってました」と三浦佐知も笑って言った。

「そのくせ、ほんとに辞めたって言ったら、『ええ!?』ってびっくりしちゃって、それで今回の現場紹介してもらったんです。スクリプター見習いで」

「そうなんだ……」

俺が相談を受けていたら、きっと特に意味もなく「もう三年生なんだし、卒業だけしとけば」と言っただろう。それに辞めたと言われても紹介できる現場もない。

もうこれで三浦佐知とは終わりなのか。こんなにあっけなくていいのだろうか。

俺と三浦佐知は今日、三度目の沈黙に支配された。

これで終わりにしたらダメだ。終わりにしたら、俺の人生はいつも言いたいことを言えないで終わる人生になってしまう。三浦佐知だってほとんどなくなったアイスコーヒーに口をつけたりして黙っている。もしかしたらなにか俺からの言葉を待っているのかもしれない。

「俺たち……絶対無理かな？」

俺は勇気を振り絞ってその言葉を言った。

「無理……です」

三浦佐知は俯いて答えた。

「ほんとにごめんなさい」

再び謝ると、三浦佐知は口を固く閉じて俯いた。その姿はやはり何かを言いたそうだが、必死に堪えているよう見える。きっと俺のこともたくさん考えてくれたんだろうと思った。潔く諦めるべきだ。だが気持ちとは裏腹な言葉出てきた。

「お願い。俺と付き合ってほしい」

三浦佐知は驚いたような顔を俺に向けた。

「お願いします……」

三浦佐知はまだ驚いたような顔で俺を見つめている。惨めだった。惨めついでに俺はまた口を開いた。

「お願い……お願いします……」

「……ごめんなさい」

「お願いします……」

「無理……だから」

三浦佐知は少しだけ気持ちの悪いものでも見るかのように顔をしかめて言った。

俺の口から、もう言葉は出てこなかった。

「あたし、行きます。もう集合時間になっちゃうんで。ごめんなさい、こんなところまで呼び出して。すみませんでした」

俺は俯いたままだ。

「大山さん……頑張ってくださいね。竹本さん、大山さんのこと才能あるのにもったいないって言ってました」

そう言われても俺は俯いていた。大きなお世話のような気がしたが、少し嬉しかった。でも、やっぱりこんなときに言われても嬉しくなかったし、結果がなにも出ていないのだから、結果を出している竹本に言われるのは恥ずかしかった。

三浦佐知を追いかけたい。こんなとき、俺の好きなタイプの映画では主人公がみっともなく追いかけるはずだ。でも、俺はできない。竹本の名前を出されて余計にそれができなくなった。ここで追いかけてすがりついても、俺は三浦佐知といる限りずっと竹本の名前に苦しめられる。

三浦佐知がテーブルに小銭を置く手が見えた。「じゃあ……失礼します」という声とともに、その手が視界から消えた。テーブルの上に置かれた五百円玉一枚と百円玉二枚を俺は見つめ続けた。

どのくらいその小銭を見つめ続けていたのかは分からないが、こういう場合、少なくとも十分以上は見続けなければならないのではないかと、頭の中はそんなくだらないことしか考えられないほどにショックで、この先の人生をどのように歩いていけばいいのかと混乱していると、ふと背後から「大山ぁ！」と声が聞こえた。

振り返ると、そこにいたのは武山さんだった。いつだったか神宮球場で大学野球を見ていたときにばったり会って以来だ。

「なにしてんの？　ロケハン？」

言いながら武山さんはさっきまで三浦佐知が座っていた場所にドカッと座った。

「……いや、さっきまで打ち合わせしてて。武山さんはロケハンすか？」

「そうだよ。地獄の白澤組。死ぬよ多分」

そう言いながらも武山さんは嬉しそうだ。この人はそういう地獄のような現場でこそ嬉々として動き回る人だ。

武山さんは今回の白澤組の台本がいかに面白いか、だがそのためにどんなに大変な撮影になりそうかということをものすごい勢いで話し始めたが、俺はほとんど聞いていなかった。

「じゃあ、行くわ」と一方的に話した武山さんは立ち上がると、ふとまた座って、「そう言えばあれどうなったの？　崎田さんとやってたキャッチボールのやつ」。

「ああ……。まだシコシコ書いてますよ。なかなか進まないっす」

そういえば、武山さんから高校野球の幻のバックホームのネタを聞いてそれを脚本にも取り込んでいたのだ。

「武山さんから教えてもらった鹿児島実業のセンターのバックホームの話も取り入れてますよ」

「ああ、森元な。あの人、そのあとプロゴルファーとか目指してたんだよ」

火がついてしまった武山さんは、それから高校野球の話をしばらくおっぱじめた。俺はやはり聞いてなかった。

「あ、そうだ。大山もこれ読んでよ。なんならホン書いてくれない？」

武山さんは資料でパンパンに膨れ上がっているカバンから一冊の本を取り出した。その本は『モンゴル野球青春記』というタイトルだった。

「俺の大学の後輩がモンゴルに野球教えに行っててさぁ、こんな本書きやがったんだよ。すげえいいんだよ。これ、映画にすると絶対いいよ。大山、野球好きじゃん。書いてよ。あげるからそれ」

「はぁ……いや、買いますよ」

「いいよ。あと三十冊くらいあるから。会うたびにいろんなプロデューサーに渡して布教活動してんだけど、誰も興味持ってくれねえんだよな」

ガハハと笑いながら武山さんは言ったが、そりゃそうだろう。モンゴルに行くだけでどれだけ金がかかるか分かったもんじゃないし、おいそれとやれるものではないだろう。

「じゃあ、行くわ。絶対面白いからその本。一緒にモンゴル行こうぜ。行きたいだろ？」

武山さんは俺の返答も聞かずに店から出ていった。モンゴルがどんなところなのか、ほとんど想像もつかなかった。

「あ、大山ぁ！」

店の入り口のところで武山さんが大きな声を出した。

振り向くと、「そいや今日、命日だなあ！　俺、朝から『台風クラブ』見ちゃったよ！　やっぱよく分からんわ、あれ」と言って、またガハハと笑うと出ていった。

「あ……」

俺は思わず声に出してしまった。そう言えば今日は九月九日だった。今日がなんの日か、それすらも俺は忘れていた。そんな自分に激しくがっかりした。だが命日すらも忘れていることが、あの人と俺の関係をよく表しているような気もした。昨晩の夢に出てきたハゲタコ入道はきっとあの人だったのだ。無言のハゲタコ入道は、笑っていない目の奥から「お前、それでいいの？」と問いかけていたに違いない。

大学の夏休みが終わる九月十日という日付が妙に気になっていたのはきっとこのせいだったのだ。

喫茶店を出ると、俺は夢遊病者のように地上に出た。そこにはまだロケバスがたくさん停まっていて、武山さんが一台のロケバスに乗り込んでいくのが見えた。そしてそのバスの近くで三浦佐知がいろんな人に挨拶をしていた。武山さんにも挨拶している。武山さんが三浦佐知に「女の子のほうが根性あるんだよな。最近の若い兄ちゃんはすぐ逃げちゃうよ！」と笑いながら言っているのが聞こえる。「頑張ります！」と三浦佐知も笑顔を返している。

三浦佐知はいきなり白澤組に見習いとしてつくらしい。厳しいだろうがきっと三浦佐知なら耐えきって、そこから人間関係をどんどん広げていくことだろう。

三浦佐知がバスに乗り込むと、白澤組のロケバスは出発した。


稲川邸に戻ると、多田さんも『台風クラブ』を見ていた。

「そいや一周忌だったたねえ。あれか。今晩は一周忌の集まりとかあるの？　だったら『マキシム会』なんか気にすることないよ。蒔田も気にしないだろうから」

「いや……別になんにもないからいいよ。今晩は盛大にやろうよ」

今晩、あの人の一周忌で集いのようなものがあるのかどうかは知らない。だがきっとあるだろう。あったとしても、俺のところに連絡が来ることはないだろう。俺があの人のそばにいたことなど誰も知らないのだ。

俺はその足で銀行に行った。残高は六万円ほどある。この金額で今月末まで過ごさねばならないが、思い切り使ってしまおうと思った。蒔田の「送別マキシム会」用にバカ高い肉を買って、三浦佐知のこともあの人の一周忌ということも忘れてしまおうと思った。忘れるには全財産を使うことが必須だと思ったが、俺は二万円だけ口座に残してしまった。なにかあったときのためというよりただケチくさいだけだ。二万円というハンパな金額がいかにも俺らしい。

それでも四万円分の牛肉を買い込んで、夜は蒔田も菅井も含めて四人ですき焼きを囲んだ。

蒔田の送別会なのに、俺はずっと三浦佐知のことを話し続けた。「女子大生に恋をして振られた俺を笑ってくれよ。ほんとは好きなのに、竹本の息がかかってると思うと追っかけることもできなかった俺を笑ってくれよ。そうでもして俺をこの状況に酔わせてくれよ」などと言いながら、俺はそんな状況にじゅうぶんに酔い、弱い酒にも珍しく酔った。自分の話だけをし続けるのはみっともないとは分かっていたが、どうにも止まらなかった。

蒔田は黙って酒を飲み、多田さんは少し困ったような顔をして酒を飲んでいた。菅井だけがブツブツと俺に文句を言ってくる。

「つまんねえわ、お前。ほんとつまんねえ」

「分かってんだよバカ野郎。俺はつまんねえよ。つまんねえからこんなとこでお前らと燻ってんだよ」

「いや。違うな。今のお前のつまらなさは違う。こんなところで燻ってるつまらなさ以上につまんねえ。人の送別会でテメェの面白くもなんともない失恋話に酔えるってのはモノづくりをする資格がねえくらいつまんねえ」

その言葉に俺はカチンときた。分かっていることを指摘されると、人間カチンとくるものだ。

「お前の笑いだってクソつまんねえだろ」

俺は菅井に言った。

「知ってるよ、バカ野郎。俺よりつまんねえやつなんてそうはいねえよ。でも、今のお前よりはマシ。今のお前、ただのサムいやつって言うんだよ。分かってんだろ自分で」

いつもの逆ギレギャグじゃない菅井の言葉が突き刺さる。

「逃げまくってるお前に言われたくねえよ」

「あ？」

「お前はここで燻ってるだけじゃねえだろ。オーディションもろくに受けずに逃げまくってるだけじゃねえか。燻ってるほうがまだマシだわ」

いつぞや菅井が後輩のライブで前説だけをしたときもこんな言い合いをした記憶がある。

「おいおい、やめようよ、蒔田の最後の夜なんだから」と多田さんが言った。

その蒔田は少し微笑を浮かべて、「別にいいよ、いつものことだし」と言った。

俺の口は止まらなかった。

「お前、逃げるだけならもうやめちまえよ」

菅井は俺を睨みつけてしばし黙っていたが、「もうやめてるよ」と言った。

「なんにもしてねえんだからやめてるんだよ俺は」

「……なんだそれ」

「だからもうやめてんだよお笑いなんか」

場が静まり返った。

「え、どういうこと？」

多田さんが言った。

「どういうこともこういうことも、そういうことだよ」と菅井は答えた。

また場が静まった。

「ま、実際ずっとやめてるようなもんだったしな」と蒔田が言った。

「そうだよ、やめてもやめてなくても変わんねえよ！　同じだよ！　バカ、違うだろう、そこは！」

菅井がいつものキレギャグをようやく見せた。

やめる。菅井はほんとうにやめたのか。俺にもいつかはそういう日が来るのだろうか。いや俺だってもうやめているようなものだ。サラリーマンみたいに会社に辞表を出す必要がないからはっきりしていないだけだ。やめたと誰かに言う勇気もないし、やめないと言う勇気もない。中途半端なこのぬるま湯にもつかっていたくないけれど、なにをどうしていいのか分からない。

「やめて……どうすんだよ」

俺は菅井に聞いた。

「知らねえよ」

「でも……お前より才能のないやつらでも平気で続けてんじゃん。もったいないだろ……」

菅井にやめてほしくなかった。俺を置いて楽なほうへ行ってほしくなかった。やめることが楽なのかどうかは知らないが、続ける苦しさの中に菅井もいてほしい。つまりは道連れがほしい。

「別にもったいなくねえよ俺なんか。お前もやめちまえよ。お前より才能ないやつが脚本書いて撮ってるじゃねえか。お前、向いてないんだよ」

向いてないという言葉はとてもしっくりきた。そうかもしれない。自分が今後、映画の世界で生きていけるイメージがまったくつかめない。

「俺、お前のこと面白い人間だと思うけどな、でもお前も俺も向いてないよ。向いてないから勇気が出せないんだよ。あ、多田さんも向いてねえな」

「え、俺も？」

「当たり前じゃん！　なに言ってんだよ！　怒るぞ！」

菅井がまたギャグで怒った。

「確かにお前らは勇気がなさすぎるよな」

蒔田が微笑を浮かべながら言った。

「バカ野郎。お前は勇気があるのかどうか知らねえけど、才能はないじゃねえか！」

菅井が言った。

「それも確かに。たぶん、俺たちはダメだよ。誰も世に出ないと思うぜ」

蒔田は平然とそう言う。

確かに俺たちは誰も世に出ないだろう。それだけはなんとなく分かる。俺と菅井は勇気がない。蒔田には才能がない。多田さんには……やる気がない。でも菅井にはやめる勇気があった。蒔田は書き続ける勇気がある。多田さんにはこれでいいやと思える勇気がある。俺にはどの勇気もない。

「どうしようか……俺たち」

俺はつぶやいた。

「どうしようもねえよ！　ていうか『たち』ってなんだよ『たち』って。俺らをお前と一緒にすんな！」

菅井が怒ると、多田さんも蒔田も苦笑した。

　その日の夜中、俺は酒の力を借りて久しぶりにユキさんに電話をした。三浦佐知に振られた今、ユキさんと寄りを戻さなければ生きていけないと思ったからだ。かなり酔っていたせいと、もうどうにでもなれというヤケクソな気分だったから、良いことではないがほとんど躊躇することなく電話をかけることができた。

　呼び出し音が十数回鳴り続け、留守電につながった。ユキさんは気づいて電話に出てくれないのか、着信に気づかなかったのか分からないが、もう一度かけ直すのはなんとなく良くないと思い、俺は留守電にメッセージを吹き込んだ。

「あ、もしもし……。俺です。電話してしまってごめんなさい。今日……あの人の……命日で……いや命日だからなんだって話かもしれないけど……いろいろ思うこともあって……電話してしまいました……」

　ユキさんは、俺があの人の弟子になるとき、背中を押してくれた。あの人の弟子になることは、俺がそれまでの人生の中で唯一といっていい勇気を出した決断だった。ユキさんの後押しがなければ俺は弟子になっていなかっただろう。あの人から離れるときも、あの人が死んだときも、ユキさんは俺のことを心配してくれた。あの人が死んだとき、俺はこころの片隅でホッとしていたことは言わずにユキさんに甘えた。あの人との関係をあることないこと話して泣いてみたりもした。

あの人の命日をダシに使えば、ユキさんに電話をしてもいいんじゃないかと俺は考えたのだ。ユキさんも電話に出てくれるのではないかと思ったのだ。

「それで……約束……。ユキさん、覚えてないかもしれないけど……俺が三十歳になる誕生日……っていうかホントはユキさんだけの誕生日で俺も同じ日ってウソついちゃっただけだけど、十一月十一日……俺がウソの三十歳になるその日……二人が付き合ってても別れててもディズニーランドで会おうって言ってた約束……覚えてますか？」

そこまで吹き込んだところで、間もなく電話が切れてしまうという信号音が鳴ったので俺は慌てて続きの言葉を吹き込んだ。

「俺、待ってるから。その日、ディズニーランドで待ってるから」

プツッとそこで電話は切れてしまった。＃を押してないがメッセージは吹き込まれたのだろうか。気になるが、もう一度電話をかけることはやめたほうがいいと思った。

14

「じゃあ、またな」

翌朝、蒔田はそう言うと七時過ぎに大きなリュックを背負って出て行った。

「おお。またな」

布団の中から俺は返事をした。蒔田の顔は見なかった。昨晩のこともあり、照れ臭かったからだ。

蒔田の出発のしかたは、いつもの蒔田の出発のしかたと同じで、実にさっぱりとしたものだった。そしていつものように、数日もすれば蒔田のいない生活になれてしまうのだ。

まだ寝ている菅井と多田さんは、蒔田がバタンとドアを閉めて出ていっても起きなかった。俺もそのまま寝続けた。

九月はほとんどなにもする気が起きず、そんなふうに寝て過ごしていたが、秋もチラホラと近づいてきた十月あたりになって、ようやく俺はキャッチボール企画に再び着手しはじめた。

崎田さんからもあまり連絡は来なくなってしまった。諦められたのか、それとも美樹に振られたことで落ち込んでいるのか、はたまた大学の授業が始まっているからなのか、それともしばらく静観しようとしているのか理由は分からない。

とにかく俺は、三浦佐知のことを忘れるためと、十一月にユキさんに会って（まだ会えるかどうかも分からないのに）、きちんと寄りを戻してもらうには、全力でキャッチボール企画に没入するしかないと思った。

いつもはそんなことが動機では、とうていシナリオに没入することなどできないのだが、なぜか今回は没入できた。

朝九時くらいからサリエリに行き、昼食も取らずに夕方までぶっ続けで書いた。夕食も軽いサンドイッチやコンビニのおにぎりになり、髭を剃るのも面倒になり、風呂に入るときと、睡眠の時間だけがシナリオから離れられた。いや寝ているときも考えていた。こういうときはシナリオを考えている夢を見るようになるのだ。そして実際、夢の中で思いついたことを書くこともあるから、寝ているときもシナリオを考えるための貴重な時間だった。

十月の終わりに長いプロットを脱稿したときは、体重が四キロほど落ちていた。

脱稿した日、俺は多田さんと菅井を誘って近所の定食屋へ行った。

なんとなく気分が高揚していて、一人ではいたくなかったのだ。

「頑張ってたよね、最近」

多田さんが瓶ビールを注ぎながら言ってくれたときは嬉しかった。

菅井はそういうことは言わないが、いつものようにキレ言葉で茶化してもこないところを見ると、多田さんと同じように思っているのかもしれない。そう思うとやっぱり嬉しかった。

明日、読み直してから崎田さんに送ろうと思っていたその夜、美樹から電話がかかってきた。

着信画面の美樹の名前を見て、いったいどうしたのだろうかと俺は思った。もしかしたら、崎田さんにしつこく付きまとわれていてその相談の電話かもしれない。じゅうぶんあり得ると思い、俺は電話に出た。

「もしもし」

「あ、もしもし前田美樹ですけど」

「うん」

「なにしてんですか、今」

「今？　別になにもしてないけど」

「なにもしてないんすか？」

「うん。飯食って帰ってきたところ」

俺がそう言うと、美樹は電話の向こうでしばし黙った。

「もしもし？」

沈黙が長いので、もしかしたらこれは三浦佐知がらみのことかもしれないという考えが頭に浮かんできた。すると急に心臓もドキドキしてきた。

「明日、会えません？」

ようやく美樹は言った。

「いいけど……なに？」

「会ってから話します。阿佐ヶ谷行きます。二時くらいでもいいすか？」

「うん、いいけど」

「じゃ、行きます」

美樹は一方的に電話を切ってしまった。

やっぱりこれは三浦佐知がらみのことなのではないだろうか。俺を振った手前、自分から電話をかけてこられず、美樹に頼んだのではないか。用件はもちろん、「考えなおしたんですけど……」というものだ。久しぶりに前向きな気持ちになると、その夜はぐっすりと眠れた。

翌日、二時ちょうどに美樹は阿佐ヶ谷駅の改札から出てきた。

「どこ、行きます？」

美樹は秋物のコートのポケットに両手を突っ込んだまま俺の前につかつかと歩いてくると言った。

「どこでもいいけど……。その辺の喫茶店に入る？」

「入るしかないですよね。大山さんの家でもいいけど」

「いやうちは……まあどっか行こうか」

相変わらずの美樹のテンションに一瞬ひるみそうになったが、俺は彼女を連れて近場の喫茶店へ行った。

「どうしたの？　いきなり」

コーヒーにミルクを入れてかきまぜながら俺は聞いた。心の中では三浦佐知からなにかことづけられている用件を期待しているが、美樹はトマトジュースを飲みながらなかなか口を開かない。

「振られたんでしょ、大山さん。美樹に」

ようやく口を開いた美樹は言った。

俺は苦笑して、「ああ、まあ……」と答えるしかない。

「聞いたの？　三浦さんから」

「別に佐知が言ったんじゃないけど、あたしが聞きだした」

「学校もやめちゃったんでしょ、三浦さん」

「うん。現場で元気にやってるみたいだけど」

美樹はそう言うとまた黙ってしまった。

俺も黙っていると、美樹は残りのトマトジュースを一気に飲み干して言った。

「大山さん、私と付き合いません？」

「は？」

あまりの予想外の言葉に、俺は思わず間抜けな声を出してしまった。

美樹はじっと俺の顔を見つめている。その視線が強すぎて俺は目をそらした。

「付き合ってください。私、大山さんのこと好きになっちゃった。なんでか分からないけど。ぜんぜん好みじゃないのに。ていうか、むしろ嫌いなタイプなのに」

しばし返事もできずに黙っていたが、ようやく俺は「いやでも……」と煮え切らない言葉を発した。

「ダメならダメでいいけど」

「ダメっていうか……」

「なに？　なんか予想通り過ぎな反応なんだけど」

「え、なにが……？」

「そういうグダグダしてるとこ」

「いやだって……崎田さん……」

「関係ないじゃん、崎田さんは」

美樹はずっと俺から目をそらさない。

「そうだけど……」

「しかも知ってるし、崎田さん。私が大山さんのこと好きなこと」

「え、マジで⁉」

「うん。あたしが教えたから」

「なんて……？　崎田さん」

「大山さんとまったく同じ反応。『え、マジで⁉』って。その後、ずっと無言」

俺は黙ってちびちびとコーヒーを飲み続けるしかなかった。

「ちなみに佐知にも言った。大山さんに告ってていいかって」

三浦佐知の反応を聞きたかったが、どう聞いていいのか分からない。

「あたしに断ることじゃないじゃんって言ったから、今日来たんだけど、あたし、こういう返事って、即答以外ないと思ってるから、すぐ返事聞きたい。でも大山さん、そうとうびっくりしたと思うから、一時間考える時間あげる。散歩してくるから考えてよ」

美樹は立ち上がると、喫茶店から出ていった。

美樹の言葉通り、まったく予想外の展開に俺はそうとうびっくりしていた。

どうすればいいのか？　美樹と付き合うということがどういうことなのかあまりピンとこない。

足りない脳みそがグルグルと回り、俺はいろんなことを考えた。

俺と美樹が付き合うことになったら三浦佐知はどんなふうに思うのか？　もうなにも思わない

のか？　美樹と二人でいる感じもあまりピンとこない。ましてどんなセックスになるのかなんて想像もつかない。いや、そんなことは付き合っていくうちにどうにでもなるものかもしれないが、それでも現段階ではキスすることすらも想像つかない。だがあそこまでストレートに好きだと言われると、胸がキュンとせずにはいられなかった。美樹は顔もかわいいし、あのさっぱりした性格だって魅力だ。もしかしたら俺のように優柔不断でウジウジしている男には、ああいう女性が合うのかもしれない。

そんなことを思っていると、ようやくというのか、ふとというのか崎田さんのことに考えがいきついた。

美樹と付き合えば、崎田さんとどんな関係になるだろうか。

「こうなっちゃいました」という一言で、崎田さんとなら今まで通りの関係でいられそうな気もするが、意外と深く傷つくかもしれない。

崎田さんと美樹、どちらとの関係を大切にすべきか、俺は天秤にかけた。崎田さんは、先輩としても友人としても大切な人だが（ときに同類過ぎてムカつきはするが）、天秤にかけていると、崎田さんのために美樹を振るのも、とてももったいないような気がしてきた。

来月、ユキさんに会いにディズニーランドへ行くつもりだが、ユキさんが来てくれるかどうかは分からない。

三浦佐知に振られ、あの人の命日でもあった九月九日、ユキさんの留守電にディズニーランドで待っていますというメッセージは残したが、折り返しはなにもない。普通で考えればユキさんとのことは絶望的と言わざるを得ないが、ユキさんと俺の付き合っていたころの関係を考えると、もしかしたら俺を甘やかさないために無視しているともわずかにだが考えられる。無視した上で、それに耐えきった俺をディズニーランドで迎えてやろうくらいのことは、ユキさんなら考えるような気がするのだ。

もしも美樹と付き合ってしまって、それでユキさんが来てしまったらどうしよう。またもや面倒くさいことになる。でも、ユキさんが来なかったら、好意を抱いてくれた美樹を失うのはもったいなさすぎる。そもそも三浦佐知だって、最初に好意を寄せてくれていたのに、こんなふうにウダウダしていて失ってしまったのだ。

どうすべきか。

贅沢な悩みに俺はしばしば頭を抱えて考えた。

結論の出ぬまま頭をあげると、目の前に美樹がいた。

「あ……もう一時間たったんだ」

「たった。一時間五分」

美樹はじっと俺を見つめた。

俺も美樹を見つめた。

その間、数秒のような気がするが、もしかしたら一分くらいはあったのかもしれない。

「分かった。帰る」

「え」

美樹は荷物を持つと、さっと席を立った。

「一時間で結論出せてなかったら、諦めるって決めてたから」

風のようにサーッと喫茶店から出ていった美樹の動きには、有無を言わせぬ迫力があった。

三浦佐知といい美樹といい、もうこの先の人生では絶対に出会えないようなかっこいい女性たちからの好意を、俺はふいにしたのではないかと思った。


「傑作だよ、大山！　すごいよ！」

電話の向こうで崎田さんが興奮気味に言った。

美樹と会った後に、俺はすぐに崎田さんにキャッチボール企画のプロットを送ったのだ。送った二時間後に、崎田さんは電話をしてきた。

「ありがとうございます。もうこれ、このまんまシナリオにできますよ」

俺も素直に嬉しかった。

「すぐに代々木さんに渡すよ」

「はい」

珍しく、そこから崎田さんは無言になった。きっと美樹のことが気になっているのだろう。だが俺から言うのもなんだかなと思い、黙っていた。

「そういえば美樹がさぁ、大山のこと好きなんだって。もうびっくりしちゃったよ」

「ああ、今日会いましたよ」

「え、会ったの!?」

崎田さんは、鼓膜が破れるかと思うくらいの大きな声を出した。

「はい、昼間」

「え、なんで会ったの？」

崎田さんの声は急激にトーンが落ちた。

「告白されましたよ。びっくりしましたけど」

「マジで!?」

またも声がでかくなる。

「はい。振られましたけど」

「え、振られたの!?　やったー!!」

素直すぎる崎田さんの反応に、少し腹が立った。

「え、でもなに？　告白されたのに振られたってどういうこと？」

「まあ……相変わらずの優柔不断でウジウジしてたら帰っちゃいました」

「あ、そう！　そうなんだ！　確かに嫌だもんね、大山の優柔不断って。俺もたまにすげぇムカつくことあるけどさぁ。あ、そうなんだ。いやー、それはそれは」

心底嬉しそうな崎田さんに、俺はさらに腹が立ってきた。苦労して書いたプロットだが、プロデューサーたちからボロカスに言われちまえと思った。

そしてそれは、その通りになってしまった。

十一月に入り、俺と崎田さんは、三人目のプロデューサーにプロットを見せたが、評価は芳しくなかった。

最初に見せた代々木さんには、「前よりつまらなくなっちゃったね」と言われ、二人目の水野尾さんからは連絡がなく、今日、三人目の宗像さんから「うーん……」という言葉とともに、長い沈黙をもらって、今、こうして帰路についているところだ。

「大山、ごめん」

「え……なんすか？」

「このプロット、こんなにも面白いのに誰にも相手にされなくて……」

「別に……崎田さんが謝ることじゃないすよ」

「でもなんかさ……俺、絶対諦めないから。これ、傑作だと思ってるからさ」

崎田さんの口から「絶対に諦めない」なんて言葉が出てくるとは思いもしなかったし、崎田さんがそんな神妙な気持ちになるとも思いもしなかった。そのことは素直に嬉しかったが、俺はもうほとんど諦めていた。自分でもいいものが書けたとは思うが、これだけ相手にされないのは、やはりこの長大なプロットは面白くないのだろう。落ち込んだ。俺にはちょっとばかりの才能はあるはずだと思っていたが、ないのかもしれない。

正直心はもう折れていた。折れてはいたが、この先どうすればいいのか分からない。折れた心を折れっぱなしに放置したまま、俺はいつものようにダラダラと生活し、ついにユキさんと約束をしている十一月十一日を迎えてしまった。

15

前日からあまり眠れず何度も目が覚めた。結局、朝の五時くらいからまったく眠れなくなり、六時過ぎに稲川邸を出た。

ディズニーランドは八時から開園している。まさかそんなに早くユキさんが来てくれるとは思わないが、どうせ眠れないし、万が一ということもある。

互いに八時から行っていれば、そのままディズニーランドで遊ぶだろう。久しぶりに会う二人は積もる話もあるし、きっと初デートで行ったとき以上に楽しくなるに違いない。

ユキさんが来てくれるかどうかも分からないのに、そんな想像に胸を膨らませながら、中央線で東京まで行き、京葉線に乗り換えて舞浜の駅に七時半についた。月曜日だというのに、すでに開園前から人がいるのは普段の光景なのだろうか。パッと見回したところ、ユキさんの姿はない。

五千五百円の入園料を払って中のどこかで待つか、ディズニーランド内には入らずに入場門の手前付近で待つか悩んだ結果、中で待つことにした。手前付近で待つのがどうにも入園料をケチっているような感じがしたからだ。

八時の開門と同時に、俺もディズニーランド内へと入った。スタッフ（とは言わずに、キャストだっただろうか）たちが「こんにちは」と笑顔の挨拶で迎えてくれて、ミッキーやドナルドが手を振ってくれる。

開門と同時に一人で来る三十男という存在にもまったく奇妙な目を向けてくることはない。おそらくそんなミッキーフリークは山ほどいるのだろう。それでもちょっと恥ずかしいことに変わりはないのだが、ディズニーランドへ来るのもかなり久しぶりだったので、少しテンションは上がり気味だ。

とりあえず一周してみるかと、ワールドバザールを抜け、左手のウエスタンランド方向へと歩き出し、途中で朝食代わりにチュロスを買って食べながら歩いた。

初めてユキさんとディズニーランドへ来たときは本当に楽しかった。ビッグサンダー・マウンテンを二時間待ちながら、ユキさんは山田詠美の『放課後の音符《キイノート》』と林真理子の『葡萄が目にしみる』という小説が大好きだという話をして、俺もその後に読んでみたが両方ともとても面白かった。そのとき俺は、筒井康隆が好きだと言った。

スプラッシュ・マウンテンを待っているときは、互いの中学高校時代の話をした。ユキさんは、ソフトボール部だった。けっこう厳しい部活だったようで、夏休みもお盆の数日だけ休みであとは毎日練習があったらしい。祖母の家に帰省するとウソをついてユキさんは数日ずる休みをしてしまったらしいのだが、駅前の本屋さんで立ち読みをしていたら、部活帰りの先輩に会ってしまい、ものすごく気まずかったという話をしてくれた。ちなみにポジションはショートで、「わたし、こう見えてもけっこう肩強いんだよ」と言っていた。

野球部だった俺は、センターを守っていて、最後の夏は県大会のベスト四で負けたという話をした。でも実はその話はウソで、俺は三年間補欠で、最後の夏の大会も二回戦でコールド負けした。その試合に出ることもなかった。ベンチ入りした三年生で出られなかったのは俺だけだった。今思い返しても苦いものがこみあげてくる。

ホーンテッドマンションでは、室内が暗くなっていくときにユキさんにキスをした。最高に幸せだった。

トゥモローランドは素通りだったような気がする。

スペース・マウンテンは、「グルグル回ってるだけだから酔っちゃうんだよね、あたし」とユキさんは言っていたが、俺は大好きだった。

疲れると、魅惑のチキルームで仮眠を取ったりした。

五年前、「あの人」のもとを離れ、数年ぶりのアルバイトを明日から始めなければならないという憂鬱な日、駄々をこねてユキさんに仕事を休んでもらって一緒にディズニーランドへ行ったこともあった。ユキさんは、俺が「あの人」から離れることを残念がったが、「豊かな人生を送れるように頑張ろうね」と言ってくれた。あの日からいくつかアルバイトを替えて今日に至っているが、豊かになるどころか、人間として鈍化しているような気がする。

昼近くになり、俺は入場口付近をウロウロしてみたが、ユキさんらしき人を見つけることはできなかった。

ユキさんと初めてディズニーランドへ来たときにランチを食べた、カリブの海賊と同じ施設内にあるブルーバイユー・レストランで昼飯を食べようと思ったが、一人で入る気にはなれずやめた。トゥモローランド・テラスでチーズバーガーを食べ、また園内をブラブラした。何気に一度も入ったことのないシンデレラ城に入ってみようかと思ったが、それもやめた。

俺はシンデレラ城近くのベンチに腰をおろして、行き交う人をボケッと眺めた。ユキさんらしき人はやはりいない。

そのときケータイが震えた。

「ユキさんか⁉」

咄嗟にそう思ったが、ケータイを見ると、着信画面には「崎田さん」と出ている。

「もしもし」

「ああ、もしもし！　今日、奥村さんに会うよ！」

崎田さんは興奮した声で言った。

「誰ですか、奥村さんて」

「奥村和則だよ！　知らないの⁉　知ってるでしょ！」

当たり前だ。今、日本のプロデューサーで一番乗っているプロデューサーと言っていいだろう。だが、奥村と聞いてすぐに奥村和則が思い浮かぶはずはない。

「俺、奥村さんがプロデューサーしてるやつ何本か助監督してるからさぁ、また助監督の依頼で電話がかかってきて、キャッチボール企画のこと話したら読ませろっていうからさ。今日読んでください って言ってみたら、持ってこいだって！　すごくない？　この展開」

「まあ……すごいですね」

と言いながら、少し落ち込んだ。

どこかであのプロットを読んだ奥村和則が「今日、会いたい」と電話してきたならすごいが、現状ではただ崎田さんが押し売りをしているだけだ。だが、読んでくれと言って、すぐに持ってこいと言われる関係性を築いているのは、やはり崎田さんが人に好かれるという大きな武器を持っている証拠だろう。

「またあとで電話するよ」

「はい。あまり期待せずに待ってます」

「またぁ！　奥村さんなら面白いって言うよ！　ハードル高そうだから持っていかなかったけど、こんなことなら早く読んでもらえばよかったよ！　そんじょそこらのプロデューサーじゃないからね、あの人。絶対期待できるよ！」

奥村さんが気に入ってくれることを前提にしている崎田さんは、浮かれた調子のまま電話を切った。これはダメだったときの後々の反動がまた少し怖いなと思いつつ、俺も心のどこかで奥村和則の反応を少しだけ期待していた。

ポカポカ陽気の秋晴れの中、行き交う人を見ていると、寝不足だったこともあり猛烈な睡魔が襲ってきて俺は目を閉じた。

どのくらい眠っていたのかは分からないが、誰かに頭を叩かれて目が覚めると、目の前に菅井と多田さんがいた。

「なにしてんの⁉」

俺は驚いて二人に聞いた。

「なんもしてねえよ！　ついてきたんだよ！」

菅井が怒ったように言った。

「どう？　会えた？　ユキさんに」

多田さんがニタニタして聞いてきた。

「え、なんで知ってんの⁉」

「そりゃ分かるよ、大山のことなんてたいていのことは」と多田さんが言った。

「学校に遅れるから早く行こうぜ！」と菅井が言った。

なんだかそのあたりで様子がおかしいことに気づいた。もしやこれは夢ではないだろうかと思い、菅井たちと話しながら目は開いているのに、目を開けてみようかと思って開けたら、やっぱり目が開いた。これは夢だった。

あたりはちょっと暗くなり始めていた。どうやら三時間以上眠ってしまったようで、すでに五時を過ぎている。さすがに十一月ともなれば、この時間になってくるとちょっと肌寒い。

俺はまた入場口付近に戻ってユキさんの姿を探してみたが、それらしき姿は見当たらない。ディズニーランドのどこで待ち合わせるか、細かく決めておけば良かったなと思ったが、そういう問題でもないだろう。

時計を見ると、閉園まであと五時間を切っている。ユキさんに電話してみようかと思ったが、もしかしたら閉園間際まで俺がしっかりと我慢できるか試している可能性もあると思い、踏みとどまった。

閉園までにディズニーランドを何周できるか挑戦してみようと思い、俺はまた歩き始めた。こういう意味のないことでもしていなければ時間が潰せそうにない。

フラフラと歩きながら、頭の中でもそういう意味のないことを無意識に考えていた。

公衆トイレやレストランなどのトイレで用を足して、他に誰もいないとそのままの体勢で身体ごと振り向いてみるというなんの意味もない行動をしていたことがある。それをユキさんに話したら、「なにそれ？　うわー、バカー。すごいバカー」と笑いながら言われた。

「でも、しそうだよね、そういう意味のないこと」と言ってくれるユキさんが好きだった。三浦佐知に話したらどんな反応をするだろうか。困りながら「え、なんですか、それ」などと言いそうだ。美樹は「で？」の一言だろう。

そんなことを考えながらニタニタと歩いていると、けたたましい音楽とともに、いつの間にか始まっていたエレクトリカルパレードの行列がやって来た。

初めてエレクトリカルパレードをユキさんと一緒に見たとき、「いつか自分たちの子どもを連れてきて、一緒に見たいね」と言ってみた。そんなことを言うカップルなんかたくさんいるのだろうなと思うと恥ずかしかったが、口から出てきてしまった。「そんなふうになるかなあ」とユキさんは笑顔で言った。

パレードが去ってしまうと、今度は花火があがり始めた。この花火もユキさんと見た記憶はあるが、そのときなにを話したのかは覚えていない。ディズニーランドでの他の記憶はあるのに、なぜか花火を見ながらの会話の記憶がないのだが、花火を見あげているユキさんの顔は思い出せる。

ユキさんは黙って花火を見つめていた。そして少し泣いていたのだ。そのときは、花火の美しさに感動したのだと思っていたが、あのときのユキさんはもしかしたら、花火ではないなにかを見ていたのかもしれない。

夜空に浮かぶシンデレラ城の、さらに頭上にあがる花火を眺めながらそんなユキさんの顔を思い出していると、今日はユキさんは来ないだろうなと確信した。

花火も終わり、閉園まであと一時間を切った。一応このままユキさんを待つか、来ないことを確信したからにはもう帰ってしまうか悩みつつ、あと一時間なので待つことにした。

この時間はさすがにカップルが多い。別に羨ましいとも思わないが、そういえばユキさんとは閉園までいたことはなかった。

シンデレラ城付近の池のほとりに座って、俺はポケットに手を突っ込みながらただただぼんやりしていた。こんなところで、こんなバカげたことをしている三十歳の男が、どんな人生を歩むのか考えると不安でたまらない。

「東京ディズニーランドは、まもなく閉園時間となります。楽しい一日をお過ごしいただけましたでしょうか。またお越しいただける日を心よりお待ち申しあげております」

そんなアナウンスが流れてくると、帰路につく人たちが出入り口のほうへゾロゾロと歩いていく。

　それでもディズニーランドは、お客に帰ることをせかしている様子はない。

　人の流れを見ながら、まだ池のほとりに佇んでいると、ケータイが震えた。ドキッとして着信画面を見ると、今度は心臓がドッキン！　と、大げさでなく大きく膨らんだ。

　着信画面には「ユキさん」と出ている。

　俺はしばしその画面を見つめ、大きく深呼吸をすると電話に出た。

「もしもし……」

「もしもし……」

　ほぼ十カ月振りに聞くユキさんの声は、いつものユキさんの声だった。

「久しぶり……元気？」

　そう聞いた俺の声は、緊張で少し震えている。

「相変わらず覇気のない声だね」

　そういうユキさんの声はとても優しい。

　俺の顔は自然とほころんだ。ユキさんはきっと、ディズニーランドには来ていないと分かっているのに、なぜか嬉しかった。

「行ってるの？　本当に。アナウンスが聞こえてるよ」

「うん。来ちゃった」

　ユキさんは少し黙ってから、「ごめんね……。約束守らなくて」と言った。

「いや……」

「ヤな女。あたし」

「どうして……？」

「だって……距離置こうなんて中途半端なこと言って」

「それは俺が別れたくないって言ったから」

「こないだ電話くれたときも、はっきりと伝えれば良かった」

「……」

「でも……あたしもまだ中途半端で。留守電のタカシの声を聞いたら電話できなくなっちゃった」

中途半端とはどういう意味なのか、なにが中途半端なのか、聞きたいが聞けなかった。

「シナリオ、書いてる？」

「うん。こないだ久しぶりに長いプロット書いたよ。崎田さんのやつ」

言いながら、そう言えば崎田さんとプロデューサーの奥村さんが今日会っているはずなのだが、まだ連絡がきていないことを思い出した。

「へぇ。いいね。崎田さんってあのテンション高い人だよね」

「うん、相変わらず高いけど」

「そっか」

「うん」

そこからユキさんと俺はしばらく沈黙した。

聞きたいことはたくさんあった。さっきの「中途半端」の意味。今どうしているのか？　新しい彼氏はいるのか？　仕事はどうしているのか？　ちょっとでも俺のことを思いだす日はあったのか？　今日、少しでもディズニーランドへ来てみようと思ったりはしたのか？

でも、口を開いてしまうとたくさんのことを聞いた挙げ句、最後にはきっと泣きついて寄りをもどしてほしいと言ってしまうだろう。だからユキさんからなにか言ってくれるまで黙っていた。

「じゃあ……」

お別れの挨拶を切り出そうとしているユキさんの声が震えた。

「頑張ってね。シナリオも人生も。もうパクったらダメだよ」

「ハハ。もうパクってないよ」

キャッチボール企画で再犯を犯してしまったことは当然言わなかった。

「ユキさんも……頑張ってね」

「うん……頑張らないとね」

一緒に頑張りたい。一緒に頑張ってほしい。お願い、お願い。

終わりが近づけば近づくほど、心の中ではそう叫んでいた。

「サヨナラ……」

「……サヨナラ」

ユキさんは俺の「サヨナラ」を待つと、電話を切った。

その瞬間、身体なのか心なのか分からないが、自分の一部が無くなってしまったような気がした。三浦佐知に振られたときには、感じなかった感覚だ。ものすごく大げさに言えば、自分のどこかが死んでしまったような感じだった。

俺はケータイを見つめたまましばらく立ち尽くしていた。もう二度と、この電話でユキさんと話すことはない。やるなら今しかないと思い、俺はユキさんの名前を削除した。

帰路につく人たちで周囲が混んできたので、その人波にふらふらと乗って、気が付くと、ディズニーランドを出て、舞浜の駅前にいた。

ふとこのまま歩いて帰ってみようかと思った。『の・ようなもの』という映画で、伊藤克信扮する主人公の若手落語家が、夜から明け方の道を延々と歩くシーンがあるが、あんなことをしてみたい気分だった。

だが極度の方向音痴の俺が、舞浜から歩いて阿佐ヶ谷まで帰れるとは思えない。東京駅から歩いてみるかと思い、そのまま切符を買って京葉線に乗った。

東京駅に着くと、すでに十一時を過ぎていた。ここからも歩いて阿佐ヶ谷まで行きつけないような気がして、新宿まで出ることにした。

十二時過ぎに新宿に着くと、崎田さんから電話がかかってきた。

「もしもし」

電話に出ながら、俺は電車を降りて駅の外に出た。

「ああ……なにしてんの？」

崎田さんの沈んだトーンの声で、奥村さんにプロットを見せた結果がどうだったのかは分かった。

「歩いてます」

「……歩いてんだ。どこ歩いてんの？」

「新宿です」

「会ったよ。奥村さんと」

「ダメでした？」

「ボロカス言われて、説教されたよ。この時間まで」

「ハハ。そうですか」

笑いながら答えたが、俺もショックだった。

「このプロットには絶対に金は集まらないってさ」

「ああ……そうですか」

なにも言いようがない。俺は西口から青梅街道に出て、高円寺、阿佐ヶ谷方面に向かって歩き出した。

「だからキレちゃったよ、俺」

「え……。キレたってどういう意味ですか？」

奥村さんにキレたのか、それともここまで誰にも認められないことに、さすがになにかの糸が切れてしまったのか、どっちのことを言っているのか分からなかった。

「奥村さんにキレちゃったよ。たいして面白くない映画も作ってるくせにふざけんじゃねえって」

「マジですか⁉」

俺は思わず大きな声を出してしまった。さすがは崎田さんだ。今、日本で一番乗っているプロデューサーに向かってそんなことを言える助監督はいないだろう。

「だって腹立つじゃん」と崎田さんが言った。

俺は少しだけ愉快な気分になってきた。

「腹、立ちますよね」

「立つよ。俺、諦めないから」

「……はい」

「絶対諦めないよ」

「はい」

「大山」

「はい」

「頑張ろうな」

「……はい」

電話を切ると、鼻の奥が少しツンとした。俺は何度も崎田さんを裏切り、バカにし、腹を立て、無視したが、崎田さんから嫌な目にあわされたことは一度もない。この人のために、良いものを書かないと、俺は本当のゴミだ。

頭の中でジッタリン・ジンの〈プレゼント〉を歌いながら、青梅街道を黙々と歩き続けた。高円寺を越え、丸ノ内線の南阿佐ヶ谷が見えてくると、夜中の二時過ぎだった。

阿佐ヶ谷駅付近の飲み屋街はこの時間でも開いている店は多いが、さすがに人通りは少ない。

稲川邸の前まで戻ってくると、隣の部屋の住人の蛍原がいた。蛍原はどこかで飲んできた帰りなのか少し酔っているようだ。

「どうも」

俺は蛍原に声をかけた。

蛍原は、俺に軽く頭を下げた。

俺が部屋に入っていこうとすると、「ちょっと」と蛍原が図太い声をかけてきた。こんなことは稲川邸に住んでから初めてのことだ。

「はい」

俺は立ち止まり、返事をした。

「あたし、今月で引っ越す」

「あ……そうなんですか」

「実家に帰る」

「実家……。って……どこなんですか？」

「富山」

「富山……」

「楽しかったぞ」

「え？」

蛍原の言う意味が分からなかった。

「あんたたちの隣に住んで」

蛍原はそう言うと、部屋に入ってしまった。

俺はしばらく蛍原の部屋のドアを見つめていた。なんだか少しだけ胸がキュンとした。蛍原は、この稲川邸に住んでいる間、どんな人生を歩んでいたのだろうか？　ちょっとだけその人生に思いを馳せた。

部屋に入ると、多田さんと菅井の鼾が聞こえていた。

俺は布団にもぐりこんだ。今後の人生で、ユキさんと会うことはもう二度とないと決まった今晩は、眠れないかもしれないと思ったが、散々歩き回ったおかげで、多田さんと菅井の鼾を子守歌代わりに、いつしか眠りに落ちていた。


翌日、目覚めるとすでに昼の十二時近くだった。多田さんと菅井がチキンラーメンを食べている。

「なんかいい匂いだね」

そう言うと、「もう一袋あるよ」と多田さんが言った。

「なんだよ、俺がおかわりしようと思ってたのによ！」と菅井が不機嫌そうな声を出した。

「悪いな、もらうわ」

俺はお湯を沸かすとチキンラーメンをお椀に入れて、そのお椀にお湯を入れて多田さんと菅井の向かいに座った。

一分ほど待って、少し硬めのチキンラーメンを俺はすすった。

三人で、ズハズハと音をたてながらチキンラーメンをすすった。

昨日、俺になにがあったのかこの二人が知らないことがなんだか少し不思議だった。

「春、来ないかな」

俺はボソッとつぶやいた。

「え？」

多田さんが言った。

「春、早く来ないかな」

「なに言ってんだよ、お前。今、秋だぞ」

菅井が不機嫌そうに言った。

「うん。まだ冬があるよ」

多田さんが言った。

「バイト行ってくる」

菅井はまた不機嫌そうに言うと、部屋を出ていった。

「さ、俺はもう一寝入りするかな。あー、ほんとそろそろ仕事しないとまずいよね」

多田さんは、自分と菅井のお椀をキッチンに戻すと布団に潜り込んだ。

次の「マキシム会」で、昨日の出来事を話そうと思いながら、俺はチキンラーメンをすすった。

菅井はきっと怒り、多田さんは「しょうがないなあ」と言うだろう。そんなことを想像すると、少し笑えた。二人に蛍原が出ていくことも伝えて、俺たちでなにか餞別でも渡してやるかと思った。

あとがき

二十六、七歳から三十歳にかけて、この物語に出てくる多田さんのモデルとなった友人と同居していました。菅井のモデルとなった友人は、同居はしていなかったけれど、よく我々の住処に来ていました。蒔田のモデルとなった友人はリゾートバイトから帰ってくると、いつも泊まっていきました。崎田さんのモデルとなった先輩は、なかなか実現しない企画をウダウダと考えながらキャッチボールばかりしていました。食えないどころの騒ぎではない二十代後半から四十三歳まででしたが、三十歳まではなんとなく楽しく過ごせました。これはその頃の気分を書いた架空の物語です。本当にあったことも混ざっていますが、こんなにも女性からモテたことはありません。

あの頃を生きていた当時は、七年間もお付き合いさせていただいた、人生で初めてできた恋人に振られ、とても苦しくて辛くて、先を行く同業者への嫉妬にまみれて、自信もなくて、未来に希望もなにもないなどと思っていましたが、今振り返ると最高に楽しい時間でした。その後にくる人生最大の暗黒期である三十歳から三十七歳の時期も、振り返ると最高に楽しい時間だったと思うのかもしれません。

そんな物語に挿絵を描いてくださったのは、漫画家の村岡栄一先生です。実は私はこの物語を書く際、密かに永島慎二先生の『若者たち』を目指していました。村岡栄一先生は『若者たち』に登場する村岡栄（『若者たち』のドラマ、映画化『黄色い涙』では村岡栄介）のモデルで、私にとってこんなに光栄なことはありませんでした。うだつのあがらない主人公を毎号生き生きと描いてくださる村岡先生の挿絵を見ることは大きな喜びでした。村岡先生、本当にありがとうございました。

最後に、書いてみませんかと誘ってくださったキネマ旬報の川村夕祈子さんと、いち早くゲラを読んで「泣いた」と言ってくださった崎田さんのモデルとなった先輩と、書く前に「お前らのこと書いていい？」と聞いたら「いいよ」と言ってくれたモデルとなった友人たちに深く感謝いたします。モデルとなった友人たちがこの本を読むことがあるのかどうか分かりませんが、もし読んだとしたら、苦笑いの一つでもしてくれたら最高に嬉しいです。

二〇二三年九月　足立紳

本書は『キネマ旬報』誌上にて２０１８年１月上旬号より２０２１年８月上旬号まで連載した「春よ来い、マジで来い」に加筆、修正したものです。

装画　村岡栄一
装丁　島岡進

足立紳

あだち・しん／1972年生まれ、鳥取県出身。映画監督、脚本家。脚本を執筆した映画『百円の恋』(14) が第39回日本アカデミー賞最優秀脚本賞、NHKドラマ『佐知とマユ』(15)が第4回市川森一脚本賞、映画『喜劇 愛妻物語』が2019年東京国際映画祭最優秀脚本賞を受賞。著書に「乳房に蚊」(幻冬舎／「喜劇 愛妻物語」幻冬舎文庫)「14の夜」(幻冬舎)「弱虫日記」(講談社文庫)「したいとか、したくないとかの話じゃない」(双葉社)「それでも俺は、妻としたい」(新潮文庫)、映画監督作に『14の夜』(16)『喜劇 愛妻物語』(20)『雑魚どもよ、大志を抱け！』(23)がある。2023年放送、第109作となるNHK連続テレビ小説『ブギウギ』の脚本(櫻井剛と共同)を執筆。

春よ来い、マジで来い
2023年10月17日　初版第1刷発行

著者　足立紳
発行人　星野晃志
発行所　株式会社キネマ旬報社
〒104-0061
東京都中央区銀座3-10-9 KEC 銀座ビル2階
TEL 03-6268-9701　FAX 03-6268-9713
http://www.kinejun.com/

印刷・製本　モリモト印刷株式会社

ISBN 978-4-87376-487-0